主编 凌翔

我的世界

姚正安 著

北京日报出版社

图书在版编目（CIP）数据

我的世界 / 姚正安著 . —北京：北京日报出版社，
2023.9
ISBN 978-7-5477-4548-9

Ⅰ.①我… Ⅱ.①姚… Ⅲ.①散文集—中国—当代
Ⅳ.①I267

中国国家版本馆 CIP 数据核字（2023）第 004895 号

我的世界

出版发行：北京日报出版社
地　　址：北京市东城区东单三条 8-16 号东方广场东配楼四层
邮　　编：100005
电　　话：发行部：（010）65255876
　　　　　总编室：（010）65252135
印　　刷：三河市中晟雅豪印务有限公司
经　　销：各地新华书店
版　　次：2023 年 9 月第 1 版
　　　　　2023 年 9 月第 1 次印刷
开　　本：710 毫米 ×1000 毫米　1/16
印　　张：17.5
字　　数：226 千字
定　　价：79.80 元

感性抒发与理性叙写的交织

——姚正安散文集《我的世界》读后

王正宇

《我的世界》是姚正安继《我写我爱》《一种生活》《记忆》《回不去的过去》《我的父亲母亲》等之后，带给广大读者的又一部高质量的散文集。

如同一千个人眼中就有一千个哈姆雷特一样，作为这个世界的一分子，所有人观察世界后认知都不会是一致的。人们所处的位置、观察世界的角度以及文化修养、思想水平、阶层属性、审美能力等决定了人们观看世界有差异性。文学作品对世界的反应更是千姿百态、多姿多彩。一个自觉地把个人命运同祖国命运紧紧相连的作家，他观看世界的作品试图传递的信息，应该是这个世界的五彩斑斓和无限风光，应该使读者更加主动热情地拥抱这个世界，并且满怀信心地为创造更加美好的世界不懈努力。这是《我的世界》这部散文集的总体基调，是应当得到肯定的。

我们生活的地球浩瀚广大，姚正安观察世界的眼光聚焦在他十分熟识的苏北里下河地区。读者眼前出现的是四季分明、风景如画，水网密织、河沟纵横，五谷丰登、鱼肥蟹壮，百姓淳朴、民风古朴的景象。这里有作者年少的经历和成长的往事。发生在这里的故事通过平实有趣的文字呈现，读者看到了一个个真实存在的画面、一个个精彩纷呈的世界。

01

散文是感性的文体，是最适合情感抒发的文体。但这种情感宣泄需要依附一定的载体，譬如人物、故事，譬如事物、动物等等，正所谓借景抒情、状物抒情。我以为，姚正安具有多读善思的个性气质，他擅长讲故事，是编织故事的能工巧匠，这些年他创作发表的三十多篇小说足以证明这一点。姚正安的散文善于用近乎小说的表现手法叙述人物的音容笑貌、性格特征、情感转变以及事件的演进变化。在他的笔下，哪怕是短小的篇幅，其间的故事都有模有样，有头有尾，有起有伏，有波有澜。他的写作总是从容不迫、徐徐展开，透过对人、对事的具体叙写和描绘，将感性抒发与理性叙写有机交织，传递自己的认知和感受，折射出时代的变化和历史的沧桑。

　　《我的世界》里面的文字给人以厚重的感觉，能够看得出作者的海量阅读及其沉淀，这与他不间断的阅读和延伸阅读密不可分。正因国学经典、传统文化的长期浸润和熏陶，他的文字表达具有底蕴深厚的特征。在他的许多作品中，不时出现一段古代先贤、经典作家的论述，看似信手拈来、漫不经心，其实是饱学多思的自然流露，是旁征博引的灵活运用。它不是博学的炫耀，不是学识的卖弄，也不是史料的堆砌，它是一种厚积薄发。那些恰到好处的引述，使文章的深度得到拓展，气象愈加阔大，意蕴更加丰厚。

　　读姚正安的散文，宛如原野上迎面扑来阵阵乡风，具有地域特色的众多民俗风情引人入胜。随着现代生活节奏的加快，一些传统的民俗风情正渐行渐远。应该说，那些成百上千年流传的古老习俗，既是历史的传承，也是文化的遗存；既是精神的记忆，也是维系乡情的纽带。把它们挖掘、整理、再现，艺术地见诸文字，既体现了作者的审美思想和价值追求，寄托了作者无时不在的乡情和乡愁，同时也是对这种充满地域特征的文化遗产的别样抢救，不妨说，这也是姚正安散文对当下社会的一大贡献。

"妈妈找了一顶破旧帽子给小黑戴上"，祈祷小黑狗转世投胎为人（《小白，失踪了》）；亡者下葬第三天为墓加土的"复三"的记叙（《读书吧，爸爸》）；《乳名》中记载的"偷物生子"和"洗三"（婴儿出生第三天洗澡举行的礼仪）；外甥结婚，舅舅要坐头席，母亲去世，外甥要跪请舅舅的习俗（《跪请娘舅》）；接嫁出去的女儿回家歇伏（《秋日忆伏》）；同父异母的"一山两水"（《娘舅简史》）；"一只大猪头、一条大鲤鱼、一只活公鸡、一尺盘寿桃，三碗用筷子挑起的面条，旁边是两支红彤彤的蜡烛和两炷香"拜寿仪式（《早酒》）；六十四、七十三的跨坎越缺（《渡河跨江》）；于礼不合的抢亲（《抢亲》）；母亲"吃花斋""坐九"（《父母亲的养生之道》）……一幅幅具有鲜明地方特征的乡村风俗画、风情画次第展现在读者面前，让人目不暇接，感慨万千。

对一个充满良知和责任感的作家来说，歌唱幸福或许还是浅显的，提醒人们不忘曾经的贫穷和艰辛，讴歌劳动人民与苦难的抗争和奋斗，告诫人们富足的生活弥足珍贵且要持续奋斗，这样的作品才具有的深刻的力量，这是正安散文集又一大特色。作品描写的那些苦难的日子、艰苦的岁月并不遥远，那些令人揪心的事件让人不堪回首。《娘舅简史》我们感受到那年那月的荒诞和贫困；《那个刻骨铭心的冬天》整整二十天的挖、挑，对一个刚走出校门的孩子意味着什么，河工经受的苦痛让他难以忘怀；《渴望夏雨》挑麦把、打夜工，四夏的劳碌让他刻骨铭心。《我的世界》中一段段痛苦却珍贵的记忆，尽显苦难生活的种种滋味，启示读者正确面对苦难，学会在苦难中生存，百折不挠地与苦难抗争，展现出作者对古老土地的忧郁以及悠远文化的沉思，同时也激发读者改变命运、实现梦想的信心。

《我的世界》充溢着作者对故土的热爱，对富裕生活的渴望和对美好未来的向往。确实，我们生活的世界里充满神秘色彩、跃动着迷离光芒。处在特定的时间和空间，作者对包括生与死在内的人世间进行了多维度的观察，那里流露的浓厚生活气息使人感到作者对生活的感悟和思索是冷峻的、悲怆的。然而值得称道的是，它既没有咀嚼悲伤，也没有陷入沉沦，进取、有为、奋斗是《我的世界》传递的主旋律，这就使得他的作品在大时代背景之下显现出特别的意义。《他从贫困中走来》《志在青云》等的主人翁都是这样的代表。

姚正安的散文几乎都是普通生活的描述，是普通人命运的记录。《我的世界》并没有多少宏大的叙事，读者所看到的都是平凡、琐碎、庸常的生活场景和琐事，但作者能从那些微不足道的生活细节中发掘出催人深思的内涵，折射出他的观世界理念，《屋后的小河》《秃头》《口罩》《洗衣服》等都是这类作品。《人生并不如戏》阐发了生活是实实在在的，人生也是实实在在的，都是一步一个脚印走出来的真理。《熟人生处》讲的是从尊重到保持距离，从保持敬畏到以礼相待，畅谈了自己的处世观念。《生人熟处》讲述了以对待熟人的态度和心胸对待陌生人，人心与人心就相融了，家与家的距离就近了的朴素道理。《母爱是苦涩的》指出了家庭教育的社会问题。《以简单待生活》则强调以简单的心态、简单的方法对待生活、对待人事。《毒誓》阐发了人之如何，重在行为；誓言在心，重在践诺的理性思考。可以说，《我的世界》展露的劝世主张、生活态度、抒情议论等，呼应并感应着社会行进的节拍，闪烁着社会主义核心价值观的光华。

姚正安长于叙事散文的写作，他精于对生活的观察、描摹，他的描写功力更是让人印象深刻。《小白，失踪了》"狗是忠臣""狗不烦人""狗通人心"；《焦屑喷香》方便、熬饿、调口味，吃出四十多年前的味道；《知了声声入窗来》从粘知了的有趣、有工艺、有技巧，写到大开眼界的寓言，再到食用知了，作品层层递进，最后指出蝉是夏天的使者，没有蝉叫声的夏天不是夏天；《一心挂两头》一边是刚刚出生的外孙女，一边是年迈的老母亲，真切感人地写出作者的两头牵挂。类似的描写，强化了作品的艺术感染力，增加了作品的情趣。

《我的世界》不少篇幅都是在写对父母的怀念，对家人的怀念，对普通劳动者的讴歌，但他很少直抒胸臆，而是通过细节、通过过程诉说自己独特的感觉，吐露深藏心底的情感。这类叙写，是作者创作能力的展示，更显示出他的写作个性。从创作技法看，《娘舅简史》和《无悔的抉择》是颇具代表性的。《娘舅简史》中哈着腰、心地善良的大舅；外出逃荒，不知名的二舅；一副书生模样、做生意的三舅；嘴特别活泛、做点小本买卖的四舅；劳动积极、为人憨厚的五舅。五位舅舅作为中国传统农民的形象代表，无疑是时代的产物，是中国农村的缩影。作者通过散文的样式将五位舅舅的个性特征、坎坷生活经历一一描画出来，是具有深刻的社会学意义和美学意义的。在《中国作家》发表的《无悔的抉择》是很见功力的篇什。作品选材于抗击新冠疫情的时代背景，描写的对象是全国抗疫先进个人李娟娟。"世上没有从天而降的英雄，只有挺身而出的凡人。"出现在读者面前的李娟娟就是一个普普通通的邻家小妹，但国难来临时，她勇敢地选择逆行；面临随时被感染的危险，她也有紧张恐惧；面对危险艰辛的工作，她充满责任担当；对患者，她可亲可爱。总之，这个"小可爱"是真实可信的、活灵活现的存在。

姚正安是中国作协会员，但他是一位业余写作者。在我熟识的文友中，姚正安属于非常勤奋的一个。他的创作颇丰，小说、散文、报告文学都有涉猎。曾经获得第六届冰心散文奖、江苏省报告文学奖，他创作的能力和潜力在他的作品中已经充分显现。祝愿他在新的时代，为读者大众奉献更多的优秀作品。

目　录

卷一

小白，失踪了

爸妈特别喜欢养狗。妈不止一次说过："狗是忠臣，猫是奸臣。"是啊，"儿不嫌母丑，狗不嫌家贫"。在我很小的时候，家里养过一只黑狗，通体乌黑，阳光下浑身发亮。故而家里人都叫它小黑。小黑整天围着我转，因为有好吃的，我总要分一点给它。

小黑白天常常打盹儿，晚上却很机灵，夜幕下，那一双眼睛，像两只小灯泡，灵动、闪亮，一有动静，汪汪叫个不停。那时常有人家鸡鸭被偷，我家鸡鸭"毫毛"无损，是小黑的功劳。

父亲打夜工，小黑总是一路欢快地跟在父亲身后，蹲守在场边，直等到父亲散工回家。

那时候，每至冬日，都有人"剥狗"，其场面甚是惨烈。也有人动过小黑念头，被父亲严词斥退了。

几年后，小黑长出若干根白胡须，眼睛经常流眼泪，走路也不如往常敏捷，但看门还是很紧，有陌生人来，习惯性地嗅来嗅去。又几年，小黑无疾而终。妈妈找了一顶破旧帽子给小黑戴上，说："小黑戴上帽子，转世投胎可为人。"我和父亲将小黑葬在村后的土堆上，还烧了纸钱。

其后的数十年，父母养过若干条狗，都是黑色的"草狗"。结果不是丢了，就是被人杀了。其实丢了大抵也是被杀了，都没有像小黑那样善终的。我曾劝父母别再养狗，他们年事高了，没有精力照顾好狗，让好好的一只狗落入屠夫之手，岂不可惜，岂不是徒增伤悲。

父亲说，遇到好狗，养养无妨，狗不烦人。

三年前，母亲从邻居家抱回一只刚刚满月的小狗。小狗一身黑毛，十分可爱，更神奇的是，小狗额头上有一撮白毛，如绘画之点睛，神来之笔，我因此唤它小白。父亲说："还是叫小黑好。"我心头一颤，父亲是不是还记着几十年前的那只小黑啊。我说："你叫它小黑，我叫它小白，不冲突。"

我一个月回家两次，小白长得一次比一次大。父亲在走廊上用纸盒为小白造了一个简易的家。

只半年，小白长成了大狗。身长二尺，不彪悍，但壮实，短腿长毛，走起路来，精神抖擞。额头上的白点，越发显眼，如马王爷的第三只眼。小白与我，如故人相逢。我每次回家，它都蹦蹦跳跳地随着我的老父亲到村后接我，一看到我便上上下下地跳，嘴巴在我的鞋子上蹭个不停，仿佛多年不见的老友似的。回到家，小白乖乖地趴在我的脚下，小尾巴摇来晃去，自在得不行。我回程的时候，它如箭一般跑在前面，蹲在车前等我。我抱它上车，它两眼看着我父亲，挣扎着下车。

狗通人心。让小白陪伴耄耋父母，他们少了寂寞，多了乐趣。

我对父亲说："小白是不是养得太胖了。"父亲说："不曾吃好的，就是剩饭剩粥，小黑不大喜欢吃荤的，不晓得怎么长得圆滚滚的。"

小白圆滚得可爱讨喜。我每次回家都要将其抱在腿上，它乖巧得如小孩，任你抚摸。

去年大年三十回家过年，父亲照例到村后接我们。我们提着大包小包往家中走。走着走着，觉得不对劲，丢了什么似的。

对了，小白怎么没来？

一到家，我就问父亲："小白去哪了？"

父亲沮丧地告诉我："三天前就不见了，我和你妈妈通庄找了几回，都没有找到。"

小白，失踪了？那么灵巧的一条狗，怎么会失踪呢？父母并未携其远行啊。

站在一旁的妈妈说："前几天傍晚，有人看见一个骑电瓶车的，用钩子把小黑钩走了。"

理智告诉我，小白差不多葬入了贼人之腹。一股悲愤郁结于胸，久久不散。

然而，我还是固执地认为，小白只是走远了，迷路了，某一天，还会回来。

我的最爱

五十年前的一碗手擀面，竟穿越时空时不时热气氤氲地出现在我的脑海里。

那是麦收季节，奶奶躲开众人监督的目光，到生产队的麦田里捡拾丢弃的麦穗，揉搓、晒干。父亲得以到大队副业组的磨坊里换得一点麦面。趁着雨天，父亲为我们做手擀面。

父亲和面、切面，母亲烧水。我拿了几分钱，到商店里打酱油、醋。老家人吃面条喜欢拌醋，似乎没醋，就好像缺点什么似的，不知何故。

父亲赤裸着上身，用力和面，汗水滴在面团上。用擀面杖尽力将面团摊薄。摊匀摊薄，有点技巧，用力轻则展不开，用力过猛，则破。将薄片儿折成条状，刀切，抖开，就是面条了。

氽入开水里，不一会儿，一根根面条随滚水翻腾，撩拨得口水在嘴里打转。面条在水里翻几个滚，捞起。佐料是极简的，荤油（香油）、小胡椒粉（自制辣椒末）、酱油、醋、蒜头末。一顿美餐完成了全部制作过程。

兴许有人说，这手擀面算什么美食啊。美食有参照，没有统一的标准，在那个年代相较于大麦糁子粥，或者大麦片儿饭，手擀面自是美食。

此后的几十年，我的食谱里从来不缺少面条，或者说面条是主食的首选。

在公社上高中的时候，几乎每天下午放学都会到副食品店吃一碗面条或馄饨。

在高邮师范读书的时候，时不时到造纸厂对面的小面店吃上一碗面条。老人下面条的佐料很特别。店主说酱油是炼过的，小葱是自家种的，虾籽是其他店没有的。不管店主说的是不是真实，面条确实做得很鲜美。

20世纪80年代前期，能常常吃上面条，绝不是一件容易的事。对于大多数人来说，面条不只是美食，简直就是大餐。

走上工作岗位后有一段时间闹肚子，医生说是阿米巴痢疾，不宜食荤，也不宜吃不易消化的食物，建议多吃面条。正中下怀。几个月，一天三顿，顿顿面条，食之不厌。同事感到奇怪："你就不能换换口味，再好的食物，天天吃也会倒胃口。"我倒是没有，反而越吃越带劲，而且佐料也很简单，素油、大蒜、胡椒、味精而已。

这样一吃，吃出了习惯，吃出了喜爱。

几十年，很少吃米饭、米粥。因为喜爱，所以捣鼓。我不仅喜欢吃面条，而且喜欢自己动手做面条。

我做的面条品种多，自我感觉味道也不错。

我会做阳春面，也会做盖浇面，浇头一般是青椒炒肉丝、雪菜炒蛋，我从不选择炒黄鳝做浇头，黄鳝腥味太重。我会做汤面，也会做干拌面，干拌面的生熟度难以把握，过了，一拌就烂，生了，粘牙，正所谓过犹不及。我还会做凉拌面。凉拌面一般夏季食用，吃起来爽口。凉拌面的制作过程比较复杂。先将面条在锅里煮熟，捞起，再在凉开水里走过，晾干，将事先做好的佐料浇上。凉凉的、挺挺的、滑滑的，真是可口可心。曾在一夏日做过一次，家人无不称好。

至于青菜面，也就是面条里加点青菜，吃得更多。大家一定以为很简单，其实不然。我的制作是这样的：先将青菜切开，茎与叶子分开，伴以豆油、生姜、盐，煸成八成熟，先煸茎，再煸叶子，盛起。开水下面，待面条将熟，将青菜烩入。如果青菜不煸，一则淡而无味，也容易蔫。面条起锅前，再加少许榨菜丝。

有时候，从卤菜店买一点诸如猪头肉、肴肉、熏鱼之类的小菜佐之，一顿面条餐就更丰盛了。

我不喜欢独饮。据说，酒拖面，就着面条喝酒，也很有趣，一边吱溜吱溜地饮酒，一边呼呼地拖面，自娱自乐，该是十分惬意的。

因为谙熟于做面，妻子出差的话就不需要她做几道菜存在冰箱里，我自己动手想着法子做面条，非但不怨，而且乐在其中。因为喜欢吃面条，到哪儿出差都不怕饮食不习惯，彼地饮食不合口味不要紧，吃面条啊，面条是全国各地都有的。有一年去内蒙古，我不吃羊肉，偏偏顿顿有羊肉，我就买方便面吃，或者到小摊上自己动手下面吃，七天时间一直吃面条，并没有觉得不舒服。

以我的经验看，美食家是吃出来的，美食家大都是馋猫。天南海北地吃，大餐小菜地尝，现在的菜肴已经是汇通天下，难以分辨哪一席属于何地、何种特色，在小县城里也能吃遍天下。美食家们吃出了门道，每每一个小创新，都给普通菜肴生色添香。由此可见，光吃还不行，要思考，还要动手做，按照自己对食材的了解和自己的喜好制作，多次实践，往往能做出一道或几道美食。

仅面条而言，不知哪一个机构评出了全国十大面条，包括武汉热干面、北京炸酱面、山西刀削面、兰州拉面、四川担担面、河南萧记烩面、杭州片儿面、昆山奥灶面、镇江锅盖面和吉林延吉冷面，而为四面八方友朋所喜爱的高邮阳春面不在其中。文友兆言兄多次到高邮，多次到沿街的小面店吃面条，赞不绝口。他从未说起过所谓的十大面条。

我所做的面条，就是在高邮阳春面的基础上改进和创新的，吃起来挺美。我敢说，我烹制的面条，绝不比那些好事者评出的十大面条差。

手机里的妈妈

近一月来，我几乎每天都打开手机的相册，看妈妈的相片。那是两个月前，我回家用手机为妈妈拍的。

我仔细地看着妈妈雪白雪白的头发，细数着妈妈脸上数不清的皱纹。九十六载的风霜，九十六年的雨雪，冲刷出深深浅浅的皱纹。

我长时间地与妈妈对视，泪水汪汪而下。

妈妈定格在手机里。

一

4月18日（2018年）凌晨0时48分，妈妈走了，没有留下一言半语。

或许，与姐弟们相比，我是幸运的。

4月15日下午，我回家看望了父母。父亲在躺椅上打盹儿，妈妈在收拾香烛。妈妈告诉我："明天是三月初一，要到庙里烧香。"我知道，几十年来，每月的朔望之日，妈妈必定到庙里烧香。三月初一，有些特殊，是我和弟弟的生日，妈妈自然格外用心。妈妈问我那出生不久的外孙女的情况，并要带点钱给她。我说："她还不会用钱，带钱干吗？等她会用了，您再给她。"妈妈笑笑。我临走时，问妈妈有没钱，要不要留点钱。妈妈说："钱多哩，不要留。"我走了，妈妈又追着说："不送你了。"

以往回家，爸妈都要送我到村后的路上，直到看着我的车离去，怎么劝阻都不回去。

哪知道，这是我与妈妈说的最后几句话。

二

4月16日清晨，打开手机，手机里有若干个来电提示。一股阴云，从我的心头掠过。

拨通弟弟的电话。弟弟很急促地告诉我："妈妈不行了！"

怎么就不行了呢，昨天不是还好好的？没等我问话，弟弟已经挂了电话。

没有洗漱，没有吃早餐，我直奔老家而去。

妈妈蜷曲在躺椅里，眼睛闭着，口里直吐泛红的泡沫，喉管里传出呼啦呼啦的喘息声。任我怎样叫妈妈，妈妈一点儿反应也没有。

请来乡医，做了简单检查，左脚板有知觉，右脚板一点儿反应都没有，初步诊断是脑梗或脑出血，至于详细情况，要到上一级医院检查。医生又说："依老人的状况，可能半路上就不行了。"

村里的人一拨拨地前来探望。有人说："不能动，在半路上有个好歹，多不好啊。"

看来，回天无力了。

三

依照乡里风俗，打了地铺，让妈妈躺到地铺上。这样做，是明摆着等着妈妈走啊。

看着地铺上瘦小无助亦无知觉的妈妈，我禁不住号啕大哭。

整整一天一夜，妈妈就这么躺着，口里的泡沫一股股、一团团地流出。

九十四岁的爸爸，时不时跪下去，为妈妈擦着泡沫，嘴里念念有词："你肚子饿了吧，我为你煮粥……你带我一块走吧，把我一个人留在这世上受罪……"

爸爸絮絮叨叨的话语，如同万箭，穿刺着我的心房，我承受着难以述说的痛苦。

爸妈相濡以沫七十七年。他们共同经受了人世间的种种苦难，他们也曾一起享受着生活中的点点快乐。七十七年里，妈妈所受的苦难，可以写一本书，我不想咀嚼那些不堪的苦，而妈妈所享的福，是很少很少的。

妈妈走了，没打一声招呼就走了，剩下爸爸如同一只孤雁。我理解爸爸的苦楚，却无法劝解爸爸。

四

妈妈就这么昏昏地躺着，不吃不喝不言语。

17 日下午 3 时，奇迹出现了。

我跪下去为妈妈擦拭泡沫，并用棉签湿润妈妈的嘴唇。我一遍遍喊着妈妈。妈妈的左眼微微睁开，右眼角有泪水渗出。

我喊来姐弟，他们也一声声叫唤着妈妈。妈妈的右眼也睁开了，无力也无光。

一位探望的老人说，没得用了。

这难道就是回光返照？

妈妈的眼睛睁着，从中读不出任何信息。呼吸越来越急促，泡沫越来越多。

直至 18 日 0 时 15 分，妈妈的呼吸微弱了。我们赶紧为妈妈穿衣服。衣服刚刚穿好。妈妈走了，表情很平和。

我们按照农村风俗处理着妈妈的后事。

五

什么是孝？孔子说："生，事之以礼；死，葬之以礼，祭之以礼。"

妈妈走后，我和姐弟尽心尽力做着风俗里应该做的，勉强说是"葬之以礼，祭之以礼"，但对妈妈，有意义吗？

我在"生，事之以礼"上做得太少太少了，总以为不少老人的吃穿，不缺老人的用度，就是孝了。"礼"之所指，何止吃穿用度。总推说忙于生计，在父母身边的时间屈指可数。

九十多岁的父母一直生活在老家，他们生活中有多少困难，我们想得太少了。父母也从未在我面前说过一个难字。

民谚："养儿防老，积谷防饥。"积谷可以防饥，养儿能够防老吗？至少，我这个儿子在父母防老方面做得是很差很差的。

细细想想，在人口迁徙频繁的现代社会，养儿防老还真的是一个问题。

六

农历三月初一是我和弟弟的生日。人说，儿女的生日是母亲的苦难日。妈妈生了六个小孩，其所遭受的苦难，文字表述自是苍白的。

妈妈是在我和弟弟生日的那一天倒下的，是在我和弟弟生日的第三天走的。

妈妈太睿智了。她为她的归期做了如此精心的规划。

妈妈，您是怕我们忘了您，是吧？

怎么会呢？您走后的第一个月里，我整夜整夜地睡不着，感觉您就在我的眼前，您就在我的身边。

妈妈，您定格在手机里，定格在我的心里。

读书吧，爸爸

6月9日（2018年），弟弟在亲友群上传了两张爸爸读书的照片。一张是裸眼，一张戴着眼镜。

爸爸九十四岁了，听力不足，视力尚好，看书读报可不借助于眼镜。

如果是在以往，这两张照片，我不会十分留心，更不会令我产生情绪的波动。

对于爸爸能看书读报，我一点也不奇怪。爸爸读过十多年私塾，虽然没有读出"黄金屋""颜如玉"，但也积累了一定的文化知识。

而在距离4月18日还不到两个月的时候，爸爸能坐下来读书，实在出乎我的意料。

我看着照片，心中有说不出的滋味，泪水不由自主地顺着鼻翼而下。

4月16日清晨，妈妈突然倒下，昏昏然躺在地铺上，两天两夜。

在这生离死别的两天两夜里，爸爸几乎没有睡觉。时不时，两腿跪下，为妈妈擦拭嘴角的泡沫，为妈妈洗脸。时不时，与妈妈对话，"你走也没告诉我一声""你想吃粥，我去为你烧"，并要求妈妈"你把我一同带走吧，不要让我一个人在世上受罪"。

两天两夜里，爸爸一直老泪纵横，有时甚至泣不成声。

那时的爸爸是不理智的，老人家也许忘了，同年同月同日生并不能实现，同样，同年同月同日死，也不是主观愿望所能决定的。

彼情彼景，不忍述说，也难以用文字表达。

我从爸爸的言行里，体味到父母七十七年的深情，他们早已从夫妻出发，以姐弟到终，患难与共，相濡以沫。

妈妈还是无可挽留地走了。几天里，爸爸丧魂失魄，或而独处一隅喃喃自语，或而默默以泪洗面。

出殡那天清晨，爸爸扑向灵柩，失声大哭。

我真的害怕爸爸挺不住。

妈妈走后，按照风俗，每周一下午为妈妈烧七。头七下午，刚进门，爸爸就告诉我，他每天一天三顿为妈妈上饭。

我一听，鼻子发酸，泪水直流。九十四岁的父亲，天天为我们侍候着已经离他而去的母亲，那是用情、用爱能概括的吗？

我走进父亲的卧室，床头桌上，放着几张母亲与父亲的合影。我不知道父亲是从哪儿找出来的，很显然，父亲还停滞在与母亲的共同生活里。

三七回家，刚坐下，爸爸带着泪水哭腔告诉我："昨天夜里，你妈妈回家来了。"我知道是子虚乌有。为了不扫父亲的兴，我大声地问："你看到啦？"爸爸回答："不曾看见，听到堂屋的桌子响了。"导致桌子响的可能性太多了，怎能以此判定是妈妈回来了呢？再者，爸爸的听力不好，怎能听到桌子响呢？我不愿也不敢戳穿爸爸的幻觉。

五七回家，爸爸又告诉我："昨天夜里你妈妈回来了，我与她说话，她不睬，一会儿就走了。"

我知道，这是爸爸思之越深，念之越切，陷之越远，不可自拔。

我担心爸爸沉湎下去，思维错乱，精神恍惚，身体也会因此一天天地垮下去。

爸爸的思维确实出问题了。"复山"（民间风俗，指亡者下葬第三天，为墓加土，使墓坟起）回家，家人告诉我，上午爸爸闹了半天，说家里的电饭煲被人偷了，煤气灶也被人偷了。这是根本没有的事。

爸爸的头脑一直是很好的，之所以如此，是想得太多、太专一了。

用什么方法分散爸爸的注意力？旅游不合适，打麻将没人带，爸爸也不太喜欢看电视。

就在我万分焦急且无计可施时，弟弟上传了爸爸的读书照。

我为此大喜过望。

照片上的爸爸头发全白，面容清癯，但精神还好。

爸爸读的是我写的书，书名是《我的父亲母亲》，这本书是为父亲九十大寿而出的，收集了几十年里我父母的生活，有四十篇散文。江苏省作协副主席储福金先生为之作序，漫画家陈景国先生为之配图。

妻子问我："爸爸怎么突然读书了，是想从书中找到妈妈活着时的样子？"

"问那么多干吗，读起来就行。"我说。

6月13日下午，我按捺不住激动的心情，与妻赶回老家，给爸爸送书。我整理出近年来出的三本书《一种生活》《不屈的脊梁》《回不去的过去》。这三本书不少内容都是爸爸熟悉的，爸爸应该喜欢。

记得我的第一本书出版时，爸爸要了几本，留一本自己看，其余的送给了他的朋友。

爸爸接过书，就看起来，还轻轻地读出声音。

我问："爸爸，你天天读书吗？"

爸爸头也不抬地告诉我，晚上睡不着也读。

床头桌上确实放着《我的父亲母亲》，书上是一副眼镜。

我的眼睛湿润了。

读书吧，爸爸。

不是希望您读出智慧，读出才干，而是希望您能以读书整理荒乱的思绪，消磨寂寞的时光，尽快走出过往，走出痛苦。

读书吧，爸爸。儿子会为您写更多的书。

爸爸，您可能早忘了，四十六年前，您用为生产队到兴化装氨水分得的几角钱，为我买了一本故事集《山里红梅》。我反复地读过多遍，而且珍藏多年。

《山里红梅》，也许就是我第一本完整的文学启蒙读物。

这个故事，就躲在我的书里，您读着读着就会发现了。

妈妈，今天是我的生日

妈妈，今天是农历三月初一，是我的生日。我在小城的家里，您却去了远方。

今天又是清明节，我没有回家。我怕回家想起那令人心碎的一幕。去年的清明节，您还一如往年"烧纸敬先"，今年却物是人非，让儿子情何以堪？

听父亲说，去年的三月初一，您清晨5点就提着沉重的香篮，到村东首的慈云庵烧香，这是您每年三月初一必做的功课。您曾无数次地对我说："我烧香不求福禄，不求自己长寿，只求儿女平安。"

谁承想，刚登上庵前的几级台阶，您就倒下了，再也没有起来，三月初三成了您的忌日。

六十二年前的今天，您生了我。您生我的时候已经三十五岁，在人均寿命四十多一点的当时，您是高龄产妇，生我该是冒着多大的风险啊。但您决然地生下了我。有人说，是我改变了您的命运，因为父亲是祖父弟兄仨中唯一的男嗣，我前面又有三位姐姐。而我感激您将我带到人间。

您百般地呵护我，为我取了女性化的乳名，为我留了两条辫子，直到十岁才剪去，为我戴耳环、戴锁还有脚镯。您想尽办法保我平安。

我出生后，家里温饱难继。为了让我免遭饥饿之苦，您，还有外婆，抱着我投奔到上海郊县的姨妈家。

白天，您到河堤下、荒滩芦苇丛中摸螺子，晚上，在灯下剪洗，第二天清晨赶往上海市区，在大街小巷叫卖。然后用卖螺子换来的钱买早饭给我吃。妈妈说:"每天你的早饭都是一碗面条、一个包子。"妈妈不止一次含着笑用手指戳着我的头嗔怪我:"你的嘴很刁,包子只吃馅不吃皮。"每每忆起,我都感到羞愧,真是年幼无知,在那个饿死人的年代,我竟然挑三拣四。妈妈和外婆吃什么早饭,她们从没对我讲过。外婆告诉我:"你妈妈的双手整天泡在水里,烂得像个蜂窝。"

妈妈,您为我吃尽了苦头,但您从来没有抱怨过。

几乎每年春节全家团圆的时候,大姐都会老生常谈,说:"你很小的时候,大忙时节,妈妈打夜工,都是我带着你睡觉。有一天,妈妈收工回家,床上看不到你。妈妈急了,叫醒我,问宝宝哪去了,我当即就哭了。后来在床底下找到了你。妈妈抱起你,看了又看。打那以后,妈妈再也不打夜工了,队上有夜工活,都是让我去。"

那天大姐一定受了妈妈的责罚,但大姐没说。大姐也只长我十四岁,委屈了大姐。

上小学时冬天的早晨,您都亲手为我穿好衣服,双手在衣服上抹了又抹,帮我戴上瓜皮帽,还备了一只取暖的小铜炉,让姐姐护送我到学校。妈妈是怕她的儿子冷着、冻着。时间如白驹过隙,彼情彼景,历历在目。

1973年,我初中毕业。一个生产队与我做同学的还有两三位,他们的家长不由分说,就让他们回家上工挣工分了。在我上与不上高中的问题上,家里是有争议的。父亲不太管事。读过私塾的爷爷也主张让我回家干活,毕竟那是以工分决定粮油的年代,也是不太能解决温饱问题的时代。但妈妈不同意,坚决让我继续上学。正好,我也考上了。那一年有点特殊,高中升学是推荐与考试相结合——既要大队推荐,又要考出一定分数。妈妈说:"他岁数还小,挣不了多少工分,还是让他上学,多读点书多识点字,做农活的日子长呢。"后来,我上了高中。如果妈妈顺着爷爷的想法,我的成长又是另一条轨迹。

妈妈不识字,也不懂得文化多么重要。我想妈妈是想通过上学,让我免得过早地承担繁重的劳务。

正因为是高中毕业，毕业后不久，我就当上了民办教师，后来又顺利考进了师范学校，捧上了公家饭碗。祖祖辈辈职业栏目中的农民改写成了教员。

从1980年起，近乎四十年，我辗转于城乡学校机关之中讨生活、谋生计，很少在父母身边。但妈妈一刻也没有离开过我。每次回家，妈妈都会用眼睛盯着我的脸看了又看，说我瘦了黑了，都会教导我少喝酒、少抽烟、少熬夜，当心身体。我非常清楚地记得，有一年夏季某一日，七十多岁的妈妈，居然乘车几十里到我家。我当是妈妈来玩的，哪知道是妻子将我醉酒的事告诉了妈妈，妈妈不放心赶来。妈妈责备我不该滥喝酒，"酒是穿肠毒药"，是妈妈那次对我说的。

凡见面，妈妈都叫我不要由着性子来，多做事少说话，不要跟别人争长争短。妈妈曾经找算命先生为我算命，算命先生说我"口舌重"（遭人非议）。妈妈将算命先生的话告诉我。妈妈的用意，我是懂的。

妈妈不是文化人，更不是哲学家，但哪一句话不包含着丰富的人生阅历，不蕴含着深刻的做人道理呢？

六十二年，风风雨雨，坎坎坷坷，有过失意也有过小小的得意，有过快乐也有过烦恼。妈妈始终为我遮风挡雨。我是妈妈生命的延续，妈妈是我的精神支柱。妈妈为我所做的一切，哪是一篇文章、一本书能够写尽的！

妈妈，今天是我的生日，是您的受难日，也是您抱病不起的日子。后天，就是您的周年忌日了，我将率妻女回家，为您焚香化纸祭拜。

我知道，这一切，对于逝者是毫无意义的。但是，妈妈，儿子还能为您做什么呢？

为您做什么现在都是徒劳的，您离儿子越来越远了。然而儿子坚信思念可以冲破阴阳之隔，穿透时空之阻。

妈妈的遗产

妈妈去世一年多了。

去年大年初一回家，妈妈的精神状态还很好，只是脸膛愈加灰黑，夜间断断续续地呻吟。我的心里掠过一片片阴云。但又往好处安慰自己，母亲毕竟是九十六岁的人了，哪能像年轻人那样红光满面呢，一棵树长到九十六年，历经风吹雨打，其表皮也一定不甚光洁。世间很少见过运转九十多个年头而一切如常的机器。人也是一台机器，运转时间长了，有点故障、出点状况是很正常的。

我终究没往心里去。

其间每隔十天半月回家看望一次父母。母亲每次都与我交流，每次都与父亲一起送我到村后的停车场上，没有流露出一丝一毫人之将去的痕迹。

印象特别深刻的是，去年4月15日下午因事顺道回家。妈妈见我，很高兴，拉我坐在她的身边，询问我那出生四个月的外孙女的情况，我从手机里取出外孙女的照片给母亲看，母亲连连称赞，比画着像谁，笑得合不拢嘴。

怎么也想不到，第二天一早，也就是4月16日清晨，家中来电话，母亲不行了。我匆匆赶回家，妈妈躺在睡椅上，任我呼叫，口不能言，眼不能睁，呼吸急促，口吐泛红的泡沫。虽经医生医治，但没有任何好转。这样延续到18日0时48分，妈妈走了。

我们按照农村的风俗操办了妈妈的后事。

妈妈离开我十三个多月了，但仿佛一直在我身边，有一段时间，睁眼闭眼全是妈妈的形象，处在深深的思念中，不可自拔。

慢慢地静下来，整理妈妈的遗产。

要说物质遗产，少得可怜，除了一枚戒指、两只耳环、一串项链，就是些旧衣服，还有俭省下来的一万余元。

但妈妈留下来的精神财产却是丰厚的。

妈妈具有中国农村传统女性的优点，同时又有着鲜明的个性。

妈妈特别坚强。二十岁与父亲结婚，十八岁的父亲根本不会种地，整天顶着读书的名义，与村上的一班年轻人游玩。祖母是小脚女人，且大家闺秀，种不了地。妈妈用瘦弱的肩头扛着男人的责任，种着几亩薄地，维持一家人的生计。

岁月如砺，它能使稚嫩变成熟，使钝刀显锋芒。随着几个姐姐的出生，家庭生活负担越来越重，母亲显然不堪重荷。父亲渐渐地成长、成熟起来，由妈妈的帮手成为大劳力。

造化真会弄人。正值壮年的父亲又突发急病，一病不起，而且被医生判了死刑。好端端的家庭被横来一击，柱摧梁断，大厦将倾。一个女人带着四个未成年的孩子，拖着一个行将就木者，该如何生活啊。

村里一些人叽叽喳喳地猜想，妈妈肯定不会在这个家里过下去了。还有人劝妈妈改嫁："在这个家过下去，哪时是个头啊？"

妈妈没有走。药疗不行，就食疗。妈妈变卖了首饰，每天买鱼煨汤给父亲食用。父亲的病居然一天天地好转，直到痊愈。几十年过去了，父亲身体一直很好。

假如妈妈一走了之，那家还是家吗？就凭这一点，我们也得终生感念母亲。

其后的几十年，家里虽然出现几次变故：妈妈因为到大丰舅舅家借贷摔成骨折，卧床日久；父亲的两个指头被粉碎机的皮带轧去半截；父亲当生产队现金保管员时亏空集体一千多元，家中被搬得空空如也……但妈妈始终选择坚强，用双手挣生活，用双肩扛艰难。

妈妈曾不止一次地对我说："人穷不能志短，穷不能穷在嘴上，要记在心上。喊穷，没有人给你钱。"

妈妈不识字，是生活教她学问，在艰难中积累经验。

在我的记忆里，妈妈只流过三次眼泪。一次是1975年我高中毕业，那年冬天随着村上一拨壮劳力到三阳河工地挑圩，妈妈看着我满是老茧的双手，冻裂的双颊，流泪了。一次是外婆去世。还有一次是大姐去世，长女离去，对妈妈的打击太大了。

母亲的坚强坚忍，一直支撑着我，鼓励着我。

妈妈特别大度。到我们村上七十多年，一个几百人的村子，百十户人家聚集在一起，难免长长短短，打打斗斗。妈妈非但没有与人打骂过，红脸的事，都是少之又少。妈妈从不眼红别人日子红火，也不背后扯些家长里短。妈妈说："舌头耷下来千斤重，千万不能信口开河。"我家屋后的一块地，是父母挑土垫起来的，却被别人家砌了小屋子堆放杂物，我很不服气。妈妈说："你们都不在家，屋子够大了，他们想砌就让他们砌吧。"大有"让他三尺又何妨"的风度。小时候，我们与邻居家小孩发生争执，妈妈不管我们对错，总是先教育我们，绝不会兴师问罪到邻家。正因如此处理，邻里间多了和谐，少了嫌隙。

妈妈特别爱我们，对我们的爱，又有别于一般父母。拿我来说，小时候因为我是惯宝宝，非常调皮。妈妈管教很严，在他人面前绝不护短，经常跑到学校，请求老师对我严加管教。我犯错，妈妈不会轻易放过，小错口教，大错，棍棒加身也是有的。我从1973年到公社上高中，此后几十年，大多在外地工作生活。妈妈对我说得最多的是，工作要认真，不要怕吃苦，不要跟人家争多争少，老实人不吃亏。早年，我在村上初级中学任教时，妈妈每天总是让我早点去学校，扫扫地、烧烧水、抹抹桌子。

每每想到这些，情不能自禁，但妈妈不喜欢流泪。

妈妈离我越来越远了。妈妈没有留下百万千万的财富，但留下了丰硕而无价的精神遗产，使我受用不尽。我会践行妈妈的精神与品德，并留诸后人，使之固化为家风家训。

跪请娘舅

　　我的手机上，于 2018 年 4 月 18 日凌晨记下了短短的一句话："妈妈于 0 时 48 分辞世"。

　　这句毫无修饰的短语，其承载的重、苦、悲，是每一位为儿女者，都能体会的。

　　妈妈走得太突然，15 日下午我因事顺路回家，爸妈都很好。妈妈与我坐在一条凳上，谈着一些家长里短的事儿，特别关照我少喝酒，多休息，没有一点点"人之将去"的征兆。可是，16 日清晨，老家打来电话，说妈妈不行了。我匆匆赶回家，妈妈躺在一张睡椅上，已经不省人事。请医生诊治，医生无力回天。

　　妈妈微微地咳喘着。我们就像看着远处一条船慢慢沉下去，却无力救援一样，只能守候在母亲身边，一声声地叫着妈妈。

　　妈妈一直坚持到 18 日 0 时 48 分，安详地走了。

　　村上人说，妈妈以九十六岁高寿善终，也算是喜事。

　　话虽如此，其悲痛仍然难以抑制，想到一直陪伴我风风雨雨六十多年的母亲，从此与我阴阳两隔，泪不能止。

　　到上午 9 时，族人们已经按照丧礼准备妥当。我的头脑里纷乱如麻，不知道该干吗。

　　有人提醒我："该到你舅舅那里报丧了。你是长子该派你去。"

　　还有人叮嘱我："到舅舅家门前一定要下跪啊。"也有人说："外甥子也是奔七的人了，跪什么跪啊。"

我披麻戴孝驱车直奔舅舅家去。

舅舅家在兴化西郊的赵沟村，与我家相距约二十里，沿着兴化开发区的大道，由南而北，再向西拐进去三四里就到了。

远远地就看到舅舅家的三层楼房，如鹤立鸡群。舅舅家的房子是近年新建的，刚建成时，已经九十出头的妈妈一定要我陪她到舅舅家看看。妈妈楼里楼外、楼上楼下地看，不知连说了多少个好，那个高兴劲真像个孩子。妈妈是为娘家的变化而高兴。

车在舅舅家门前的阔地上刚停下，舅舅已经站在门前。我赶忙下车，紧走两步，直直地在舅舅面前跪下去，泪如雨下。七十八岁的舅舅哭着挽起我，说："快起来，快起来，跪什么啊。"

邻居们七嘴八舌地议论着："这么大的外甥子，还跪啊。""莫说这么大，在舅舅面前，七老八十也要跪啊。""你们晓得啊，这个外甥子还在公家做事呢。""管他做什戏，该跪就要跪。"

妈妈是八位姐弟中的老大，舅舅是老小，中间的几位舅舅和姨娘都先后走了。

舅舅又领着我，到表兄、表弟家报丧。舅舅说："到表兄表弟家就不用跪了。"

舅舅略作准备，随我回家。

一到我家，跑忙的就吵吵起来："舅舅来了！"

有一位婶婶，特地跑到我舅舅身边问："外甥子跪了吗？"

舅舅边向堂屋里走边回答："跪了跪了。"

那位婶婶似乎不信，追问："真的假的？"

那位婶婶或许以为我岁数大了，不会跪，或许还有什么其他想法，所以怀疑。

"真跪了，哄你，做戏啊？"舅舅显得有点不耐烦了。

在我的老家，外甥结婚，舅舅要坐头席，以往因为指席不当，而引起舅舅不满，掀桌子也是有过的。母亲去世，外甥要跪请舅舅。

我以为，舅舅坐头席是对母亲娘家的尊重。跪请舅舅，是外甥对舅舅的忏悔，表示自己没有照顾好母亲，请舅舅谅解，并请舅舅挽头钉，代表娘家送母亲最后一程。

天大地大娘最大。为娘而跪请舅舅，与年龄地位，有什么关系呢？

秋日忆伏

沐浴在秋风秋雨里，忽而忆起儿时伏日的事来。

曝　伏

伏天是一年中气温最高，也是最干燥的时段。一到大伏天，妈妈总会用门板搭成台子，将箱箱笼笼里的衣物、被套拿出来曝晒，叫作曝伏。

衣物很少，仅棉衣棉被而已。春夏秋三季的衣服很含糊，不像现在这么分明。"二八月乱穿衣"，是不是也指可供选择的衣物很少呢？

妈妈看重的是一只鞋箱里的物件。我以为妈是搞错了，那不应该是鞋箱，鞋箱哪会那么小啊，应该是梳妆箱，用来摆放女人梳妆用的物品。那箱子高尺许，横切面是长方形，长两尺左右，宽一尺多，分上下两层，表面橙红锃亮。铜质的铰链、锁环，那是妈妈的陪嫁品。里面放着父亲的记账簿、私章以及妈妈积攒的零钱。这些东西，是不需要曝晒的。妈妈会慎重地拿出其中两个红包。一个红包里是我的耳环、索锁、脚镯；另一个红包里，是我十岁时剪下的两支小辫子。妈妈到我们家，一连生了四个女孩，第五个才生了我这个男丁。一生下来，就像女孩一样全副武装，取了一个女性化的乳名——五丫头，还留了两个小辫子，直到十岁才剪了。妈妈自然很看重那两个红包。

爷爷奶奶别室而居，差不多同一天曝伏。妈妈会过去帮忙。

爷爷不管奶奶晒什么，他晒他的心爱之物。爷爷是看风水的，村人称为"阴阳先生"。爷爷排行老二，又称"二先生"。

他晒的是一摞线装书，一本黄历，一套手抄本的字典。爷爷说，那手抄本字典是他的老师送的，用正楷写成，线装，非常珍贵。后来爷爷仙逝，我负笈外游，那套伴随爷爷一生的字典，不知到了哪一位好之者手中。

歇 伏

小时候常听老人们说，"嫁出门的姑娘泼出门的水"。我当时以为父母太绝情了，怎么能将辛辛苦苦抚养成人的女孩比作泼出门的水呢，虽然女儿出嫁，但亲情还在啊。

真正使我改变想法的是妈妈让我接三姐回家歇伏。

我不知道城里的女孩有没有歇伏一说。在农村，歇伏是专为嫁出门的女孩而设的。一到伏天，娘家总会接女儿回家歇伏，也就是到娘家休息几天。

我的三姐嫁到离我家二十多里路的兴化西郊。

有一年大伏天，妈妈让我到三姐家，接三姐回家歇伏。

我趁着早晨凉爽，步行三个多小时，到了三姐家。三姐听我说是接她回家歇伏，非常高兴，有意无意地告诉邻居："兄弟接我回家歇伏。"

三姐在家歇了三天。妈妈想方设法烧点好菜。三姐闲不住，帮妈补衣做鞋。三天后，三姐依依不舍地回婆家了。

仿佛约好似的，几乎前后几天，左邻右舍嫁出门的姑娘都被接回来歇伏了。她们坐在树荫下，交谈甚欢。

"嫁出门的姑娘泼出门的水"，不是代表父母绝情，而是饱含父母的深情，他们希望女儿从出嫁的那一天起，不要想着娘家，而要一心一意在婆家过日子，不要因为自己的不努力或者其他原因，被婆家看不起，甚至被休了。

如果绝情，为什么一到伏天，父母就想着接女儿回家歇伏呢？

医 伏

医伏不是一个固定的词，而是我根据所见创出的一个词。

伏天前后一个月左右，处于夏收与秋收间隙，农事活动较少，主要是薅草、治虫、积秋肥等稍稍轻便的活。

从"打了春赤脚奔"到伏天，前后半年。农人忙得不可开交。犁田、施肥、割麦、脱粒、插秧、除草，一环套一环，环环紧扣。特别是割麦，"割麦如救火"，割迟一天，麦穗脱落，大大减收。吃饭带跑，睡觉打个盹儿，小病挨着，轻伤忍着，体力严重透支。到了伏天，消闲些，各种毛病会冒出头来。农人们这才想到要看看病，调养调养身体。

家乡人特别相信中医，一到伏天，不少人到兴化城里找中医看病，以胃病和妇科病为主。恰好兴化城里有两位名医，一位住城东，专治胃病；一位住城西，专治妇科病。

我陪妈妈到城东的医师家看过胃病，也陪大姐到城西的医师家看过妇科病，大姐病愈后一年生了个大胖小子，还专程到医师家送过红蛋。

看病哪能等到伏天呢？那时医疗资源严重缺乏，加之工分太重要了，谁也不敢轻易请一天假看病，小病小痛只能等到伏天闲时再治。

随着时代变迁，伏天的一些事，渐渐忘了、丢了，比如曝伏、医伏，但维系人们情感的事儿，还是应该继续下去，比如接女儿回娘家歇伏。人世间，最能打动人、感染人的非物质，而是精神情感。

感念江西五十六年

江西，在我心中整整萦绕了五十六年。

我七岁那年二月，大姐瞒着爸妈，与其男友，去了一个叫江西的地方。

母亲于三月初一生下弟弟，整个月子里，妈妈念念不已的是大姐，絮絮叨叨的是江西。

村上的一些老人，常来安慰妈妈："不要急，月子里急不得。"村子上有十多个青壮年都去了江西。江西那地方，地广人稀，盛产木材，缺少劳力砍木头，他们是去拉大锯砍木头的，管吃管住，还有工钱。

三年困难时期及其后，村子上有不少人流落他乡，其中部分人去了江西。

妈妈哪里放心得下，一出月子，就背着弟弟去了江西。

江西在哪里，有多远，妈妈是如何去的？一个人在童年时代是不会考虑那么多的。只知道，妈妈月余才回来，说了些什么，已经记不清了。但我记得大姐确实去了江西。

显然，在我幼小的心灵里，江西连接着大姐。

一年后，大姐与男友回家成婚，再也没去过江西。

在去江西的那拨人里，有我的邻居，是兄弟俩，算起来，还是我的同族祖父辈。老大视力不好，有点文化，老二身材高大，膂力过人。

据母亲说，弟兄俩身世艰难，很小就没了爹妈，老大带着老二过日子。

多年后，老大用弟兄俩拉大锯的积蓄，为老二娶了媳妇。

弟兄俩仍然在江西，老二的妻子留在老家。老家有了炊烟，一年后，老二媳妇又生了一个儿子。老大对人说："我可以向地下的父母交代了。"

可谁也想不到，这样一个苦心经营起来的小家庭，竟然遭遇了灭顶之灾。老二在一次山顶作业中，不小心，脚下一滑，从山下滚下来，导致颈椎骨折。急送上海诊治，倾其所有，借贷不少。老大感叹："如果不是江西老表出力出钱，热心帮助，可能渡不了那道难关。"

老二治愈后，脖子一直梗着，不能屈伸，只能在家中种点责任田。

老大还是在江西，继续着伐木生活，挣钱还债，资助老二养儿育女。

这样一年又一年，老大错过了婚期，一直单身。不过，他很豁达，说："一个人挺好，打起背包就走，无牵无累。"

老大每年都回来一两次。我家与他家前后挨着。等到他从壮年到老年，我也是青年了。我称他林德公。每次回来，都要缠住他，听他讲外面的世界。他讲得最多的自然是江西，江西的山山水水、历史风情。

第一次听说滕王阁与王勃，就是他讲的。他讲滕王阁的由来，讲滕王阁如何有名，讲王勃如何才高八斗，小小年纪，众目睽睽下，传世美文一挥而就。讲江西如何人才济济，唐宋八大家，江西独得三席。讲景德镇的瓷器如何洁白如玉、经久耐用。记忆中林德公曾送我一只白色的小茶杯，几经搬迁，不知到哪里去了。他讲得神采飞扬，激动无比，仿佛把自家宝贝一件件地搬出来给人看一样自豪。

林德公向我展示了一个多彩多姿、神奇非常的江西。江西，是令我向往的地方。

1980年，我正上师范，林德公邮给我一本书，书名曰《宋文选》。那是一个缺书的年代，我又是那样渴望读书，那本书对于我不啻珠宝。从那本书里，我读到范仲淹的《岳阳楼记》，"先天下之忧而忧，后天下之乐而乐"，铭记在心。读到了欧阳修《醉翁亭记》，二十多年后的深冬出差滁州，冒雪拜谒醉翁亭。读到了王安石、曾巩和苏轼。曾巩的《墨池记》，直到现在，我还能背诵下来，因此懂得为学必勤。遗憾的是《宋文选》本是上下册，林德公只寄我上册。是林德公疏忽了，还是囊中羞涩，不得而知。有一年暑假，林德公甚至向我父母提出带我到江西玩一阵子，但父亲没有吭声。还有一年单位派我到井冈山干部学院培训，票都买好了，后因单位临时有突击性任务，不得不取消。

说来也怪，我去过福建、浙江、安徽，一次次与江西擦肩而过。

林德公已经八十开外，于十年前，回家养老。我回老家一遇见他，他说得最多的还是江西，说江西特产丰饶，说江西人情醇厚。临了，总不忘问我："有没有去过江西？"我总是十分愧疚地以实相告。他总是以惋惜的口气对我说："江西值得走走。"有一次，他非常激动而神秘地告诉我，我们高邮的秦少游曾经做过曾巩的学生。查找史料，并无详尽的记载。但我想，这也不会是空穴来风。曾巩、王安石、苏轼都是欧阳修的学生，秦少游是苏轼的门生，秦少游尊称曾巩为老师，也是顺理成章的。

退休后，我打算出游的第一站就是江西，但一直未能成行。

我相信天从人愿。2019年9月上旬，接到中国散文家协会的通知，9月下旬组织一批散文作家到江西南丰采风。

江西南丰，不就是曾巩的家乡吗？再细看通知，今年是曾巩诞辰一千周年，抚州市人民政府策划了一系列纪念活动，作家采风只是活动之一。

我的心情激动成怎样，真是难以诉诸文字。我首先想到的是将这个消息告诉林德公，让他分享我的快乐。可惜，林德公年岁已高，没有电话，也没有手机。

9月22日，我从镇江南乘动车前往南昌南车站。四个半小时的路程，没有看书，没有瞌睡，看着窗外唰唰退去的山河，想象着林德公为我勾画的江西,激动之心难抑。

一出车站,便看到两位靓妹拉着"欢迎"的红色条幅,心里顿感温暖万分。

又驱车三个多小时,到达曾巩的故乡南丰县。县里的领导早早等候在宾馆门前,为我们搬行李,忙登记,如同家人,旅途疲倦一扫而尽。

难怪林德公作为一个异乡人,能够在江西生活五十多年,年至耄耋还念念不忘。

采风活动安排得紧凑而丰富,从南丰到抚州,景点无数。其山水之美,林木之秀,自不待言。给我印象最深、受益最多的还是文化。南丰有曾巩祠、曾巩文化园、曾巩纪念馆,抚州有王安石纪念馆、名人文化园、汤显祖文化艺术中心、汤显祖戏剧节。墨香漫四野,文气泅山林。山水与人文交融,美轮美奂。

尤其让我意外的是,在南丰我看到了傩舞表演。

《论语·乡党》记载:"乡人饮酒,杖者出,斯出矣。乡人傩,朝服而立于阼阶。"这一章是记孔子居乡之事。大意是说,孔子与乡里人饮酒,拄杖的老人退出后,才退出去。乡里迎神驱鬼时,穿着朝服站在东面的台阶上。朱熹对后一句作注说:"傩虽古礼,而近于戏,亦必朝服而临之者,无所不用其虔敬也。"

那么,"虽古礼,而近于戏"的傩,到底是怎样一种活动?久思而不得其解。在南丰,在国礼园(南丰蜜橘博物馆,因南丰蜜橘曾作为国礼由毛主席赠送给斯大林,而得名国礼园)举行的采风活动启动仪式上,南丰人的傩舞表演,让我豁然开朗。那一天,他们表演了两支舞,一支是"傩公傩婆",一支是"盘古开天地"。舞者戴着面具,配以锣鼓,舞而不言,其大意通过舞者的一招一式表达,观者了然。朱子所谓傩"近于戏",并非揣测。这一古礼或习俗,在大部分地区已经失传,但在南丰保存下来了。

南丰的一位文化干部向我介绍，南丰的傩舞始于汉代，最早是为了驱鬼逐疫，经过千年改革创新，已经演变为一种民俗舞蹈，被列入非物质文化遗产，有专门人员和专门的培训机构，每年春节期间，傩舞表演很受大众欢迎。

南丰被誉为千年傩乡，名不虚传。

此次江西之行，可谓来去匆匆，在江西只待了一天半。24 日下午，朋友驱车，由江西到安徽，又到江苏，一路穿山越岭，乘兴而去，满载而归。于我，这是一次还愿之旅、探亲之旅，也是一次感恩之旅。乡贤秦观受教于南丰先生而致"长于议论，文丽而思深"。在经济最困难的时候，是江西老表接纳了我的村人，而使他们免遭冻馁之苦，岂敢不感之念之。

车过江西，我转过身，脱口而出："江西，谢谢您！"

江西，我还会再来的！

补齐《宋文选》

一本装帧极简易的《宋文选》，辗转多地，由城下乡，从乡入城，整整跟随我四十年。

这是我与《宋文选》的缘分，也蕴含着一份浓浓的情谊。

今天抚摸着封面破损、书页发黄的《宋文选》，倍感温馨。

1980年，我作为民办教师考入师范学校，远在江西讨生活的林德公知道这个消息后，很高兴，写了一封信给我，大意是勉励我好好学习，随后又寄了一本书给我，这就是保存至今的《宋文选》。

林德公是我邻居，又与我同族，比我辈分高，名讳林德，我尊之为林德公。林德公稍有文化，困难时期去了江西，以拉大锯为生。回家探亲，往往与我抵足而眠，成了忘年交。常常跟我说起其父母早亡，童年日艰，也因读书甚少而扼腕长叹。

林德公寄书给我，用心可知。

这本《宋文选》是1980年由人民文学出版社出版发行的，分上下两册。林德公只寄给我上册，是林德公囊中羞涩，未得全款而购，还是分期印行，未及跟进，抑或根本不知道是上下册，究竟因何只寄上册，不得而知，也不便寻问于林德公。

我系统学习文言文是从考入师范开始的，《宋文选》起到了很好的辅助作用。

我的中小学几乎是在动荡年代完成的，文言文学习除了家学以外，一片空白。"文革"开始，家中书籍被抄被毁，文言文学习也中止了。

师范学校的课程设立非常细，专门设立了古汉语课程，有专门的老师传授。现在想来，于我来说，文言文学习是下过一番苦功夫的。除了完成课上学习任务，常常利用节假日阅读经典文言文，一本二百来页的《宋文选》（上册），不知读了几遍。我的学习方法非常笨拙，往往是背一句原文，再背一句译文，文白对照，字字落实，努力做到"信、达、雅"。直到花甲之年，《岳阳楼记》《醉翁亭记》《墨池记》《游褒禅山记》等名篇，还能大段大段地背诵。

后来，做老师，进机关，我始终坚持文言文学习，一本破旧的《宋文选》一直置于案头。

诚如曾巩《墨池记》所言："（王）羲之之书晚乃善，则其所能，盖亦以精力自致者，非天成也。然后世未有能及者，岂其学不如彼邪？则学固岂可以少哉，况欲深造道德者邪？"

曾巩从传说中的王羲之习书之墨池（羲之尝慕张芝，临池学书，池水尽黑，此为其故迹，岂信然邪？），说到王羲之书法"晚乃善"，并非"天成"，是"精力自致"，延展到"后世未有能及者"，是学习不如王羲之勤奋，突出了自身学习的重要。

四十年前，林德公送我《宋文选》，其意也不外乎此。

我常常为《宋文选》之残缺而颇感遗憾。

今年12月，女儿为了弥补我这份持续了几十年的缺憾，在互联网旧书平台上，为我购买了《宋文选》（下册），价钱当然是原先的若干倍，那有什么呢？成全一件美事，续上一段旧情，哪是金钱能够度量的。

时过境迁，年过八旬的林德公，也许早已忘了送我《宋文选》。我非但不敢忘怀，还将继续读下去。

那个刻骨铭心的冬天

那是 1975 年的冬天，也是我高中毕业半年后的冬天。

那是一个无雪无雨，却流汗流血的冬天。

虽然过去四十四年，但我却无法忘记那个冬天。我怀抱着那个冬天走过了四十四年。其间有过苦难，有过挫折，然而，比较起那个冬天所受的一切，似乎都微不足道了。

1975 年冬天，大队有了大型水利工程任务——开挖三阳河，将三阳河从三垛向北延伸。大队又将任务分配到各生产队。我所在的生产队要求每户出一个壮劳力。当时，父亲已经五十开外，而且身体单薄，生性怯弱。几个姐姐都出门了，弟弟还小。我虽然于每年的暑假寒假参加一些轻便的劳动，但绝不是壮劳力，挑大圩可不比拾狗粪，是需要超强力量的。现实摆在面前，我们家要么父亲去，要么我去。如果不去就得向别人买工，年终分配时就少了油粮。

不知哪来的勇气，我几乎想都没想，也没有与父母商量，甚至没有带生活日用品，就跨上了生产队的冲水船，随着一班壮劳力，挑大圩去了。

壮劳力们看我去了，都说："你怎么挑得下来？"还有人笑话："不要把大卵子（疝气）挑下来，寻不到婆娘。"我的脸一阵阵火辣。

他们说得有道理，一个刚出校门的毛头小伙子，怎么能去挑大圩呢？

我咬住嘴唇，什么也不说。开弓哪有回头箭。

我们生产队被安排在原武宁公社南浩大队一户社员家中，二十来个人睡在一个用稻草铺成的地铺上。我与一位族叔倒腿而睡。当天晚上，大家兴致很高，有说有笑，很晚才睡去。

我感觉没睡多长时间，就有人叫起床了。开门一看，黑咕隆咚的，天上的星星还眨巴着眼睛。

早餐是干饭，没有菜，只有一大盆大白菜汤。我吃了一碗，实在咽不下。大人们要我多吃点，担子上肩，肚子容易饿。以往在学校、在家里，早餐都是稀饭。我说："够了。"

我们拿着工具摸索着向工地走去。隆冬的风，真是厉害，像剃刀刮着脸颊，又像一个精灵通过领口袖口进入身体，到处乱窜，令我一个寒战接着一个寒战。

分段放样等工作之前已经做好了，我们一到工地就干起来。四个人一个塘子，两人挖土两人挑，轮番进行。

土冻得结实，一铁锹砸下去，只能砸出一道浅浅的口子，只得一锹一锹地砸，用尽全身力气往下蹬。只干了一会儿，头上直冒热气，棉袄解开来散热。

塘口开下来了，东方展出如血的朝霞，望不到头的工地热火朝天。

果如大人们所言，太阳才到半山腰，我的肚子就饿了。上午工地上开水都没有，只能忍着。

开始我是挖土，挖了一个小时，两个手掌就疼得不行。可能是眉头皱得厉害，与我同挖的堂哥指导我："两个手不要死死捏住铁锹锹柄，要松松的，随着转动，劲要用在脚上腿上，而不是手上，如果你这样挖下去，等不到两天，双手就会生泡破皮。"不到两小时，挖挑轮换。一根扁担串起两只簸箕似的担子。一只担子装二到三锹土，大约一百来斤。工程刚刚开始，走在平地上，不觉得有多沉重，挑担比挖土轻松。

肚子越来越饿，发出咕咕的叫声，两条腿有点发虚。这是有生以来，第一次尝到饥饿的滋味。

11点左右送饭的到了，为了节省时间，饭就在工地上吃。我差不多是狼吞虎咽吃了两碗饭，将漂浮着菜叶子的菜倒进碗里。饭很硬，经汤一泡米粒一粒粒散开，借助汤的润滑，很快进入胃中。吃得太快了，打着饱嗝，胃向上顶着，很不舒服。

饭后休息了一袋烟的工夫，又开始了劳作。

下午，我还是挑。挑着挑着，肩膀疼了。我看看别人。别人能够在途中换肩，扁担在肩上很自然地从左肩换到右肩，或从右肩换到左肩，担子只悠然地转了一圈。我不会换肩，而且只会用右肩挑，担子一上左肩，就往下滑。但是，还得强装轻松，咬咬牙，一担一担、一步一步地坚持。每个塘子都有土方任务，说实话，人家愿意带着我，已经很不错了，我不能拖人家的后腿。我看得出，他们也挺照顾我的，给我挖的每锹土不是很大。

约莫挑了两个小时，大人们歇息抽烟，我倒在地上休息。肩、手与腿都在隐隐发痛。有一个大人说："这才是第一天啊，往下去，更难啊，你还能挑下去吗？"我没有把握回答。是啊，我能挑下去吗？大队民工里，我的年龄最小，也是唯一没有参加过重型劳动的。

这时一位叔辈说："难就难在开头，开头几天熬过去，也就不难了。"

我看了那位叔辈一眼，不知道自己能不能熬过去。我有点害怕，万一中途退出，不被人家笑话吗？

歇后再干，我换成挖。太阳下，土松软了。那是黄土，只要有劲踹上去，可以挖一块磨盘。刚开始感觉挖似乎比挑好受些。挖了一会儿，手掌疼，小腿更疼，挖土一点儿也不好受。

如此地挖、挑，一直干到天上有了星星，才收工。

拖拖拉拉地到了住地，一下吃了三斗碗干饭。所谓的菜就是神仙汤。那是神仙喝的汤吗，哈哈，就是开水加酱油，再滴些菜籽油。

草草地吃了，软瘫在地铺上，稀里糊涂地睡去。

一天在挣扎中结束了。

第二天清晨，我睡得正香，朦胧中听到有人喊我的名字。我拉了拉被头继续睡。接着，就有人拽我的被子。我试图坐起来，但身体散架似的，不听使唤。这时隐隐约约地听人说："当时不应该带他来，他这个身子骨儿能挑大圩吗，一般劳力都受不了。弄出个好歹，他的爸妈还会怪我们。"

我像受了猛烈的刺激，一骨碌坐起来，擦擦眼睛，大伙儿都捧着饭碗看着我。

我很快套上棉袄棉裤，洗了洗脸。火速用长柄铲子挖上一碗饭就吃，连吃了三碗饭，喝了一碗神仙汤，随着大家出发了。

天空星星闪闪，耳边朔风萧萧。我似睡非睡、懵懵懂懂地跟在大人的后边。

到了工地，重复着第一天的动作，但身体的每个部位都发出了警告。胳膊、肩膀、腿表现尤为突出，只要一运动就发出吱吱咯咯的声音。

两只手掌通红通红的，腿肚子胀得厉害，肩膀好像也肿了。脚指头由于死死抠着土地向前走，钻心地疼。

我当时只能咬咬牙忍着、挨着、坚持着，我真的不知道能不能撑到晚上，撑到明天。

人的承受力到底有多大，我不知道。但我面对从未有过的巨大压力，居然一天天坚持下来了，整整挑了二十天的大圩，没有休息半天，没有少挖一锹、少挑一担。

让我至今无法忘记的是，到工地上干了七八天，身体上的变化是很明显的。饭量大增，每天三顿干饭，每顿三斗碗，差不多有三四斤米吧。由于每天大多以神仙汤佐餐，又没有地方洗澡，每个人的下体奇痒，说那是"绣球风"，这是一个非常雅气的说法。两只手的手面上都裂出了一道道细细的血口子，晚上用蛤蜊油搽，那腌人啊，直流眼泪。手掌磨出的血泡长成了茧子。晚上睡在地铺上，两条腿伸直了不能弯，弯了不能直，膝盖说不出来的难受。我把这些深深地藏在心里，自我承担，我怕说出来让别人笑话。两个肩膀上长出一层厚厚的皮，后来，我也会换肩了。面颊生了冻疮，一进被窝，火烧火燎，又痒又疼。

河床在一天天下沉，圩堤在一天天地长高，从河底到圩顶超过十米，每一担土挑上圩顶，都要使出吃奶的劲，一步一顿，冷不防脚下一滑，一身冷汗，爬上圩顶，两条腿软软的、晃晃的，心扑腾扑腾地乱跳，倒下土，深深地猛吸几口气，疏解压力。每次来回都要自己为自己加油。工地上的高音喇叭播放着旋律高亢的歌曲，没有心思享受，反而感到厌烦。那一副稚嫩的肩膀硬是在重压之下，变得厚实了、坚硬了。

大圩于 1976 年 1 月 10 日前后结束，我们还是乘着冲水船回家。与来时不同，没有羞怯，没有畏惧，不再回避任何人的目光。有点英雄凯旋的味儿，心里盛满了自豪、快乐。

一进家门，妈妈怪我不该去挑大圩，说："分不到油粮只是一年，挑伤身子一辈子吃苦。"妈妈看看我的脸、抓起我的手，哭了。

我表现得若无其事，反过来劝妈妈："我不是好好的吗？"

今天想想，我为我当初的行为感到好笑，真是初生牛犊啊。

但是，我又十分赞许当初的我，如果不是挑了二十天的大圩，我也许不会那么深切地感受到人在苦难中的滋味，也不会那么直接地懂得如何面对苦难，并在苦难中生存！

老屋长成参天树

那两间临近小河的五架梁屋子，是我从叔祖父那里继承来的。

叔祖父一生未育，晚年提出，让我承继他。父亲同意了。叔祖就成了祖父。

原先祖父的老屋是五架梁草房，20世纪70年代初"草改瓦"的时候，做了一次翻建，而成后来的样子。

房子很仄，一间是客厅、饭厅，一间是房间和伙房，有一个小院子。但祖母打扫得干净，物件收拾得也很整齐，因此，不显得小，正应了"室雅何须大"。

父母的住处，与祖父的房子紧挨着。我除了睡觉，大部分时间是在祖父的小屋子里度过的。

我在新旧两间小屋里，获得了同龄人未曾有的幸福。

我刚刚记事的时候，祖父就教我读《论语》，领我背"六十甲子"。上小学不久，"文革"开始，祖父又在家里教我写毛笔字，在一块水板上写，写了擦，擦了写。虽然没有练出颜柳，但培养了专注力和忍耐力。

祖父继承祖业，做了风水先生，人称二先生，家里有书，有文房四宝。

可惜，那些书在"文革"中都被收缴烧毁了。

"文革"中，农村小学初中上课不正常，常常到生产队劳动，或者停课。学校停课了，我的课没停，祖父总是想着法子教我文化，再不济，讲成语、讲故事。我学到的第一个成语是"投鼠忌器"，祖父讲得很详细，至今不忘。他说，一只老鼠躲在油灯旁边，主人想打老鼠，又怕打碎了油灯。当时并不懂得祖父对我讲这个成语的用意。

至于饮食，更是没说的。祖父常常到兴化城乡看风水，"文革"期间也没有停止，只是转入地下。生活用度不成问题，而且常常带回来一些土特产。

祖母不参加劳动，是专职主妇，烧得一手好菜。令我记忆犹新的是青菜红烧肉、芋头汪豆腐、鲫鱼汤、粉丝下肉圆，几乎天天有一道荤菜。在那个大多数人填不饱肚子的日子里，能有这样的口腹之享，当然是一件了不得的事。

那两间小屋日日弥漫着墨香和菜香。

1973年，我考入公社高中，住校了。每周六下午回家，周日下午返校。

祖父每周总给我五毛钱，让我买些菜，或者饿的时候，到合作社的馄饨店吃碗馄饨。祖母有时候佯装生气地责怪祖父："把钱给他做什么，我们又享不到他的福。"

每周六下午，祖父从不间断地拄着拐杖到村后的小路上等我。远远地看到祖父，我便撒腿奔过去，抓住祖父瘦弱的手，一路走回家。

在家一天，祖父免不了给我打牙祭，偶尔带我外出看地。

我也曾信誓旦旦地对祖父祖母说："等我长大了，一定挣钱买好东西给爷爷奶奶吃。"

遗憾的是，我高中毕业后两年，祖父祖母先后离世。真是"子欲养而亲不待"。

此后不久，我离开了村子，外出求学、工作。

那两间老屋，一直没拆，父母存放些农具杂物。

我每次回家，都要进老屋看看，睹物思人，情不自禁地回想在祖父祖母身边的美好时光。

祖父为什么让我承继他，无非希望他老人家百年后，有人想着念着。我离乡四十年，每年清明、七月半、辞年等追远之节，我或回家，或在住地，都会给祖父祖母烧纸，寄托我的思念。

那两间储满至爱和欢乐的小屋，偏又在 2000 年 7 月遭受了一场特大龙卷风的袭击，被夷为平地，祖父留给我的遗产，就这样被无情地夺走了。

我虽然没有修复老屋，但是用老屋的残砖断瓦箍成了围墙，整理出一块菜地，让年迈的父母种植。不是想有多少产出，而是让父母借此锻炼身体，驱赶寂寞。

又在一旁栽了四棵银杏。三雌一雄，无须人工授粉。

四棵银杏自栽下后，从不施肥，也不松土，更没有修剪，凭其自然生长。

父亲说，老屋的土肥，用不着施肥。

是的，栉风沐雨的银杏，果然长得很快、很壮。三年挂果，五年已经亭亭玉立，像模像样了。其中有一棵很奇特，主干上长出的两枝，紧紧抱在一起，我谓之为"子孙树"。

每年银杏成熟之季，我都会回家，与父母一起摘果子。

去年，果子结得很多，每个枝条上都缀满了如同珍珠一般的果子，但是太小，没摘。那满树的果子，黄黄的，灿灿的，撒满一地，甚为可惜。

匠工告诉我："树没整枝，枝枝丫丫七仰八叉的，像个疯婆子，不仅难以壮实，也不可能结出好果实。"

4 月，请匠工帮助整枝修理。削尽冗繁，四棵银杏更精神，更挺拔，焕发勃勃生机，俨然二十出头的帅小伙。我又在匠工的指导下松土施肥。

匠工说："今年秋天，果子不会多，但一定大而饱满。"

20 世纪 70 年代初用红砖砌成的空心墙老屋，断然不可能延续百年，但银杏可以。

看到四棵生长旺盛的银杏树，我就想起那两间消失的老屋，想起居住其间的两位至亲至爱的老人。

四棵银杏有了别样的生命意义。

渴望夏雨

夏天已经过去，但对夏天的回忆却没有停歇。

夏天给我留下深刻印象的是雨。

夏天的雨，激烈，短暂，闷热，慵懒而惬意。

我曾经是那样地渴望在夏天的闷热天气里来一场突如其来的大雨。

我高中毕业后，美其名曰回乡知青，其实是参加农村劳动，当上了不需要组织介绍和认可的职业——农民。那一年我十七岁。

我拾过青草，罱过泥，割过麦稻，挑过把，扛过笆斗，也和妇女们一起薅过草，插过秧。农村里的活计，我基本都干过，说不上老到，也还不弱于人。

整整两年，过着日出而作、日落而息的日子，忍受着面朝黄土背朝天的辛苦。

让我受不了的是"四夏"——夏收、夏栽、夏种、夏管——收菜籽、收麦子、栽秧苗、移植棉花钵、种黄豆花生、锄草施肥等田间管理。这"四夏"的种种任务都得在每年农历五月下旬到六月下旬，差不多一个月内完成，季节不等人。

一年四季，数夏季最忙最苦，还最没有东西吃。

割麦如救火。一到麦收，农村里忙得不可开交。每天天刚亮，就下地割麦了，怕太阳上来，麦头脆了，容易脱落。一般是妇女们割，男人们挑。挑到一条大船上，再运到场头，堆成垛。

临近中午，大太阳直射下来，麦田里的热气向上蒸腾，汗会不由自主地直流。麦芒不经意间钻到脖子里、裤腿上，浑身上下又痒又痛，难受得说不出滋味。索性脱了上衣和裤子，跳下河洗个澡，穿着湿漉漉的短裤，赤裸着上身，只在肩上搭一条毛巾，继续挑把。

午饭在田头吃。我们生产队的田离村庄较远，生产队派出专人，将各家的饭集中起来，送到田头。

吃了饭，在圩堤的树荫下，眯一会儿，风轻轻的，快活极了。有蚂蚁窸窸窣窣在身上爬过，挠一挠。只两袋烟的工夫，队长又催着干活了。

这样一直干到太阳下山，收工回家。

如果仅止于此，洗了澡，吃了饭，在自家门前或者到生产队的打谷场上歇歇，倒也不错。

可是，这只是一部戏的上半场，更加辛苦的工作是在晚饭后。

吃了晚饭，队长又叫喊着，让男女劳力到打谷场上打夜工。

打夜工的任务是脱粒，用机器将麦子与秸秆分离。

有的搬把，有的喂机，有的抬草，有的扬麦。整个打谷场上，如白昼一般地忙碌着。机器的轰鸣声，队长的叫喊声，男男女女打情骂俏声，吞噬了飞舞的蚊虫，淹没了燥热与黑暗。

机器喷出的草末和灰尘，随风飘落在身上，刺刺挠挠的，谁也顾不上。每个人都在一条流水线上，有一个人动作慢了，都会影响整体速度。

开始一两天，大家劲头十足，仿佛一头牛经过一冬一春的休整积蓄，浑身有使不完的劲儿。

然而，三五天下来，一周过去，男男女女都像蔫了一样。走路提不起精神，无论是割还是挑，速度明显慢了。打夜工的时候，有几个滑头，居然躲到草垛旁睡觉去了。

我参加劳动时间不长，是个嫩秧子，三两天下来，身体像一台拆散的机器，零零碎碎，好像随时都可能掉下一块似的，但不敢偷懒，更不敢躲着睡觉，生怕被队干部批评而丢了面子，一天天地拖，一日日地挨，两条腿沉沉的，如灌铅一样，挣扎着，劳作着。

妈妈说我瘦了黑了。大家都一样。每天高强度地干活，只吃些能够填饱肚子的粗粮，能不瘦不黑吗？夏季的农村青黄不接，根本没有菜可吃。

那时的夏天真是苦夏。难怪"四夏"下来，体弱的男人要吃些中药调理，少妇要被娘家人接回家歇夏。

我是多么渴望每天下一场暴雨啊。下暴雨，就可以躲雨。人们躲在生产队搭建的凉棚里，暴雨如瓢泼一般，打谷场激起一股股烟尘，搅起汹汹的热浪。雨打在凉棚顶上的稻草上，发生浑厚低沉的声响，如天籁之音。有一次下暴雨，我就在这无比美妙的乐声中，倒在麦草上睡着了。

我敢说，那是最舒服的觉。虽然夏天的雨来得快去得疾，但毕竟有一会儿的停顿，有一会儿的歇息，有一会儿的舒展，但似乎足够了。遗憾的是，夏天的雨很少，太阳总是很傲慢地高悬在头顶上。

我把希望每天下雨的想法告诉母亲。母亲笑着说："你个呆小伙儿，每天下雨，麦子就被捂霉了，我们吃什么喝什么呢？"

离开农村四十年，我没有再在夏雨中酣睡的经历，但对夏雨还是那么情有独钟。

我喜欢夏雨的奔放、热烈。我喜欢听着夏雨打在地面上、树叶上、屋顶上，发出各种各样的声响，夏雨连接着我的农村生活，滋润着一段痛苦而珍贵的记忆。

娘舅简史

母亲的娘家在距兴化城西北约十五里处的赵沟村。

这是现在的名字，但还保留着我小时候所知道的名字的要素。我小的时候，外婆家所在叫赵家沟头，顾名思义，所住者大多姓赵，而且村落边有一条小得不能再小、被称为沟的河。

我有五位舅舅，三位姨娘，离"三姨娘六舅妈"不远了。

外公在最小的舅舅出生后不久就去世了，外婆拖着几个小孩，多么艰难，非亲历者不能说清。舅舅们遭遇怎样的困厄，我或耳闻或目见，也只能记其万一。

大　舅

大舅与我妈是"一山两水"（同父异母）的关系。大外婆生下一男一女后，不幸染病身亡。外公续弦，二外婆又生了三女四男，妈妈是二外婆的长女。

外公过世很早，外婆靠着积攒的老本过日子。

我记事的时候，外婆全家除了大舅一家在赵家沟头，其他人都因温饱难继如鸟兽般恓恓惶惶地离开了故土。

我妈每年总要回娘家一两次，看望大舅。大舅与妈妈的感情还是挺深的，正所谓：一山两水真兄弟，两山一水路旁人。

等到妈带我到赵家沟头的时候，大舅妈已经去世，留下三个男孩，两个已经结婚。老三与大舅住在一间傍河的屋子里，屋子只能容一床一锅，好像没有饭桌，只用土块垒了一个很小的方台子，权作饭桌之用。

大舅中等个子，腰是哈着的，光头，夏天只穿裤衩，裤带是稻草绞成的绳，皮肤很黑，黑得冒油。五十岁光景，脸上已经沟沟坎坎。

我不知道他在生产队做些什么，总感到他很忙，光脚上一直沾着泥土。

我每次去了，大舅都忙不迭地煮两只鸭蛋给我。现在，人们都不喜欢煮鸭蛋，认为腥味太浓，但在那时还是美食。我想大舅是不舍得吃的，一定会拿到商店里换点火柴、酱油、石碱之类的日用品。

我常听妈妈念叨："老巴子（大舅最小的儿子）到哪找老婆呢？"

三老表最终还是找到了老婆，而且，生了一个儿子。

不知哪一年，大舅悄无声息地走了。妈妈辛酸地告诉我，因为没钱招待，没有通知亲友，三位表哥草草掩埋了大舅。

妈妈一直惦记着大舅。妈妈说，他们家当时田很多，外公舍不得叫长工，都是大舅带着妈妈下地干活，大舅不忍心让妈妈做重活，都是自己干。

所幸的是，大舅有五个孙子，个个都有出息。

二　舅

我从未见过二舅，连他的名字我都不知道。

二舅于 1959 年秋天，外出逃荒，再也没有回来。外婆猜测"路倒"了——因为饥饿，不知倒在哪条路上死了。那时，这种事也是有可能发生的。

二舅的零碎信息都是听妈妈与外婆、姨娘她们聊天得来的。

二舅妈带着一个男孩，等了一两年，在赵家沟头实在过不下去了，去了上海，改嫁了也是赵家沟头逃荒到上海倒马桶的单身汉。

20 世纪 70 年代，外婆不知从哪听来的消息，说二舅的儿子在黄浦江滨某港务处工作，而且做了一个小头头。外婆就叫妈妈到上海找。我猜想，外婆是有私心的，毕竟二舅的儿子才是她嫡亲的孙子。

妈妈说，黄浦江滨的单位那么多，到哪找啊。

外婆显得很不高兴，说："有多少啊，找个有名有姓的大活人，还怕找不到？"

妈妈被外婆缠得没法，有一年夏天与三舅去了上海，还真找到了二舅的儿子。

妈妈非常激动地说："真的像你爸，活脱脱一个模子刻下来的。"

人家听了妈妈的介绍以后，很客气地说："我不知道赵家沟头在哪里，你们所说的人和事，我从来没有听人说过，我和我爸妈，日子过得很平静，下次就不要再找我谈这些事了。"

很显然，人家是不欢迎的，也是不承认的。

外婆听了妈妈的叙述，倒还豁达，愤愤地说，不承认有什么用，他身上淌的就是我儿子的血。

二舅到底去了哪里，至今是个谜。

三 舅

我第一次见到三舅，正是"文革"爆发的时候，三舅摇着一条木船，刚从江南被驱逐回来。三舅是到我们家避难的。外婆家被定为富农，三舅又长期在江南换糖，逃避农业生产，若那时回到赵家沟头一定会挨批斗。我们家根正苗红，能挡一阵子。

三舅瘦高瘦高的，白白净净，斯斯文文，一副书生模样。腰有点弯，那是长期挑糖担形成的习惯性弯曲。

说三舅有点像书生还真说对了。三舅是外公九个子女中唯一识点字的。

我奶奶曾叽咕过："你外公外婆是什么人啊，家里那么多田，不让小伙儿上学，还送到我们家上学。"

三舅在我们家读了三年私塾。

三舅有一个与我年龄相仿的女儿，一家三口住在船上，船拴在我家后面的河边，风里雨里，飘飘荡荡，一副孤独无依的样子。

三舅背靠着我家，虽说安全，也曾有红卫兵去盘问过，都被父亲搪塞了，但做换糖的营生肯定是不行的，那是资本主义尾巴上的一根毛啊，一家三口大多蜷曲在船上。

三舅整天没事，我也基本停学在家。早上一睁眼我就到三舅的船上玩，让他给我讲故事。三舅是个幽默的人，而且肚子里故事很多。白娘子是条蛇，田螺姑娘现身，水浒一百零八将，讲得让人害怕，又让人入神。

三舅的烟瘾很大，一根火柴用一天。

只半年后，我们大队的造反派头头找父亲谈话，说："不是我们不相信你，现在阶级敌人很多，也很狡猾，你能担保他不是坏人，他不搞反革命活动？如果再不走，我们就只好把他送到公社去了。"

父亲怕了，三舅也怕了。某一天晚上，三舅悄悄摇船离开了。

在那个年代，除了家乡，哪儿都不会容纳一个身份不明的外乡人。三舅一家只能硬着头皮回家。

还好，外公生性吝啬，尚能善待邻里，三舅少小离家，没有乡怨，回家只陪斗过一两次，无偿为生产队看过一段时间麦场。

三舅是做生意的，懂得低头，懂得笑脸对人，从不论人是非，袋里的香烟见到人就撒。家乡人没有过多地为难他。但是，必须撂下糖担，参加劳动。

三舅没有从事过农业生产劳动，劳动时间之长，强度之大，三舅承受不了。但作为富农子女，当然在被监督、被改造之列，受不了也得受啊。

由于外婆家与我家水路相距三十多里，交通不便，全赖船篙，一年也只见一两次。

三舅的腰越来越弯了，说话也越来越少，常常一个人坐在一个角落里抽烟，心里大概是很委屈的。

我曾听三舅自语："我们又不曾享受过富农的福，凭什么被人欺，被人管，整天像一只狗，遇到谁，都得摇头摆尾。"

三舅说的是大实话，外婆家是富农，解放前田是不少，但外公是个老抠，只知道用钱换田，却不知道让家人享受，更不懂得让子女读书，就连外婆穿的衣服也是补了再补。我妈很小就承担起繁重的劳动，甚至做男人们干的活，罱泥、挑把，样样干过。妈妈不止一次说过外公很节俭，一只小小的豆腐干，能对付一顿酒，一枚咸鸭蛋分两顿吃。正应了一句俗话："财是啬出来的。"外公哪里知道，靠自己勤劳和节约积聚的财富，却成了后人的罪过。

三舅回乡务农，没几年就患上纵膈肿瘤去世了。医生说，这种病与长期心情抑郁有关。

四 舅

四舅夫妇于 1960 年，携外婆和五舅逃到了大丰的沈灶，那是个地广人稀、靠近大海的地方。村里人都称那地方为"海里"。

四舅幼时出过天花，落下后遗症，脸上有大大小小几十个麻点，邻居有个小孩曾喊四舅"麻球"被我痛打一顿。

四舅夫妇经过在大丰二十多年的打拼，家庭经济条件已经不错了。四舅说，那里闲地太多了，只要你舍得花力气，不愁吃喝。

四舅大字不识一个，但识时务，对内对外、对上对下，都特别亲热。他那张嘴特别活泛，遇到谁，都不会叫大名小号，叔叔婶婶哥哥兄弟喊得热热乎乎，用他的话说是"喊人不蚀本，舌头打个滚"。如果不是四舅的人缘好，四舅及外婆、五舅的日子不会这么安稳，具体情况后面再叙。

四舅于 20 世纪 70 年代初期常常来往于大丰与我家之间，特别是秋收时节，不是走亲访友，是公干。

我的家乡高邮，属里下河地区，典型的鱼米之乡，水稻种植面积大，可以拉石磙打场（用石磙碾稻）的耕牛少，而大丰是旱地，大多种玉米、棉花、黄豆、花生，耕牛多，秋季基本闲着。因此，我们大队请四舅帮忙，从大丰租耕牛打场。一季下来，他们换些大米回去。现在想想，他们的胆子真大，改革开放前，就偷偷地搞租赁了。人到穷时、急时往往会孤注一掷的，小岗村的农民摁下手印搞大包干，也是逼出来的，置之死地而后生，他们冒死闯出了一条自己的生路，乃至中国农民的生路。

改革开放，政策放宽。四舅信奉叶落归根，于 20 世纪 80 年代初期，又携外婆、五舅回到阔别近三十年的故里。

建了房，分得了田，开始了新的生活。

几亩薄地，哪负担得了吃喝用度呢。四舅尝试着做生意。

划着一条小船挨村挨户地卖过猪饲料，到上海贩卖过鱼蟹，也曾把上海的旧货转卖到苏北。但都是小本买卖，进项有限，好在，四舅不抽烟不喝酒，日子还过得去。

四舅最大的遗憾是没有个孩子。听家人说，四舅妈生过一个孩子，后来不知是走丢了还是溺亡了。说来也怪，此后四舅妈再也没有生孩子。

直到三十多岁，四舅才抱养了一个女儿。

四舅夫妇视其为己出，用心抚养、精心呵护，供其上学，在本村择婿完婚。

表妹没有辜负四舅，有好吃的不忘父母，逢年过节都记得给父母买些衣物，两位老人伤风头疼都是表妹跑前跑后。四舅夫妇逢人便夸女儿女婿孝敬。

特别是四舅走后，表妹索性将四舅妈接到家中奉养。四舅妈前年中风，起居不能自理，表妹不惜辞去在苏南企业上班的工作，回家专门侍候母亲。表妹说："工作没了可以再找，妈妈没了就再也不会有了。"

四舅妈今年八十四岁,是妈妈娘家那一辈中唯一活着的,头脑时而糊涂,时而清楚,但表妹打理得很清爽。

四舅在天有知,应该无憾。

我对四舅还有特别的记忆,1980年我考入师范时,四舅给了我十元钱。我一下买了五本书,其中一本是《古汉语常用字典》。四十年过去,我一直用着。

五　舅

妈妈都喊五舅"六子",所以,我们从小到大都喊六舅,按排行应该是五舅啊,不知原因,但我还是依排行,称之为五舅。

五舅是外婆最小的儿子,整整比我妈小了十八岁。五舅得到的宠爱最多,经受的磨难也最多。

五舅不及弱冠,就随着外婆和四舅到大丰去了。小小年纪就开始没日没夜地劳作。四舅曾反复叮嘱五舅:"我们是外乡人,多做活,少说话,说好话,不说不中听的话。"

五舅劳动积极,为人憨厚,得到了当地人的好评。

到大丰的第三年,大队动员适龄青年应征入伍,四舅认为是个好机会,鼓励五舅报名,可外婆不同意,当兵与打仗是连在一起的,外婆怎舍得让老儿子去当兵呢。但四舅与五舅合计,瞒着外婆报名、体检。五舅高高大大,眉清目秀,体检一路绿灯。大队干部通知五舅做好准备,等候上级命令。

外婆听到这个消息,非常生气,责怪四舅不该瞒着自己带弟弟报名,万一到部队打仗,回不来怎么办?说着说着,竟然号啕大哭,说外公死得早,子女们不听话。任四舅怎么劝说也没用。

就在五舅被通知到县人武部报到换衣服的前一天晚上,外婆居然跑到大队书记家,称自己家是富农出身。

这不亚于一枚重量级炸弹，立即在全大队引起强烈反响。在当时，这是一起政治事件，大队书记哪敢怠慢啊，连夜报告县里，县里没有任何迟疑，迅速取消了五舅参军的资格。

本来嘛，外婆四舅五舅都是本分人，勤勤恳恳，与人为善，谁也没想到他们家成分不好。

这下，自我暴露了。人们的目光一下子变得冷漠了。

外婆一家从此从天上坠入地下，舅舅们努力劳动也被看成是阶级敌人的伪装。

如果不是几个好心人从中斡旋，外婆一家就被遣返至老家了。

外婆一家在别人的极端鄙视下劳作着、生活着。内心所受到的煎熬，局外人无法想象，但那时到哪儿不一样呢，至少在大丰不会饿肚子。他们挣扎着，坚持着。

可是，到了"文革"，境况更为不堪。外婆首当其冲，被作为隐藏很深的阶级敌人揪了出来。每天戴着高帽子跪街头、扫大街。

现在想想是多么可笑，一个仅仅是曾经拥有过田产的老太太，何况，后来都分给别人了，怎么就是阶级敌人呢？外婆家不用长工，不对外租地，所得田产，都是汗水换来的，都是牙缝里挤出来的。

外婆常常对舅舅们说，为人不做亏心事，关起门来过自己的日子。日子就这么不由自主地过去了。

最让外婆烦心的是，五舅老大不小了，还没有成家。媒婆倒是帮助介绍了几个，对方一听成分不好，像避瘟神一样躲得远远的。那个时候谈对象，家庭成分是第一要素。

五舅做好了打光棍的准备，其实也是没有办法的办法，是自己对自己的救赎，人家不愿意，总不能抢吧。

有一年秋季五舅随大队的牛队到我们大队打场，住在我家。某一天，同生产队的一个老姑娘到我家玩，妈妈灵机一动，说说看，兴许能成。

对方倒没有嫌弃外婆家成分不好，很爽快地答应了。第二年春节后完婚，经年，生了个大胖小子。

按说，外婆心安了，最小的儿子结了婚、成了家。顺顺当当地过下去，日子虽不很好，也还说得过去。

日子从来不会按照设定的程序向前。

五舅妈是家里的独生女，父亲是杀猪的，经济条件不错，娇生惯养，坏毛病挺多。不会做家务，不会收拾，更吃不了苦，上不了几天工，就要休息，生产队干部非常有意见。

为此，生产队干部常在五舅面前嘀咕，五舅一说，五舅妈就哭得不行。五舅是老鼠钻在风箱里——两头受气。五舅愤愤地牢骚："早知这样还不如不结婚呢。"

就这样磕磕绊绊地过了十年，十年间五舅妈多次不告而走，走了找回，找回又走，家庭始终不得安宁。最终，在五舅随四舅回老家安家的第二年，五舅妈还是丢下未成年的表弟，跟一个老光棍跑了。

外婆以七十高龄承担起做母亲的责任。外婆就这么一个嫡孙，惯得不成样子，要上天立马拿梯子，弄得小表弟非常顽皮，常常闯祸，上学也是三天打鱼、两天晒网，五舅整天操劳于田间，顾不上教育，外婆嘴上狠，心里疼，只得一次次地为表弟擦屁股，好在也没有闯下大祸。

从大丰回老家没几年，外婆去了另一个世界。

五舅三间人字头小房子，几乎没有一件像样的家具，显得灰暗、空旷。拖着表弟，像照料小孩一样地侍候着四五亩责任田，终究入不敷出。

看着表弟一天天长大了长高了，要娶媳妇，要建房。五舅烦得常常跑到我家来问计于我妈，我妈也已垂垂老矣，能帮什么忙呢。陪着唉声叹气，五舅怏怏而回。

后来听人说，上海到处搞建设，到上海郊县拾荒，弯下腰就能捡到钱。对于没钱的人，想挣钱的人，这是多么大的诱惑！

五舅带着二十出头的表弟，去了上海，寄居在亲戚家。每天早出晚归，出没工地，串走街巷，拾废收旧，虽不是遍地黄金，但比在家种地好得多。

表弟在一家摩托车行打工。

父子俩早早晚晚地忙碌，虽苦涩，收入远胜种地。他们憧憬着，干个几年，回家翻新将倾的屋舍。

可是，到上海拾荒的第三年初春，因为不明就里，收购了窃者的电缆，五舅陷入一起电缆盗窃案。

邻居们不相信：这么老实的一个人，怎么会做这种事呢？

五舅感到委屈，自己只是收购了废品，怎么就成了盗窃者的帮凶？

其结果，罚款入监。

重获自由的五舅，经人介绍，给一家煤企看管货场。货场在黄浦江边上的一个荒地上，远离人烟，条件简陋。五舅说，只要有吃有住，发点工资就行了。表弟也到了这家煤企开翻斗车。父子俩抱团取暖。

一次去上海公干，拐弯抹角地找到五舅工作的货场。那是深秋，江野风高，煤场上卷起一股股黑色的烟尘，五舅的身上蒙上一层煤灰，很窄的屋子里也满是煤尘。我无法入座，也找不出一个话题与五舅交流。

五舅看出了我的情绪，满不在乎地说："这种天气少，好天气，人还是蛮快活的。你看我还种了不少瓜菜。"

五舅利用煤场边的空地，种植蔬菜，自给自足。

那年五舅六十岁上下，额头上皱纹纵横，高壮的腰背明显弯曲，十个指头粗大得如同鼓槌，长期抽烟而致牙齿黑黄黑黄的。

我感到这个特写不只属于五舅，是农民工的一个标本，是农民工的真实写照。

五舅在上海干了十多年，回老家建了房，帮儿子娶了媳妇。

五舅的使命似乎完成了。在农村，农人最伟大的梦想不就是砌房造屋、延续香火吗？

可是，于五舅没完。后来添了孙子，一家人的生计又成问题，五舅不得不继续待在上海，承受着虽不沉重但很孤寂的生活。

五舅于七十出头真的退回了老家，不是因为没有岗位，也不是因为生活条件过于艰苦，而是五舅难以接续下去。五舅老了，如同一棵被虫蚀的树，已经空了、朽了，不再有花，不再有果。

　　五舅到老家还是没有闲着，要回了租给别人种植的承包地，继续春耕秋种。终于在七十五岁那年夏天倒下了，医生判断胃癌中期，做了手术，没有化疗。去年冬天复发，于今年7月归去，享年八十岁。

　　五舅的八十年没什么可评说的，他老人家除了家庭成分的特殊外，其经历与中国大多数农民有什么不同呢？

　　这就是我所了解的五位舅舅。

父亲不去养老院

母亲前年农历三月初三走后，九十四岁的父亲依然一个人住在老家的宅子里。我和弟弟生活在距离老家四十多公里的县城里。

有人要问，为什么不将老父亲接到县城与你们住在一起呢？是的，按说，是应该将老父亲接出来，与我们同住。

可是，我们住的是商住楼，年迈的父亲上上下下体力不济，而且，一个小区数百人家，父亲都是陌生的，父亲整天干吗呢？在老家，老式的七架梁房子，进进出出，方便。一个村子几百户，世世代代住在一起，父亲说个话，做个事，自在。

当然这个理由也很牵强，更重要的是，父亲不愿意出来，他乐意守在那块土地上，住在那座宅子里。他与那块地已经厮守了九十多年，哪是说离开就能离开的呢。

母亲在世时，我们已经为父母找了一个帮手，帮父母洗洗衣服，打扫打扫。饭食还是父母自己动手。母亲负责掌勺，父亲烧火，配合得很默契。天气晴好，父母还能于傍晚时分，到村后的大路上散散步。村上人都说，老两口好神气，九十多岁，能吃能睡，能说能行，活一百岁，没问题。

谁承想，母亲毫无征兆地于九十六岁农历三月的第一天清晨，突然倒地，一句话也没说，隔了一天就走了呢？

母亲走后，我们的悲伤是不必说的。父亲悲伤到难以言说，以至于精神失常，硬说母亲没走，到处找母亲。父亲耳背严重，说什么也听不见，只能一旁陪着流泪。

父亲的身体原本是比较结实的，经此一击，严重损伤，神情木然、记忆衰退、脾气暴躁，生活自理能力急速下降，但还固执地坚持着自己烧煮。煮饭烧菜"没数"，一烧一锅，一剩几碗，这不是故意的，是心里"没数"。

父母的帮手还在，但父亲经常为一块手帕、一只碗，毫无理由地与对方争执，弄得对方哭笑不得，好在，是同村，又是世交之后，人家并不计较。时不时与邻居争吵，邻居们非亲即故，往往一笑了之。人家知道"这个老头子是个本分人，只是老奶奶突然走了，落单了，脑子糊涂了"。

时间可以疗伤。两年过去，父亲又渐渐好起来。

可是，帮手的孙子到县城上学，人家要到城里为孙子烧饭。我们为老，人家为小，一老一小，同样重要，强求不得。

对方真是有情有义，给了我们一个预备期。

但是，父亲的生活谁帮助打理呢？

我们在村里物色了好几位。我们认为合适的，人家不乐意。人家乐意的，我们感觉不太好。说实话，现在大家的日子都好过了，如果不是沾亲带故，情面上过不去，谁愿意伺候一位九十多岁的老人呢？

看看约定的日子临近了，但帮手还没有找到。我们着急啊。

为此，姐弟五人召开了家庭会议，商量父亲的日常料理问题。

我说，这个事情说简单也简单，要么请人帮忙，要么轮流照料。

请人帮忙这条路已经走不通了，剩下的就是轮流照料了。但是，谁家没有一点事呢，如果中途有事外出怎么办？世上没有一条路是笔直的，总会有曲折，也总会有障碍。

这时，不知是哪一位提出，让父亲进养老院。镇政府所在地有一家私营养老院，院里住着一二十位老人，条件还不错，并且，列举了谁谁谁家的父亲或母亲进了养老院，生活得蛮好。

听到让父亲进养老院，已是花甲之年的我，禁不住哭起来。我说："父母生养了我们姐弟五人，父亲老了，居然进养老院，我受不了。"

大家都沉默了。

父亲用好奇的眼光看着我们，不知道发生了什么，更不知道大家是在讨论他的去处。

我的脑子里迅即闪出若干个短视频里播放的画面，养老院的阿姨揪老太太的头发，罚站，饿饭……

我越想越害怕。

父亲的脾气急，难免与养老院的工作人员发生冲突，他们能担待吗？父亲的饮食也很特别，从不茹素，几乎是顿顿荤，养老院怎么可能为父亲开小灶呢？

而且，父亲也不会同意进养老院啊。

有一次，帮手家里有事，要外出三四天，我就将父亲送到兴化城里的三姐家。常理看，父亲到女儿家玩几天应该很高兴，可是，我前脚走，父亲后脚就闹着回家，闹了一夜，第二天大早，三姐只得又将父亲送回来。

越想问题越多。

我内心坚持不让父亲进养老院，总得要有一个解决问题的办法啊。

我率先发话了。我说，五个人轮流，每人一个月，有事可以相互调节，姐姐出力不出钱，费用由我们弟兄俩出。

对此，没有人说话，也就是默认了。

就在我准备排值班顺序时，二姐开口了。二姐说："不要排了，就由我服侍爸爸吧，我在本庄，方便些。"

我有三位姐姐，大姐二姐嫁在本村。大姐早几年过世了。二姐前几年一直在外地带孙子，再说，农村风俗，父母养老送终都由儿子负责，所谓"养儿防老"，如果不是二姐主动开口，我也不便提出让哪位姐姐服侍父亲。

二姐既然主动提出，大家都很高兴，三姐还提高声音告诉父亲，父亲笑眯眯地点点头。

心上的一块石头终于落地了。由二姐服侍父亲，我们都很放心，父亲即使发个脾气，或者做出什么不如意的事，女儿都会原谅的。

几个月过去，父亲在二姐的料理下，日子过得很安逸。

只是辛苦了二姐。

现在想想，我不同意父亲进养老院，是现在，是针对父亲的个性。但养老院可能就是我们这一代人的归宿。我常和几个同龄人交谈，我们这一代人大多只有一个子女，两个小孩服侍四个老人，何其不易。进养老院也许对子女、对老人都方便。

我相信，再过十年二十年，养老院的条件一定会大大改善。到那时，养老院不失为一个好的去处。

早 酒

　　我不敢说，早酒是兴化人发明的，但我有生以来的第一场早酒，却是在兴化西北乡喝的。

　　我十四岁那年正月初三，妈妈带我到大姨娘家出人情，为大姨父贺五十岁。

　　大姨娘家在兴化西北，叫"黄皮黑戛戛"的地方，到现在我也不知道姨娘所在村子的确切名字。

　　初三一早，吃了几只团（家乡用糯米粉制作的糕点），随妈妈步行十八里到兴化县城。中午就吃了几条果子，向一户人家讨了点热水。春节期间，一般店铺都打烊。下午到兴化北门乘帮船到姨娘家。

　　兴化是水网地区，河湖相连，目之所及，皆为水。船是唯一的长途交通工具。

　　我们乘坐的是一条小型水泥船，中舱搭了棚子，十来位乘客都挤在中舱里。船头一名船工，戴着黄色的毛帽子，穿着厚厚的棉袄，手上是粗布手套，拿着竹篙，随时应付突发情况。船艄装着冲水机。那时还没有挂浆，是将抽水机的管子用木块塞中间，形成巨大的冲击力，推动船行。

　　姨娘家离兴化县城四五十里，全是水路。

　　那天，风很大，很冷，乘客们缩成一团。时不时，有浪头打到简易的玻璃窗上，引得我心惊肉跳，当地人却不以为然，他们说，常年行走在水上，这种风浪还算是小的。

透过窗户，茫茫一片大水。

船行得很慢，一直到天擦黑，才到姨娘家。姨娘已经等候在码头。

当时，农村人办喜事都是假三天，头一天下午上客，直到第三天午饭后散客。

大姨父贺五十岁，设在初四为正日，初三晚上是暖寿。

客人不多，就两桌。四五样菜，芋头烧肉、煮鱼、汪粉丝、一两碗青菜豆腐汤。

大姨父的生日不是正月初四，是提上来做的。那个年代，农村人的喜事，大多安排在正月里，正月里农闲，借做喜事走动走动。

席间没有酒，晚饭很快就吃过了。吃了晚饭，收拾完碗筷，姨娘将桌子搬到天井里，开始打地铺。

20世纪70年代初，农村人的房子都不大，往往是五架梁三间，条件稍好的人家，主屋外再砌一个小小的披子，做厨房，放杂物。全家五六人就住在主屋里。

办喜事，外地客人来多了，就在堂屋里打地铺。地铺用厚厚的稻草铺成，用一层破旧的被褥覆盖，很软和，也很暖和，睡上去挺舒服。

有的主人客气，将床腾出来给客人睡，自己睡在地铺上。那次在大姨父家，大姨父让母亲与大姨娘睡床上，说姊妹难得相见，睡在一起可以谈谈心，大姨父则与我们七八个人一同睡在地铺了。大人们谈天说地，我一天折腾下来，累了，很快就进入了梦乡。

第二天天刚亮，妈妈就喊我起床："快升了（春节期间，为避讳，不说起床，而说升），把地铺卷起来，要放桌子敬菩萨。"

我睁眼一看，大人们都起床了。我赶忙穿衣离开地铺。大人们七手八脚地将地铺卷好，放到堂屋的一角。

妈妈帮助大姨娘安排敬菩萨的物件。一只大猪头,一条大鲤鱼,一只活公鸡,一盘寿桃,还有三碗用筷子挑起的面条。点燃两支红彤彤的蜡烛和两炷香。大姨父的大儿子,在天井里点燃天地响。主人叩头,客人中的晚辈向寿主拜寿。

拜寿仪式在烟雾缭绕中结束。

客人们还在七嘴八舌地谈论着什么,主人请吃早饭了。

一看桌上,吃食丰富,大蒜烫干丝、盐水黄豆、酱生姜、炒熟的花生葵花籽,还有肉坨子烧粉丝,比前一天晚上的菜肴多多了,而且两张桌子上各放了一瓶白酒。我感到奇怪,怎么早晨喝酒啊。

入席了,斟酒的也帮我斟了半碗酒。妈妈连忙为我推辞:"他岁数还小呢,不能喝酒。"斟酒的说:"小孩子就不能喝酒啊?我十岁就喝酒了!姨父没来,儿子代表。""对不起,不能不能。"妈妈一再推辞。"就喝一点点,喜事嘛,姨娘您放心,不会让您公子喝多的。"话说到这个份儿上,妈妈也不便多说,小声对我说:"少喝点点,喝不了,我替你喝。"我呆呆地看着妈妈,又看看其他人,脸上火辣辣的,不知道说什么。

那天早晨,我喝酒了,但喝了多少,我不知道,早餐何时结束的,我也不知道。只记得,我在姨父的床上直睡到下午,妈妈为我烧了一碗汤饭。

晚上,客人们继续喝酒,我只吃了一碗饭。还是那位斟酒者,拿我开心:"这个小老表,真不禁喝,我们这里的小孩子个个都能喝酒。从早上开始,一天三顿。"我低着头,不看也不说。

第三天一早,我和妈妈又乘帮船回家了。

一晃五十年。其间,我多次去过兴化,参加过亲戚家大大小小的喜事若干,喝早酒是常见的,但我再也没喝过。

我曾听舅舅与人交谈过喝早酒的好处。"早晨喝一碗酒,浑身冒热气，一天有劲，特别是冬天，一碗酒下肚，风不怕雨不怕。"

十里不同风，百里不同俗。我的老家虽与兴化比邻，但没有喝早酒的习惯。

兴化人为什么喜欢喝早酒呢？我不是兴化人，自然说不好。

即使是今天，兴化人依然喝早酒，而且早餐业非常发达，不信，可以到兴化感受感受。

寻常之物非常观

兴化的亲戚朋友多次邀我看千垛菜花，我都以多种理由婉拒了。其实是不想去，不就是菜花吗，有什么好看的，甚至还写过一篇《不游千垛菜花的理由》。

我曾于某一年春天去洛阳，洛阳城里目之所及皆牡丹，居家的窗台上、宾馆的大厅里，摆放的都是牡丹。万亩牡丹园内姚黄魏紫蔚为大观，难怪诗人感叹："洛阳春日最繁华，红绿阴中十万家。谁道群花如锦绣，人将锦绣学群花。"洛阳牡丹甲天下，名不虚传。

我到过仪征的芍药园。千亩盛开，万花斗妍。我在花海中寻找最大的一朵，最美的一朵，终究失败了，每一朵都硕大无比，每一朵都美丽耀眼。芍药成就了远近闻名的枣林湾。

比起花王牡丹和花相芍药，菜花算什么？正所谓"五岳归来不看山，黄山归来不看岳"，于花，如斯焉。

我一直没去看千垛菜花。

4月上旬的一个周六，朋友约我去兴化看千垛菜花。我一口回绝：菜花有什么好看的？小时候，老家的春天里，除了杂七杂八的桃花、梨花、楝树花、刺槐花，看得最多的就是菜花。有大片田里的一片金黄，也有路边墙角的星星点点，可以说看厌了，看烦了。朋友说："你不要太固执，你说不好看，为什么每天都有几万、十几万游客从四面八方涌来，存在的都是合理的，兴许有不同凡响之处。你就与我一同去吧，又不花多大本钱。"

想想也是，不能因自己的好恶而令友人扫兴，好在，千垛菜花之地离我工作的城市不远，驱车不到一小时。

我们早早出发，不到9点就到了景区正门。买票检票一路顺畅。站在通往景区的立交桥上俯视，一望无际的景区被大大小小、宽宽窄窄的流水裁成大小不一、形状各异的黄色图案。船在水里游，人在花中走。静与动是那么和谐，人与物是那么融洽。我想用两个字概括我当时的感受：震撼。

桥上，看朝气蓬勃的少年，垂垂老矣的男女，听各种各样的口音。我想问他们，来看什么，是看水上千垛，还是看垛上之花，抑或是千垛、菜花背后的种种。

千垛是神奇的，于泽国中兀然生出千万个高高低低的垛子，水是镶嵌的边儿，菜花是垛儿的点缀。说不神奇都不行。

垛是怎么形成的呢？起码有两种说法：一说是金兀术为了抵御岳家军而挖掘的水上迷阵；一说是原住民为了生存，水中取土，筑成垛子，种植食物，维持生计。第一种说法是制造的传奇，劳民伤财地从茫茫大水中堆起垛子，能形成迷阵吗？何况北人善骑而不谙水性。第二种说法比较靠谱。然而，不管哪一种说法，都突出了人的创造性，都是先人留下的宝贵遗产。

对于这份遗产，兴化人不事雕琢，本色呈现，于农事中兴起了旅游。千垛菜花地还是国家级油菜新品种种植示范基地。

游景区，或步行或乘船。我选择了步行。游船身不由己，步行或行或止，或快或慢，一随己意。那天是多云天气，虽少了艳阳高照，蜂飞蝶舞，倒也惬意。我不停地用手机拍照，好像每一步都是好景致。途中吃了一只黄桥烧饼，硬硬的，显然是冒牌货，图个有趣。

走了一个多小时，疲乏而游兴未尽。单是那清纯鲜美的空气，就让人不忍离去。

驱车到兴化城里吃饭。兴化的朋友说，在二十天的花期内，游人不少于三百万到四百万人，门票收入五千万元以上。城里的饭店宾馆日日爆满。

尽管不虚此行，但我还是想不通。千垛菜花，要说文化，没有多少深厚的文化内涵，要说故事，也没有让人听来津津有味的故事，要说配套，不靠村不着邻，仅仅是最基本的设施而已。

千垛菜花到底凭借什么吸引天南海北的游客奔涌而来，是灵动的水吗，是灿灿的花吗？兴化人确实用寻常之物造就了非常之观，这是不容怀疑的。兴化千垛菜花已列入国内五大菜花游览胜地。

相对于牡丹、芍药，菜花实在是太平常了，然而却产生了名花异草的效应，这是为什么？对旅游，我是十足的门外汉，自然说不出其中的道道。

第一次亲近大运河

我的家在离高邮城五十公里的东乡。二十三岁前只到过高邮城两次，一次是1976年随大队上的一条水泥船到化肥厂装氨水。一次是1977年到高邮城里参加高考，住在一个招待所里，考试结束就回家了，没有逛城，也不知道大运河长啥样。

第一次亲近运河，是在1980年考入高邮师范。学校就在运河东堤下，直线距离仅数百米，清晨与黄昏，汽笛声声声入耳。

我常常于星期天到大运河堤上选一僻静处读书。大运河东堤原来是一条省级公路，陆上车辆奔驰，河中船来船往。闹中有静，好不惬意。

运河中间的一座荒废的小岛以及岛上矗立着的砖塔激发了我的好奇心。我曾经乘着渔民的小舟得以登岛。岛上荒草丛生，杂树缠绵，无法接近砖塔。

运河何以有岛，岛上何以有塔？请教地理老师，方才解惑。

宝塔原在运河东堤的高邮西门，与东门明代之净土寺塔遥遥相对。

1956年运河拓宽取直，高邮城被切去一块。本来宝塔也在取缔之列。据说请示周总理，才在运河上留下一个小洲，宝塔躲过一劫。大运河不得不在高邮城西拐了一个小弯，那宝塔恰似大运河上的一颗晶莹的佛珠。

这宝塔来头不小。野史记载，唐僖宗的弟弟厌倦宫廷生活，遁入空门，法号举直禅师，一路从京城南下，选定高邮，建寺修行，皇帝赐名"镇国寺"，圆寂后而修镇国寺塔，其建制与西安的大雁塔相同，因此称之为南方的大雁塔。镇国寺塔已经列入世界文化遗产名录。

随着时间的推移，我对大运河的了解也在加深。

大运河起始于春秋，形成于隋朝，繁盛于唐宋，取直于元代，疏通于明清，复兴于当代，距今已有两千五百多年历史。

大运河在高邮境内约四十三公里。岁月流长，历史积淀，大运河沿线留下许多珍贵的文化遗产。

始建于明代的水陆驿站"盂城驿"，规模宏大，功能齐全，是大运河沿线重要的驿站。至今保存完好，被业界称为古代邮驿文化的"活化石"。

明清大运河故道全长二十多公里，是世界文化遗产点，与高邮湖、运河形成了"一湖两河三堤"的独特景观。

御码头，是康熙皇帝南巡时修建的专用码头。康熙六次南巡，两次在高邮登岸，视察高邮湖与运河的防洪工程。还留下了与高邮相关的数篇诗歌，从诗中可以体会到，这位封建帝王不乏民生情怀。

康熙第一次南巡过高邮湖，当目睹居民田庐被水淹时，不仅登岸察访、指示，还写了一首《高邮湖见居民田庐多在水中，因询其故，恻然念之》的五言诗，诗云："淮扬罹水灾，流波常浩浩。龙舰偶经过，一望类洲岛。田亩尽沉沦，舍庐半倾倒。茕茕赤子民，栖栖卧深潦。对之心恻然，无策施襁褓。夹岸罗黔黎，踞陈进耆老。谘诹不厌频，利弊细探讨。饥寒或有由，良惭奉苍颢。古人念一夫，何况睹枯槁。凛凛夜不寐，忧勤恧如捣。亟图浚治功，拯济须及早。会当复故业，咸令乐怀保。"

归海五坝，镇水铁牛，纤夫石，以及大运河近傍的文游台、龙虬庄遗址无不丰富着大运河文化的内涵。

两年学习期满，我被分配到乡下的一所中学任教，与大运河距离远了。但于工余，常常想起在大运河边读书的情景，那南来北往的船只，悠悠扬扬的汽笛，是脑海里挥之不去的景致。

抢　亲

事情发生在我十岁那年的冬腊月。

一天下午，天很冷，风挺大。我在河边看几个村人拉扒网（一种捕鱼的工具，我疑似"趴网"，因网贴紧河底而得名）。一抬头，看见西边不远的坝头上，几个男的将一个姑娘抱上船，四条篙子，一条小船飞也似的远去了。

我家屋后是一条东西走向的无名小河，沟通南北的堤坝离我家很近。

小河向东直通大溪河。大溪河，弯弯曲曲流向兴化城脚；向西与平胜河相连。在小河与平胜河相交处，住着我们大队的两个生产队，俗称田里。与田里相对的是庄上，庄上住着六个生产队。

不多会儿，便有几个身高个大的男子吵吵着从我家门前走过，直向西奔去。

"简直反了，敢抢人，让他把牢底坐穿。"

"一定要抢家来，这像个什么话。"

"没有王法了，大白天抢人！"

我认得那几个男的，住在我家东边，只隔三四家。

接着，男男女女老老少少，都从家里走出来，会聚到不宽的巷子里。大家你一句他一句地议论开了。

"还有几天就结婚了，等不及啦，还动手抢，这算什么啊。"

"你们不晓得，女方向男方要彩礼，男方家里穷，小伙儿又在部队当兵，哪拿得出钱啊。"

男女双方都是一个大队的，男方住田里，女方在庄上，大家都知根知底。

"不管怎么说，有事好好商量，动抢总是不好。"

"这也是不是办法的办法，春节后，小伙子就要回部队了。"

"这个父母也是的，要什么彩礼，小两口合意就行了。"

"人家也不是在乎钱，估计也是争个面子。"

公说公有理，婆说婆有理，有一搭无一搭地拉呱着，反正，农闲没事，就好像青菜汤里撒了味精，这事给大家的生活添了点乐趣。

我站在妈妈身边，斜着头听着，似懂非懂。

忽然，一个奶奶辈的老年妇女，把叼在嘴上的香烟夹到手指上，对周围人招招手，压低声音，极神秘地说："你们不懂啊，什么抢啊，是男方和女方约好的，哪块这么巧啊，姑娘才跑到坝头上，男方的船就到了。"

大家都不吱声，似乎在回味着老年妇女的话。

"天冷死了，家去噢，闹来闹去，人家还是郎丈子舅。"

话毕，各自回家了。

晚上听爸妈谈心。爸爸说，女方七八个人确实到小伙子家闹了，但没有闹成，小伙子家早做好了准备，小伙子生产队十来个本家壮年，将去的人团团围住，又是递烟，又是倒茶。新郎官出来道歉。但女方家里坚持，今后不再往来，断绝关系。

妈妈说，生米煮成熟饭了，发发火，出出气，拉倒。

事情就这么过去了。

第二年小两口就添了一个女孩。小两口抱着女儿到父母门上，父母没有开门。反复多次，女方父母铁了心不往来。小两口又陆续添了几个小孩，日子过得红红火火。后经族家做工作，门开了，关系也续上了。

几十年后，我想起此事，不禁笑起来。抢，看上去粗鲁了些，于礼不合。但省去了很多繁文缛礼，节省了不少开支，不是好事吗？

我特别佩服当年那个女孩的勇气，为了幸福，冲破家长制的束缚，建立起自己的小家庭。

屋后的小河

我家屋后是一条河，一条没有名字的河。河水自西而来，在村庄周遭打了一个转，向东流去。

妈生下我后，给瞎先生算了一下，说我命里水多，要防水关。因而，黑鱼不能吃，更不能下水。虽是依水而生，我却是只旱鸭子。

眼巴巴地看着身边的伙伴们，春天在河里摸螺蛳，夏天在河里洗澡，秋天在河里摘菱角，冬天在河盖上溜冰，我好生羡慕，又无可奈何。

我记得一首歌的四句歌词："水乡三月风光好，风车吱吱把臂摇。挑肥担子连成串，罱泥的船儿水上漂。"

这是昔日水乡三月的真实写照，也是屋后小河上的真实场景。

小伙伴们想着法子逗我，但我怎么也逃脱不了祖母的视线。

我曾多次捡起砖块愤愤地砸向小河。

十岁那年的夏天，父亲说要带我到海里（大丰靠近大海，故而乡人称大丰一带为海里）的舅舅家。我高兴得不行。那是第一次到舅舅家，也是第一次出远门。

一天清晨，一条木船载着父亲、我和队上另外两个人，挂上布帆，从屋后的码头边出发。凉凉的风，细细的浪，快活极了。

小船顺着河流一直向东，进入兴化境内的鲁汀河，拐向北，在兴化城南进入城东的乌金荡。我第一次看到那么宽阔的水荡，一眼看不到边，无风也有浪，兴奋得直在船舱里跳跃。父亲告诉我，吉高戴着的乌金（黄金用黑漆涂抹）脚镣就掉在这荡里，所以叫乌金荡。又说，吉高是宰相李春芳的小舅子，吉高从京城回兴化，李春芳送了黄金给吉高，怕路上生事，因此用黑漆涂抹黄金，又制成脚镣。吉高全然不知，已经到了家门口，反而砸了脚镣，扔进荡里。

父亲的故事是经不住推敲的。吉高是个传奇人物，将一些离奇的故事附会其身，是演义的通常手法，当不得真。但的确给乌金荡增添了神秘的色彩。

小船继续向东，经过一天一夜风推篙撑，终于到达大丰沈灶的舅舅家。

舅舅告诉我，再向东不远，就是大海了，进了大海就可以满世界跑。大海、满世界，这些概念，对于一个小孩来说，简直就是对牛弹琴。

我只是想，屋后的小河太长了，长到可以到达舅舅家，还可以流向更远的地方。

其后若干年，我依然生活在小河边，看着河里一年四季变换的景物。

现在想想，屋后的河也不小，最宽处超过五十米，最深处一根竹篙难以探底。所谓小，是与鲁汀河比，与年长后所视之河比。

1976年夏天，我随生产队一拨人去高邮化肥厂装氨水。

一条五吨水泥船从屋后的小河出发向东，沿大溪河向南，拐向西，进入澄子河。

我的老家人不会用橹、桨，大都用竹篙撑船，长途就挂纤。我和几个壮年人在岸上挂纤，顺着邮兴公路直向西，下午到达高邮化肥厂。

化肥厂在远离城区的东郊，吃住在船上。氨水是有计划的，排队等候。我们躺在船舱的稻草上，大人们天南海北地聊。他们说，再向西走，出了闸，就是大运河，北可以到北京；南可以到长江，再走下去，还能到杭州，所以叫京杭大运河。还有人说，跨过大运河，就是高邮湖了。

一位有点文化的老者说："你别看世界大，也别说我们村里的河小，沿着小河走，一样可以走南到北。"

我想想也是啊，在小河里走，可以走到舅舅家，还可以到杭州、北京。我感觉，屋后的小河太神奇了。在我们村里，那条小河不过二三里长，但实际上长得很，长到可以延伸到我们不知道的地方。

没过几年，我到高邮师范求学。我几乎每周日都顺着屋后的小河到村西的车站上车，车沿平胜河、澄子河一路向西，直达运河边上的高邮车站。每周五下午或者周六上午，又以同样的路线逆向回到小河边。

随着时间推移，我对大运河和屋后的小河认识更深了。大运河起于争霸称雄，兴于封建统治，而强盛于强国利民。大运河曾是一条战争河、军事河、政治河，现在是一条民生河、文化河。大运河是淮河入江水道，是南水北调的通道，也是货物运输的重要渠道。水利局的专家告诉我："大运河是苏北灌区灌溉总渠，旱灌涝排。"

这样说来，屋后的那条小河，流淌的不只是自然水，还有淮河水、长江水。

屋后的小河连着淮河，连着长江大海。难怪，通常情况下，屋后的小河总是不枯不溢。

因为道路的改善，交通工具也在相应变化，在我的老家船已经不多了。屋后的小河，没有了交通功能，也少有了运输动能，但仍然发挥着重要的灌溉功能。

水是生命之源，鱼米之乡全赖水。我的老家旱涝保收，小河功不可没。

离家四十多年，每次回家，都会站立河边，看微风细浪，碎银点点。

屋后的小河，是我的母亲河。

秃　头

　　我的老家人称光头为秃头。光头文雅点，秃头显得粗鲁。但光与秃，其实同义，都是指头上没毛。

　　小的时候，特别想剃个秃头，不知多少次与理发师傅磨蹭，但师傅笑笑不允，说："只有你爷爷来说，才成。"回去与祖母说，祖母看都不看我，没好气地说："哪个好好的人剃个和尚头，做和尚好吗，没儿没女，光棍一个。"

　　我的邻居就是一个曾经做过和尚的人，破四旧，和尚没事做，参加生产队劳动，但还是剃个秃头，头上有几个小小的疤，大人说那是戒疤。暗地里，也帮助人家泼泼火、画画符，做些神神道道的事。

　　剃秃头好啊，尤其是夏天，下河洗个澡，上岸一抹，水全都没了，祖母问，照样可以说没有下河。

　　秃头终究没有剃成，但我对秃头的人一直抱有好感，甚至有几分羡慕。

　　我曾认真地观察过秃头。

　　有的秃头由于脂肪丰富，因而没毛的光头圆圆的、亮亮的，像一只浑圆的皮球，煞是可爱，我恨不能上去摸摸。有的秃头没肉，沟沟坎坎，一览无遗，有着强烈的骨感，有点瘆人。

　　小时候的我想剃秃头出于好奇，出于逃避祖母的监督。

　　但是，成年人为什么要剃秃头呢？一时间，街上秃子还真不少。

　　我的一位朋友说，白头发多了，经常染发，不利于健康，不如剃成光头，只是光头冬天冷，夏天热，事物总有两面，冷戴帽子，热遮毛巾。朋友还特别强调，冬天一定得戴帽子，帽子就像锅盖，不盖上锅盖，热气全都冒了，容易感冒。

另一位朋友说，头上皮炎严重，头发影响涂抹药膏，剃成光头好涂好洗，方便极了。

这两位朋友都是从健康角度考虑而剃了光头。

还有一位朋友显得无奈，说，头发太少，像沙漠上的草，稀稀落落，早上梳洗，无论怎么摆布，还是覆盖不了头皮，不如剃了，省心，而且自己动手，省了理发费。

有些人可不是这样。

我曾在理发店听到两个年轻光头交流体会。

一个说："多年前，我顶了光头，穿了件花里胡哨的衣服，向一位老板推销茶叶，老板其实不认识我，粗粗地看了我的模样，二话没说，就买了几斤，当场给了钱。"说完，还很得意地笑了。

另一个说："这个光头可是帮了我的大忙。一次到菜场买菜，一个小年轻拿了老婆婆的青菜，不想给钱，老婆婆拼死拽住对方不放，对方欲用武，我上前，捏住对方的手，对方朝我看了看，什么没说，掏了钱悻悻而去。我剃光头，是受了《少林寺》的影响，觉得光头神气，好玩。哪知道，还成全了好事。"

光头好不好，没有一个统一答案，也无所谓好不好，因人而异。但一般人对光头还是介意的。

一次，我带着一位光头老人找一位领导了解一个情况。事后，领导的秘书责怪我，不该带光头找领导。我一头雾水。

光头怎么啦？光头就是坏人，坏人一定是光头？不一定啊。如果光头就是坏人的标识，那公安不是太省事了。

有些大咖、大腕、大佬，不也是剃的光头吗？这些人的光头甚至成了他们的标签和身份，甚至是品牌。

常说，人不可貌相。有时候，人们常常以貌取人。

也难怪，孔子也曾犯过以貌取人的错误。有一位名叫澹台灭明的，长相奇丑，孔子甚厌之，以为貌丑才短不可教。可偏偏成了七十二贤人之一，成了到南方传播孔子思想的骨干人物。孔子后来感叹，以貌取人，失澹台灭明。

其事在《史记·仲尼弟子列传》中有记载："澹台灭明，武城人，字子羽。少孔子三十九岁。状貌甚恶。欲事孔子。孔子以为材薄。既已受业，退而修行，行不由径，非公事不见卿大夫。南游至江，从弟子三百人，设取予去就，名施乎诸侯。孔子闻之，曰：'吾以言取人，失之宰予；以貌取人，失之子羽。'"

不管怎么说，人的观念是不可能一下子改变的，或者说，有些观念，是不可改变的，否则，相面术就不会有市场了。

我的白发多，有皮炎，怎么也不敢剃光头。

焦屑喷香

昨天早晨，妻子要赶到学校上早读课，没来得及给我做早饭，问我："你是到街上吃碗面条，还是为你泡一碗焦屑？"

"焦屑？哪来的焦屑？"我以为听错了。

妻子回答："是焦屑啊，超市买的。"

"好，那早餐就吃焦屑。"我有点兴奋。

焦屑，触动了我的记忆神经。

在老家，这正是吃焦屑的季节。

离开老家四十多年，其间吃过一次，但也过去十年了。

记得麦收季节，奶奶会偷偷地到收割完的小麦地里捡麦穗。

散落在田间的麦穗，不捡拾也浪费了，但那时不让捡。当然，村干部也是睁只眼闭只眼。有时远远地喊几声："别拾了，再拾，就扣口粮了。"

捡回来的麦穗，在小院里很细致地去掉麦颖，晒干。红皮小麦在阳光下发出熠熠的光，让人眼馋。

奶奶会选在一个不太热的天气里，用铁锅稻草文火炒熟小麦，再到隔壁张奶奶家的手推磨上磨。那石磨很小，直径三四十厘米，推起来便捷不吃力。

我一直跟在奶奶身后。

磨焦屑是很费工夫的，磨一交，用箩筛（是一种筛眼很细、专门用来筛粉面的筛子，比如糯米粉）筛一次，直到完全磨细，从筛眼里落下去。

焦屑也就成了。

有些人可能不知道什么是焦屑，简单地说，焦屑就是用炒熟的小麦磨成的"屑屑儿"。

奶奶会故意对我说："过两天吃，今天不得工夫了。"

我不说话，奶奶到哪里，我就跟到哪里。

奶奶似乎被我缠烦了，过了好一会儿，才说："真烦，泡点儿给你吃。"

奶奶烧好开水，从盆里舀出焦屑，开水倒进碗里，吱吱作响。奶奶用一双筷子在碗里反复地搅和。那香味随着奶奶的手一波波地漾开来，直钻进我的鼻子里，口水很快分泌出来。一直搅到没有面疙瘩、水与焦屑融为一体的时候，奶奶又从碗橱里拿出糖罐、麻油瓶，用筷子挑出点糖，滴上几滴麻油，对我说："慢慢吃，烫呢。"

老实说，糖与麻油可不是家家都有的。爷爷从事着地下看风水"活动"，手头上不缺钱花，在吃上比一般人家讲究多了。

我非常享受地、慢慢地吃着，其实也不多，只半中碗，临了，还用舌头舔碗，舔到碗里没有一点焦屑，碗光亮亮的。

奶奶一直微笑着看我吃完，用手指戳着我的头说："哪年吃过的，馋死了。"

在那时，焦屑是一种非常好的吃食，方便，解饿，调口味。

男人们调的焦屑要厚得多、硬得多，一双筷子像挖土一样地挖着焦屑。有条件的挖一块猪油，那碗焦屑更香、更美。

在老家生活了二十年，年年吃焦屑，总也吃不够。

离开家乡，常常于麦收季节想到焦屑，但没有人制作，市面上也没有出售。

直到 2012 年初夏，北京来了几位客人，中午席间，问客人吃什么主食。客人说："想吃焦屑。"我一时犯难，现在哪有焦屑呢？

我有点好奇，那位北京客人祖籍东北，怎么也知道焦屑，看来焦屑非我家乡独有。

我请后勤的同志到超市找找，内心只是应付一下客人。哪知道，还真的有。

那一顿午餐的主食，就是泡焦屑。无奈，服务员从没见过焦屑，根本不会调制，结果，调得太稀了，像糁子粥一样。客人们很满意，我以为是美中不足。

昨天早晨的焦屑是我按照记忆的步骤调制的，厚厚的，黏黏的，散发出浓浓的麦香。没有放任何佐料，但吃出了四十多年前的味道。

知了声声入窗来

很准时，一入伏，知了的叫声便大起来、多起来。天还没大亮，知了就将它那清脆单调的叫声送到窗前。妻说："今天准是大热天。"

还是孩童的时候，进入伏天，奶奶不止一次指着树上拼命叫喊的知了，对我说："今儿，天热得很呢，你看，'叽溜'都热得难过了，叫个不停，不要到太阳地里瞎跑，在家凉快凉快。"

老家人不知知了，更不知蝉，他们管知了叫"叽溜"。我以为是依声取名，因为知了的叫声总是"叽溜叽溜"的。

夏天是农村孩子最快乐的季节。有吃的，有玩的。

吃的不说，光玩的名堂就很多。

可以三五个人拿个舀子、水桶到沟塘里捕鱼捉虾。那时老家水渠纵横，沟塘密布，鱼虾丰赡，捉几斤鱼是不费事的；可以到村边的河里打水仗，摸河蚌、螺蛳；可以从河里偷偷潜入生产队的瓜田里摘香瓜、菜瓜；可以到树下粘"叽溜"；最不济，可以为生产队放牛。晚上，还可以拿一条破蒲席到生产队的打谷场上乘凉、听故事。

粘"叽溜"最有趣，有工艺，有技巧。

先要将小麦制成面筋。取小麦放入嘴中细嚼，嚼碎嚼烂，反复咀嚼，而成面筋。再将面筋捏成小团，粘在一根长长竹竿的顶端。循着"叽溜"叫声寻找。那时农村杨树、槐树、桑树、皂角树比较多，不是很高。"叽溜"匍匐在树枝上，对准"叽溜"，屏住呼吸，悄悄将竹竿伸过去，面筋迅即粘到"叽溜"身上，只见"叽溜"扑腾着翅膀，但已无可逃脱。收回竹竿，取下"叽溜"。

"叽溜"有雄雌之分，雌的叫，而雄的不叫。如何检验？方便得很。用拇指的指甲尖刮蹭"叽溜"的腹部，如果是雌"叽溜"，经不住撩拨，便"叽溜叽溜"地叫起来。有时用一个盒子或瓶子养起来，不用一两天便死了。

粘"叽溜"纯粹是为了好玩，别无他用。如果在举高竹竿将要粘住"叽溜"的时候，手稳不住，被"叽溜"发觉，溜之大吉，前功尽弃，所以，一天里粘不到几只"叽溜"，粘住一只，嘚瑟半天。

后来读到《庄子·达生》中的一篇寓言《佝偻承蜩》（蜩，即蝉），我大开眼界。

这篇寓言说的是一位驼背老人捕捉蝉的故事。孔子到楚国去，看到一位驼背老人用竹竿粘蝉，动作娴熟，捕获率很高，好像在地上拾取一样。孔子很好奇，情不自禁地说："先生真是灵巧啊，有什么门道吗？"那位老人回答，我经过五六个月的练习，又心无旁骛，专心致志，所以才能手到擒来。因此孔子教育学生要专心致志，凝精聚神。

驼背老人所说，与我们小时候粘"叽溜"没有什么不同，由此生发的道理，也是常见的，做任何事都是熟能生巧，必须专心致志，欧阳修的《卖油翁》阐发的也是这个道理。

有意思的是延伸阅读之所得。那个驼背老人粘蝉干什么，也和我们小时候一样是为了一时之乐吗？不是，老人粘蝉，是食用。看到这里，我吃了一惊，"叽溜"还可以食用？这是闻所未闻的，老家人从来没有谁吃过"叽溜"。

经查阅资料，还真有这回事，而且，国人吃蝉的历史还很长，长到可以追溯至公元前，《礼记·内则》记载，普通百姓喜欢吃蝉，帝王将相也将之奉为佳肴。

一位行医的朋友告诉我，蝉是美食，也是上等药材。这是我所不知道的，也是老家人不知道的。

后来出差山东、浙江、山西，饭店里有以蝉为主的菜肴，做法还挺多，有一家饭店还出售蝉肉干子。

但是，我看看而已，不敢吃。

不去说它。

成年后离开家乡，粘"叽溜"成为美好的记忆，"叽溜"的叫声也从身边消失了。

今年，猛然感到"叽溜"又回来了，而且似乎是成群结队而来。那个响亮、略有嘶哑的叫声，一浪一浪，一波一波，把个夏天闹得火热火热的，让人感到夏天真的来了。

蝉是夏天的使者，没有蝉叫声的夏天还是夏天吗？

口　罩

昨天一早，我走出家门准备在小区散步。

隔壁单元的李先生夫妇正从楼道里出来。我们互致早安。

不一会儿，李先生突然对老伴说："哎，我的口罩怎么没拿？不戴口罩上街可不行啊。"

我抬头，李先生脸上是没口罩，而他的老伴是戴的。

老伴赶忙说："别急，我上去为你拿。"

我停下来，陪李先生站了会儿。我们两者的距离超过一米。

李先生用手抹了抹嘴巴，自嘲道："上次戴口罩还是五十多年前的事呢。"

李先生是位健谈的老兄，很自然地回忆起过往："1968 年年底，我初中毕业，其实初中也没上几天，经常停课。年底，我作为知青插队到东乡的一个大队。那个大队离县城百里，非常闭塞，交通不便，乘船半天，还得步行几小时。那时我年龄小，个头也小，家里人舍不得，但没有办法，每家必须有一个人插队。所以，吃的穿的，能准备的都准备了。我有一位姑父做医生，他便送了我几只口罩。说，农村里的风野，不戴口罩，嘴唇容易开裂。"

正说着，李先生的老伴下来了，急急地说："我们走吧，去迟了，菜市场的人多起来，不安全。"

李先生乜了老伴一眼："怕死了，你离别人远一点儿，不交谈、不接触，还蒙着个口罩，病毒从哪儿进身呀。要不，你先慢慢跑，我与姚先生聊会儿，一会儿赶上去。"

老伴也不说话，自个儿走了。

李先生继续说："还真被我姑父说着了，农村里的风确实与城里的不同，那风很冷，也很尖，能够从领口、袖口、裤管钻进去。一个大口罩罩在脸上，暖和得多，口腔也舒服。可是，姑父想不到的是，做农民与做医生不同，医生是脑力劳动，农民是体力劳动，干起重体力活，浑身冒汗，连棉袄棉裤都穿不住，还能戴口罩吗？"

说着，李先生哈哈笑起来，边戴口罩边说："有些事，坐在家里想的，与实际情况是不一样的。姑父是城里人，没有干过农活，哪知道农民干起农活来是怎么回事呢。"

他还说了一件有趣的事。他下乡的第四年春天，有人为他说媒，就是现在的老伴。相约某一天午后在村后的小河边见面。他老伴也是知青，插队到邻近大队。见面时，对方戴了一个大大的口罩。个儿不矮，身材也不错。但是，李先生狐疑，是不是口腔或者牙齿有问题，要不，春天空气好，又不冷，戴口罩干吗呢？见面以后，媒人问李先生什么想法，李先生迟迟不表态，心里始终有一个结。有一天饭后，他耍了个小心眼儿，突袭拜访女方。女方正在门口洗衣服。他打了招呼，对方抬起来头，脸唰地红了，嗫嚅了半天，也没说出一个字。但是，李先生的目的达到了，他看到了对方的嘴和牙齿。

李先生沉浸在美好的回忆中，很不好意思地对我说："她的嘴巴和牙齿，你也看到了，都七十多岁了，还这么好，那时候，你想想，说不好，哈哈，说不好。"

"过去，除了医生，没有人春天戴口罩，现在，哎……不说了不说了，老伴要急了。"

李先生在农村干了五年，通过推荐，上了大学，被分配到国营工厂工作，老伴回城也安排在一家街道企业。老两口退休金不多，但是豁达、乐观。

李先生的一番叙述，勾起了我对口罩的回忆。我戴口罩是五十年前的事。那时，我正上高中，寒假，大队搞了一个文艺宣传队，几个吹拉弹唱的艺人带着五六个高中生，编排样板戏片段。因为演得好，常常被邻近大队请去演出。那时，我们五六个十七八岁的青年，青春勃发，好出风头。一色的毛领大衣，一色的围巾，外出都戴白色的口罩，一溜儿站在冲水船的船头。到了码头，引得一片喝彩，啧啧道："这是哪来的几个插队的？"那时的农村，只有从城里来的知青才戴口罩。

自此以后，做农民，上大学，当老师，坐机关，我似乎再也没有戴过口罩。

2020年年初，新冠疫情暴发，戴口罩成为强制性要求，不戴口罩，进不了超市，上不了车，住不了宾馆。一度，口罩还很紧张，女儿甚至托在日本留学的同学买了不少。

也许，我是个自律性不强的人，去年下半年以后，除了非戴不可的场合，我很少戴口罩，总觉得戴起来憋闷，呼吸受阻。

2021年7月，南京、扬州先后发生疫情，小区的小喇叭又不厌其烦地提醒市民出门戴口罩，口罩又回到了脸上。不戴不行啊，不戴不让出门，也不让进门，不戴还会遭别人的白眼。

过去戴口罩是为了防风防冷，也为了时尚。今天戴口罩，是为了安全。

有一个抖音视频，分析了那个将病毒带到扬州的毛老太的传染过程，说，她乘大巴，没有人被感染，她进超市也没人被感染，而感染最多的是在麻将馆。这是为什么？因为大巴上的乘客、超市里的消费者，都戴着口罩，而麻将馆的老人几乎不戴口罩。

抖音发布者的分析是不是科学全面，我不知道，至少说明，对付疫情，戴口罩，是有效的防范措施之一。

专家们也一再提醒，要戴口罩，勤洗手，不聚集，保持一米社交距离。

现在，无论何时走到街上，最惹眼的是形状各异、颜色不同的口罩。口罩成了一道亮眼的风景。

出门戴口罩，已然由强制变成了习惯。

李先生忘了戴口罩，非回来取戴上才出门。

疫情下，戴口罩不只为了自己，也为他人。

专家忠告，人类要学会与病毒长期共存。因此，戴口罩是一种日常，是一种习惯。

洗碗抹盆

老家有句流传很久的话，叫作"男子无能，洗碗抹盆"，至今，记忆犹新。

第一次听见，岁数还小，如春风过耳，没记着，也不懂。

年岁渐长，听村里有点文化的老人解释过。

男是田力，理应到广阔的田野里，春耕秋种，收获果实，养家糊口，怎么能窝在家里围着锅台转呢，那可是女人们做的。

我好像也向叔祖父请教过这句话。叔祖父说："好男儿志在四方，应该到外面闯荡，整天闷在家里，能有什么出息呢？"

叔祖父似乎有资格这么说，他是远近闻名的风水先生，日子优渥，叔祖母是全职太太，洗碗抹盆这些琐碎的事，哪还用叔祖父动手啊。

细细想来，也对！当时样板戏里的英雄人物，哪一个不是叱咤风云、顶天立地？

这句话好像还挺励志的。

可是，我身长八尺，自小就洗碗抹盆。

这也怪不得我。

我有三位姐姐，我十二三岁，姐姐们都先后出嫁了，祖父母也早已离我们而去。父母要到生产队出工，家里的事谁做呢？自然就落到我身上。洗碗抹盆、洗衣扫地，样样都干。父母从没有反对过，也没有拿"男子无能，洗碗抹盆"教育过我。母亲反而多次在邻居面前夸我，说："我这个小伙儿倒像个姑娘，洗碗抹盆、洗衣做饭，样样会做。"眉宇间闪烁着骄傲。而且，在"四夏"期间，每天上午上完两节课后，学校还让我们回家烧饭。这不是明摆着鼓励我们"洗碗抹盆"吗？

那时，家里吃的大多是粗茶淡饭，很少有荤腥，锅碗瓢勺洗起来也快。春夏秋三季，我从不在家里洗。我家屋后就是一条东西走向的河。用竹篮将要洗的拎到码头上，放开手脚，三下两下就洗完了。春天，那河水清得发绿，无风如镜，小鱼在码头边游动，漂亮极了。夏天，洗过碗盆，顺势下河游两圈，想摸河蚌，绝不会空手。至于秋天，满河的菱角，白花点点，蜻蜓或飞或止，肥硕的鹅鸭三三两两嬉戏于水上，不就是一幅生动的秋韵图吗？在这样的环境里洗碗抹盆，当然有快乐而无痛苦。

多年后，走上工作岗位，组织小家庭，洗碗抹盆，从未间断过。双职工，老人不在身边，总不能看着锅台上一塌糊涂而无动于衷吧。

老实说，有时，我还特享受洗碗抹盆。不用动脑筋，也不需付出多少体力，而能够短时间内收获劳动成果，收获感、成就感满满的。

每每妻子上早读课或者出差，就是我施展才艺的时候。我会将锅碗瓢盆洗得干干净净，晾干，分门别类归入橱中。最先洗涮，就是用清水反复冲洗。后来有了洗洁净，油污易去，但如果汰不干净，对人体有害，据说用洗洁净，至少汰六遍。再后来，有了口碱，也就是食用碱，洗起来更方便、更安全，用口碱洗涮，只需要汰三遍。锅碗瓢盆洗好后，再来整理锅台和碗池，我自己定下了标准，锅台上不留水痕污渍，碗池锃亮如镜。最后一道工序是处理抹布和拖地。抹布拧干叠得四四方方，整整齐齐地平放在锅台上。地拖得一尘不染，光可照人。

一切妥当后，我像解牛的庖丁，得意地享受着劳动成果。

有一次，我还将住同幢楼的女婿叫来，参观我的劳动现场。女婿只一个劲说好、说干净，没说出什么道道。我的真正用意，不是让他分享，更不是让他表扬我，这个意思，做老丈人的都懂的。

我是十分快乐地洗碗抹盆，有时，还拍成视频在朋友圈嘚瑟。

我曾对妻子说，做家务一定要善于从中找到乐趣，不能当作负担，当成负担，剩下的就只有苦趣。

妻子没反驳，只笑笑说："我还没到那个境界。"

既然"男子无能，洗碗抹盆"，还有几个男人愿意洗碗抹盆，而承认自己无能呢？那么，洗碗抹盆之类的事就只能是女人做了，这不是非常简单的推理吗？

社会进步至今，大多数男女都有自己的职业，家是每个人最好的归宿。家就是由洗碗抹盆这样的琐屑事构成的。男人不做，女人也没有时间做，家还是家吗？

洗碗抹盆，与男人有能无能，什么关系也没有。

老家人讲某一个女人能干，用的是"下得了厨房，上得了厅堂"，那能干的男人呢，就不能"下得了厨房"吗？这是用典型的"双标"对待男女。

不知道，老家人从哪学来"男子无能，洗碗抹盆"这句话，害得多少男人文不是秀才，武不成兵。

洗衣服

洗衣服是寻常家事，于我，有一件最得意、最自豪的事与洗衣服有关。那件事发生在 20 世纪 70 年代初，我上高一的那年深秋。

高中设在公社所在地，离我家六七里。每星期的周五下午放学后回家，周日下午返校。

那年深秋的某一个星期六，我照例在叔祖父家吃午饭。叔祖父一生未育，我过继给他们，平时称呼时是不会加上"叔"的。

饭间，祖母自言自语："天凉了，帐子要洗了。"

说者无心，听者有意。第二天一早，我便到祖父家，拆下蚊帐。

祖父问："拆帐子干什么？"

我说："我帮奶奶洗洗，奶奶岁数大了，拖不动。"

祖父用一种异样的眼光看着我："你洗？"

我一边将蚊帐放到澡盆里泡，一边回答："是的，我洗。"

"还是让你奶奶洗吧。"祖父似乎不太信任我。

我不再说话，将石碱用温水化开，和进澡盆里，用力反复揉搓蚊帐，待揉透了，再继续泡。

那时候洗衣服很少用"洋碱"（肥皂），肥皂是凭票供应的，供应量很少。有的人家连石碱也不用，洗蚊帐、棉衣、棉被之类的大件，都是用草木灰泡水。化学课上老师讲过，草木灰含碱。小件，常常将皂角树上的果子捣成液汁泡水洗。村上有一棵皂角树，很高大、很茂盛。

祖父家的蚊帐是夏布制成的。所谓夏布，是用麻丝编织而成，很厚、很结实，也很重，洗起来很费力气。

泡了约半小时后，我用搓衣板从帐子的四围开始，一块块地洗，直洗到帐顶，再从帐顶洗到四围，如此两遍。拧干。

祖父屋后不远处就是一条河。我搬起澡盆，走向河边，脱了鞋，挽起裤腿，利用码头上的石板，一遍遍地汰洗，又拉起来，在水里一遍遍甩涮，拧干。

祖父一直在河边看着我。

我将帐子晾到祖父家庭院的绳子上，祖母刚从外面买菜回来。

“老奶奶，你来看看，五丫头（我的乳名）洗的帐子。”祖父很激动地招呼祖母，说着拿起帐子一角，放到鼻下闻闻，又聚起目光看看，对祖母说：“一点石碱味没有，多白啊，你一辈子都不曾洗到这么白过。”

祖父有点夸张，夏布蚊帐不是白色的，是本色的木黄。

祖母噘起嘴说：“他岁数小，但有力气搓、拖、拉，我哪拉得动啊。”说着，祖母也走到绳边拿起帐子一角仔细地看，嘴上不住地啧啧称赞，微微点头，眼睛看着我，加上一句：“好东西不曾白给他吃。”

祖母说的是实话，一顶夏布帐子动辄几斤，沾上水，更重，像祖母这般年迈的女性，洗好不易。

洗蚊帐，我也是第一次，得到祖父的夸奖，心里美滋滋的。那个星期天返校时，祖父多奖励了我一元钱。

自此，祖父家的棉被、棉衣、蚊帐都是我洗。痛心的是，只四年，祖父母相继辞世，替他们洗蚊帐成了记忆。

我很小的时候，就会洗衣服。小学、初中在本大队上，放学回家，看到有脏衣服，就拿到河边洗。即使偶尔洗不干净，母亲并不责怪，只是告诉我应该怎么洗。

离家到公社上高中，星期天回家，往往一洗一盆。特别是夏季大忙，父母白天黑夜地出工，人累得不行，衣服压下来，是常事。家中的闲人就是我和比我小很多的弟弟，怎能看到脏衣服不洗呢。

　　小时候，每次洗衣服，得到母亲的表扬都很兴奋，也是动力，更为日后走出村庄、独自生活提供了方便。

　　1980 年外出上学，学校离家也仅百里。不少同学的脏衣服是假期带回去洗。我都是洗好了叠齐了，放到枕下压平整了，包括被子，从来不会带回家让母亲操劳。

　　后来参加工作，不论是单身，还是组织了家庭，洗衣服是必不可少的生活环节。在漫长的洗衣过程中，我还摸索出了规律，比如上衣，重点洗衣领、前襟、袖口、下摆和腋下；裤子，主要洗腰、臀部、双膝和裤脚。如果不小心，某个部位沾上油污、泥点什么的，要先处理下，这叫突出重点。

　　有了洗衣机，人从洗衣中解放出来。说了，你不要笑。品质比较好的衣服，我不舍得让洗衣机洗，还是手工操作，比如，一件好的衬衣，我怕洗衣机洗皱了衣领。

　　工作时，免不了出差。有同行者往往按照出差天数准备衣服，每天换一套，脏衣服打包带回来给妻子洗。我感到无语。如果是夏天，脏衣服焐几天，是个什么味道啊。我每天换洗，最后一天，也都是将衣服洗好叠好带回家。打开行李箱，飘出的是一股清香。我不知道这些人是怎么想的。男人洗衣服丢人吗，妻子就应该给丈夫洗衣服？谁这样规定过呀。

　　妻子出差，我也是自己的衣服自己洗，从不会堆成一堆，让妻子回家洗。而且，将家里打理得亮亮堂堂的，给妻子一个舒适的感觉。

　　几十年来，在我的生活中，洗衣是一件非常平常而主动的事，没有任何外力的影响。你想想，一边洗衣一边想着事儿，或者哼着小曲，将锻炼身体与休闲娱乐结合起来，是一个多好的运动呀，何乐不为！

　　女儿很小的时候，我就将洗衣的手艺传授给她，告诉她洗衣的窍门。

女儿在外求学四年，从未将脏衣物带回来，都自行处理得妥妥帖帖的。

女儿出嫁前，我与女儿有过一次长谈，内容很多，其中之一，工作再忙，内衣必须自己洗，不得让婆婆代劳。

有人可能不以为然，工作忙了，让婆婆洗个内衣怎么啦？

我以为，个中道理大了去了，到底为什么，每个人的想法是不一样的。

我这样要求女儿，女儿也是这样做的。

我希望女儿的孩子也能这样。

乳 名

想起来就好笑，爸妈怎么给我取了个"五丫头"的乳名。老家人不叫乳名，叫小名。

这个小名可让我吃了不少苦头。

村里的小伙伴常常几个人围住我，一边刮鼻子，一边口中大喊"五丫头，五丫头"。

偏偏十岁前，我头上还扎了两条老鼠尾巴似的小辫子，头顶一条，后脑勺一条。又戴了耳环、索锁和脚镯。这丫头被坐实了。

课堂上，老师有时也喊我"五丫头"，弄得满堂大笑。全班同学齐刷刷地看着我，我的脸被火烤似的，灼热灼热的。

我曾不止一次问妈妈，并要求妈妈将我的辫子剪了。妈妈每次都一边摸着我头上的小辫子，一边微笑着对我说："丫头就丫头，你就是妈妈的丫头。"

叔祖母有过一次权威的解释，说："你妈妈连续生了四个女儿，到第五个才生了你，怕抓不住，就依你姐姐排下来，取了个丫头的名字，好养。"

叔祖母还告诉我："你父亲也有小名，叫大碗子。你奶奶头一个生了个丫头，后来多少年不养，有一年儿孙满堂的福奶奶家办喜事，我从她家偷了一只大碗给你奶奶，第二年你奶奶就生了你父亲。'洗三'（婴儿出生第三天洗澡，又称洗三礼）那天，请福奶奶到家里吃了一顿，还送了一份礼。从此，家里人就叫你父亲大碗子，家里传到外头，外面人都晓得你父亲是偷人家大碗生的。"

后来了解到，偷物生子，似乎是我们老家的一种风俗。一户人家夫妇结婚，连续生女孩，或者长期不生，就会到子孙旺的人家偷一样东西，事先并不告诉对方。待一年或几年后生子了，就会上门答谢。生下来的孩子，往往就以偷的物件为小名。我们村上有叫"网伙"的，就是偷捕鱼人的渔网生的；有叫"钵子"的，就是偷人家的饭钵生的；有叫"铁桩子"的，就是偷人家的船桩子（固定船的铁器或木器）生的。某一家偷了别人家的小马子（小孩用的马桶）生了儿子，就给儿子取小名"小马子"。

这一类情况比较特殊，因为生子少、生子迟，小名净往"贱"里取。老家人有种理念，认为名贵难养。我的乳名就足以说明问题。

当然，也有偷了人家东西，依然生女孩，或者不生养的，那就不对外说了。重男轻女的观念深深地印刻在一些男孩的乳名上。

村上大多数男孩都有小名，最不济把排行作为小名，"老大老二老三老四"。女孩也有小名，栽秧时生的就叫"秧子"，割稻时生的就叫"稻香"，桃熟时生的就叫"桃香"，桂花飘落时生的就叫"桂子"。

小名是生下来就叫的，很随意。有的人家为了省事，抑或文化水平的局限，小名前加上姓，就成了大名（学名），比如桂香前加上张，就成了张桂香。

上海人给小孩取小名更随意，叫什么"阿三阿四""阿猫阿狗"的都有。我上海的两位表弟，老大老二分别叫"大猫""小猫"，后来他们自己又改成"大毛""小毛"。有什么特别的意思吗，似乎没有。

现在的小孩大都也有小名，有的叫"晨晨、亮亮"，有的叫"健健、康康"，有的叫"叮叮、咚咚"，有的叫"柠檬、葡萄"，有的叫"小米、大豆"，还有的叫"点点、滴滴"。

与我小时候比，现在小孩的小名亮了、雅了，读起来更好听了，不会再有家长给小孩取我那样的小名。

小名和大名一样，都是人的外在符号，不必过于考究，但还是要通俗些、优雅些。

口舌重

妈妈曾经对我说，我生下来没几天，祖父就开书为我算命，从生辰八字看，命运还可以，吃饭没问题。

祖父是看风水的，懂算命。但算命，人们还是相信眼盲的先生。

邻村有一位瞎先生，每年正月都在一个少妇的搀扶下，走村入户，算命打卦。

妈妈对祖父所说的"命运还可以"不太满意，又请瞎先生算。

瞎先生果然有点本事，不仅算出了我命中的好处，而且指出了我命中的两个"命门"：水脚重、口舌重。

所谓水脚重，是指容易因水而伤身。我的老家是水乡，出门见水，小孩溺水而亡时有发生。妈妈忙问："水脚重，如何化解呢？"瞎先生的办法是"十岁前不吃黑鱼"。

回忆起来，我十岁前确实没有吃过黑鱼，家里也很少买黑鱼。

细细琢磨，水脚重与黑鱼有什么联系呢，就因为黑鱼生长在水里？妈妈不会考虑两者之间的关系，只牢牢地看着我，不让我下河，不让我吃黑鱼。不吃黑鱼做到了，不靠水边如何可以？看哪看得住。我成长过程中，与水结下了感情，会游水，会在水上撑船，会在河里用多种工具捕鱼，我甚至在盛夏之夜，到屋后的河里洗澡纳凉，因水生出了种种快乐。

所谓口舌重，是指常遭人议论，被别人挂在嘴上。

捋捋过往，瞎先生还真说对了。几十年来，我常被议论，有几次议论，差点儿对我的人生造成不利影响。

1973 年，我考高中的时候，就被议论了一次。那一年上高中与以往不同，不是单一的学校推荐，是考试与推荐相结合，既要有好成绩，还要学校推荐。我考试的成绩还不错，完全可以上高中。但到学校推荐的时候，来话了。有一名教师，可能也是学校的领导成员，在会上，说我调皮，不同意我上高中。幸好，我的初中班主任据理力争，说："哪个小孩不调皮？"因为那个老师也说不出我调皮的具体内容以及产生的后果，有惊无险，我还是进了高中。

调皮是个什么错呢？调皮应该是小孩的天性所致，说不上对错。但是，人家要拿个含混的词整你，也没有办法，嘴长在别人身上。

如果那次议论生效，我的学业就此中断，人生将出现若干个可能，人生之路绝不是今天脚下的这一条。

高中毕业后到生产队劳动挣工分，自食其力，养活自己。那时候整天劳动，只有两个感觉，一是疲劳，巴不能天天下雨，可以睡觉，尤其是夏季，白天干了一天，晚上还要打夜工，上下眼皮直打架，有一次脱粒时，因打瞌睡，膀子差点儿被机器吞下去；二是饥饿，特别是 1975 年年底在三阳河挑土，每天上午 10 点后，就饿得不行，挑着泥担子的双腿，从十米深处往上爬，觉得两条腿发虚。中午三大碗白米饭，就着神仙汤（酱油、菜籽油、开水冲的汤），呼呼啦啦，风卷残云，几分钟就吃完了。从来没有想过到社办厂工作，或者到大队生产队做个小干部，混点工分，就一门心思吃了干、干了吃。

我似乎注定在农村干一辈子农活，对干农活一点也不厌倦，与各种农具也很默契。农村里的农活我都干过，自豪地说，我所做的一点不比大劳力差。我个儿高，身体棒，劲儿也大，很多人都愿意与我一起干。冬天罱泥、挑大圩，夏秋季挑把、扛笆斗、卖公粮，春天拾青草积肥，放过牛，踩过水车，看过牛棚。

只是爷爷奶奶舍不得，说："才十几岁的人，哪吃过这个苦啊，百十斤的笆斗扛在肩膀上，扛伤了一辈子受罪。"但是爷爷只是农村里的手艺人，哪有门路安排我出去工作呢？

　　我从来没埋怨过父母，我倒是非常感激父母，他们能让我上高中已经很了不得了，与我同上初中的同学中，只有两人上了高中，其他人比我更早地扛起了农活。

　　有时幸福就这么突然降临。1976年年底，村上学校的一位老师到县里培训，大队推荐我到学校代课。但在学校研究的时候，还是那位老师又议论我一次，他提出我不能做教师，理由是我的文化水平不够。当然，这个议论也没有生效，因为那个老师自己是小学毕业。了解农村教育的人都知道，20世纪70年代，农村教师中小学初中文凭的太多了，高中学历的不多，何况我还是以很好的成绩进入高中的。

　　后来了解到，这位老师之所以一再议论我，是因为他与我父亲有点过节，到底是什么过节，我也没问。议论了，没有生效，议论于我有什么影响呢？

　　如果这次议论生效，我的人生又将是另一番情形。

　　我工作了四十年，前二十年做老师，后二十年在党委部门工作，没少被议论。可以说，我是在别人的唾沫星里生活着、工作着，有些是当时就知道，有些是事后知道的。

　　有时心里苦闷，曾对妈妈说过，妈妈不识字，但识时懂理。妈妈说："谁人背后不说人，谁人背后不被说，你就不曾说过旁人吗？他说他的，只要你站得正走得直，就行了。"

　　有时也特别委屈，比如有人在领导面前议论我高傲，头仰得高高的，看不起人。领导曾旁敲侧击地提醒我。我有什么资本高傲呢，至于头仰得高高的，实因我的个子高，腰杆直，而给个子不高者造成视角上的错误。我父亲今年九十七岁，个子不矮，腰杆还是挺得很直，你能说我父亲也高傲吗？

因为一直处在别人的议论焦点上，生愁自己在言行上出错而被议论，所以，时时小心，处处留意。回头想想，瞎先生在我处在襁褓中就提醒我"口舌重"，实在是有远见的，对我的成长产生了重要的作用。

我读过《感谢折磨你的人》这篇文章，被人折磨可能不是一件好事，但在折磨中成长，在折磨中成熟，在折磨中练就本领，对被折磨者又是一件大好事，这可能是成心折磨人的人未曾想到的。

被议论，被监督，未尝不是一件好事。如果一味地被恭维，而自己不加鉴别，可能就成了温水里的青蛙。

有民谚，唾沫星子淹死人，但别人的嘴是封不住的，能做的，只有做好自己。口舌重如我者，其言行不可不慎。

妈妈当年轻描淡写地给我讲算命的故事，其用心极深。

渡河跨江

生日前的一个星期天，女儿女婿说要带我到镇江玩半天。

我感到好奇，女儿两口子平时工作忙，添了小宝宝，更忙，星期天可带带宝宝、做点家务，也可以休整一下，带我到镇江干吗呢？何况，镇江只一江之隔，去的次数多了。

女儿说："今年您六十三岁了，乡间习俗，六十三岁是一个坎，要带您渡道河、跨条江。"

乡间有这个习俗？女儿年龄尚小，她知道，我怎么就不知道呢？

求之友人。友人说："这还说不上是习俗，是早些年从外地传来的。这还不好理解吗？在人均寿命不高的年代，人生七十古来稀，六十三岁也不算小了，说是坎，情理之中。"

"我还是不懂啊。为什么是六十三，而不是六十四、六十五？"

友人倒也不急，很有耐心地为我讲解。"你难道忘了，民间还有一种说法：七十三八十四，阎王不请自己去。"

我被友人说糊涂了，看着友人，半天无言以对。

友人看出了我的糊涂，拍拍我的肩膀说："亏你还读过孔孟，这也不知道啊？"

我嗫嚅道："你说得也太玄了吧，一个小小的民间习俗，竟然与孔孟有关。"

"哎，有关。"友人显得很神秘。

"什么关系？愿洗耳恭听。"

友人看我真的不知，于是，娓娓道来，虽不乏牵强，却也由来有自。

友人说："史书上记载得非常清楚。孔子的得意门生、孔门十哲之一的子路，六十三岁那一年死于卫国宫廷内乱中，死前为显君子之风，还扎牢了帽缨。至圣先师孔子的生命停止在七十三岁。亚圣孟子于八十四岁寿终。你想想这些圣贤不过活到如此岁数，何况凡人呢？民间这种说法，也不全是空穴来风，至少可以感受到孔孟巨大而深远的影响力吧。"

细细揣摩还真是那么一回事。

"那为什么一定是女儿呢？"我接着问。

友人颇有些不屑地说："你也太愚了。女儿一般是嫁出去的，一年回不了几次娘家，在父母的生命节点上，让她们回来尽尽孝，难道不应该吗？再怎么说，父母的生日，子女陪一天，也是理所当然的。"

友人还向我讲了发生在他家里的故事。说他姐在母亲七十三岁生日那一天，专程从几十里外赶来，向邻居家借了一条小船，用竹篙撑船，带妈妈渡了村东的一条大河。友人颇有些自得地说："那一天，妈妈特高兴，忙不迭地告诉左邻右舍，女儿特地回来带我渡河了。"

友人的故事也许是真实的，但说法似乎太玄了，生日怎么又成了生命的节点呢？

我似懂非懂，还有不懂，比如，为什么是渡河跨江而不是登山浮海？没有女儿怎么办，女儿远在天涯海角怎么办？我不敢再问了。有些问题是无解的，何必为难朋友呢。

那个星期天一早，女婿驾车，女儿陪着我和她妈，一同去镇江。

车行至润扬大桥上，女儿兴奋地对我说："爸，车过长江了。"女儿又不无歉意地说："爸，应该是您生日当天陪您来，但那一天是工作日，只能安排在今天了。"

女儿俨然看着我跨过了生命中的坎，越过了命运中的缺。

我微微一笑。长江滚滚，一桥飞架，一道风景从眼前掠过。

我们四人在镇江金山玩了半天，其山河，其庙宇，其神话传说，我都不感兴趣，去的次数多了，大多数内容能背出来。对渡河跨江与生命的关系，我也根本不当回事，生命哪会这么容易把握啊。

　　但那一天我的内心充溢着幸福与满足。

与集邮擦肩而过

很小的时候，我也曾集过邮票，将别人寄到我家的信封上的邮票剪下来，夹在一本书中。这项活动持续了好些年，所集邮票数量也是可观的。后来，说不上什么原因，中断了，停止了，那几本夹邮票的书也在几次迁徙中丢失。

在机关工作的二十年中，与邮票、邮人、邮事活动有过零距离接触，参与过两届中国邮文化节的组织策划工作，所见邮票不计其数，受赠邮票也不少，但仅止于一饱眼福，收入篓中，根本没有往集邮上想，也没有想到个人可以从中做些什么，将活动作为工作任务完成了事。

近读倪文才先生新著《邮坛精英》，内心震撼不小。固然，倪文才先生自从走上领导岗位就开始接触邮，主持修建盂城驿，牵头组织中国邮文化节，但所做的是领导工作。真正研究邮，也是近些年的事。在不长的时间内，撰写了专著《中国邮文化》，组编了多部邮集，且多次获奖，领衔筹建中国集邮家博物馆。凭着不凡的邮研究业绩成为中华集邮联理事，跻身集邮会士行列，当选中华集邮联老年集邮协会副会长。

为了筹建中国集邮家博物馆，倪先生不辞辛劳，天南海北，拜访集邮会士，争取他们的支持。这本厚达三百页的《邮坛精英》是用脚丈量出来的，是心血的结晶。正如其后记中所说："从去年（2016年）6月份开始，我们对集邮会士逐一登门拜访，征集展品。每拜访一位会士，我都写一篇文章，发在我的'邮驿路漫漫'新浪博客上，到今年8月份一共写了六十四篇。"

惭愧地说，倪先生书中所记人物，我也见过很多，刘平源、杨利民、刘佳维、周治华、李曙光、葛建亚、马佑章……名字可以列出一串，他们在集邮上所做的工作、所取得的成绩，亦有耳闻目睹，可是，也仅是作为故事愉心遣时，没入心入脑，更没有企图做点"文章"，而倪先生做了，而且做得这么有意思，这么有价值。对此，作为同做过这项工作的人能不汗颜吗？

掩卷深思，倪先生在领导岗位上工作比我多，内容也很庞杂，业余时间自然比我少得多。为什么他能够在有限的时间内做出这么多可圈可点可传之于后的业绩呢？

我想，奥秘不外乎三。

他对自己严格要求。据我所知，尽管他的工作很忙，但总想方设法挤出时间看书学习，星期天、节假日大多在办公室里度过，很少参加应酬，没有不良业余爱好。将自己的业余时间基本都投入到学习研究中。

他有一股常人难及的执着专注。为了写好集邮家们，"从去年开始，我订阅了《集邮》《集邮博览》《中国集邮报》《集邮报》，通读了《中国集邮史》《中国邮票史》，购买了二十多本有关集邮家的书籍，在网上下载了几十万字的有关集邮家的资料"（《邮坛精英·后记》）。所费资金不说，仅仅阅读梳理这些书籍资料，所耗费的精力是非常大的，没有一股执着专注的精神，很难做到。

他有一种高度的责任感。倪文才先生在后记中提到："有人问我：'是什么力量让你坚持下来的？'我回答：'一是工作目标和责任要求着我，二是集邮家的事迹和精神感动着我，三是网友的鼓励和集邮家的期望鞭策着我。'三条理由，条条都是责任。无怪乎中华集邮联合会会长杨利民在序言所说，退休后，倪文才同志继续关心集邮事业，为筹建中国集邮家博物馆出谋划策、殚精竭虑、事无巨细、事必躬亲，这种为传播集邮文化的奉献精神，值得点赞！

十多来年，倪文才先生不仅在邮文化研究方面颇有建树，在水利文化、宗教文化、姓氏文化，甚至长篇小说创作方面，都有不凡的表现。

　　这不能不使我震撼，也不由得反躬自问。

　　冰心先生有诗云："成功的花，人们只惊羡她现时的明艳！然而当初她的芽儿，浸透了奋斗的泪泉，洒遍了牺牲的血雨。"我从《邮坛精英》的字里行间品出冰心先生诗句的寓意，也找到了我与集邮擦肩而过的真正原因。

一心挂两头

在外流浪三十多年，就像游走在河流里的小舟，到一定时候都要泊港修整，小修常常有，大修在年末。我每年最迟年三十到家吃午饭，一大家子同吃年夜饭。

早些年，一进腊月二十，爸妈总打电话催问哪一天回家过年，让我早点回家。几乎天天问，天天催。爸妈每催问一次，仿佛给时间打了一个结，时间走得更慢。我则是农历二十四之后，就睡不着觉，恨不得插翅飞到爸妈身边。其实，这三十多年，我走的地方虽然不少，但离家总也不过几十里、上百里而已，至于这样吗，个中原因，我也想不明白。

这些年，爸妈不再打电话问了催了，兴许两位老人知道，到时候，船儿会进港，鸟儿必回巢。

去年年三十，惯例打破了，我们一个小家是在医院里度过的。不急，不是坏事，是大好事。

女儿腊月二十八生养。医生说，最早年初二才能出院。

不过，我是有准备的，因为女儿的预产期就是年前年后。所以，腊月二十五，我就将春节需要的食品送给爸妈了，还向爸妈打了招呼，说女儿可能在年前生养，年三十可能回不来。妈妈说："姑娘生养是大事，不家来就不家来，你兄弟家来呢。"

女儿生养后，身体状况不错，小孩也健康。大年三十也是可以回家与爸妈共度除夕的。偏偏，年三十是小家伙的"洗三"。依传统习俗，"洗三"是小孩出生后第一个重要仪式，按理还得请上亲友。年三十大家

110

都忙着过年，亲友是不便通知的，但外公外婆怎能缺席呢。

大年三十的年夜饭，与亲家，当然还包括出生仅三天的外孙女，在病房里吃的。拉开折椅作餐桌，不喝酒，也没有丰盛的菜肴，简简单单，内心很喜庆，哪有比家庭添丁增口更令人快乐的事啊。

很晚回家，看了一会儿春晚，怎么也看不下去。心里想着爸妈，想着曾经几十年与爸妈一起在老家度过的年三十，想着妈妈亲手烧的家乡的土菜。更放心不下的是，进入腊月，妈妈身体不是很好，三天两头，不是这儿不舒服，就是那儿不痛快。我每次回家看望，村里的老人都劝我，你妈妈九十多岁了，哪能像年轻人那样自在呢。是啊，爸妈都是九十岁以上的老人，有点病痛，似也正常。

正想着，窗外仿佛传来小孩奶声奶气的哭声，用心听，哭声消失了。我奇怪，左右四邻家没有如此之小的小孩呀。一看时间，才凌晨2点。

强迫自己睡下，无论如何也进不了梦乡，乱七八糟地不知想些什么。稀里糊涂地拖到7点，起床、洗漱、直奔医院。

打开病房门一看，女儿睡着，外孙女也平静地睡着，心才踏实下来。

大年初一，就在医院里待着。或在过道上漫不经心地晃着，或到病房里看看，什么忙也帮不上，什么事也做不了。没有了往年大年初一的热闹与喧嚣，但多了一份安详，多了一份温馨，也多了一份牵挂。我无数次想象着爸妈大年初一如何接受晚辈的拜年，如何接待村上的舞龙队，如何与家人谈论着我那出生不久的外孙女。

大年初二，在医院里待了一上午，实在待不下去了，草草吃了午饭，驱车回老家看望爸妈。

一到家，爸爸坐在躺椅上，若有所思。妈妈呢？家人告诉我，妈妈身体不爽快，还在床上。我走到床边，妈妈披衣倚着。我叫一声："妈妈。"妈妈立即来了精神，直起身，说："小伙儿，你家来啦。迪茹（女儿的名字）跟她姑娘的身体可好啊？"我回答："好哩。"

111

爸爸过年九十四岁了，身体一直不错，妈妈的日常生活几乎是爸爸料理。妈妈长爸爸两岁，真是一岁年纪一岁事，妈妈的身体远不如爸爸，但也无大疾。

坐在爸妈身边，自己的年龄立马小下来，全身也放松下来，真像倦飞的鸟儿回巢一样。

这样过了一夜，又觉得不自在，耳边时不时响起小外孙女的哭声。初三吃了午饭，又往回赶。临行前，爸爸笑眯眯地说："等天气暖和点儿，我叫个车子，跟你妈妈到高邮看看你外孙女。"

我说："好啊。"其实，我是不赞成爸妈来的，耄耋老人哪经得起百里的颠簸。

车子直达医院，一路小跑奔病房而去，女儿和她的女儿睡得正香。

父亲，是一个传奇

父亲是一个平凡的农民。身处僻壤，躬耕田野，足迹所至，无非县镇。

在我眼里，父亲是一个传奇。

父亲出生于风水世家，外祖是邻县的地主兼资本家，村里有田，城里有买卖。说不上大富大贵，是实实在在的小康之家。

曾祖生有三子，只父亲一个孙子，其宝贝不须言说。

痛心的是，在父亲三岁那年，曾祖父和祖父先后故去。父亲跟在祖母身后，靠着十来亩薄地和外祖家的接济生活，物质生活还是比村上的同龄人好出许多。

父亲十八岁结婚。结婚后的父亲，什么也不干，什么也不会干，只知道吃吃喝喝。好在，母亲不是千金小姐，是一个富农的女儿。富农又很吝啬，不舍得花钱雇工，母亲很小就劳动了，农村里的活计样样能干。

母亲曾给我讲过一件事。每年冬春之际，农户家都要罱河泥积肥。罱泥本是男人的活计，父亲不会罱，母亲罱泥，父亲只坐在船艄陪着。村上人见怪不怪，说："这个女人也是苦命，嫁了个手不能拎、肩不能扛的人。"

母亲说："结婚前从没有见过你父亲，只知道他们家是看风水的。媒婆说，小伙儿不丑啊，白白净净，识文断字。"

结婚后的父亲还读了两年私塾。妈妈笑着说，读了十多年私塾，大字识不了几箩筐，都还给先生了。

父亲结婚第二年，大姐出生了，其后，二姐也降生了。大姐六岁那年，土地收归公有，农民的生计靠到队上打工维持。

父亲的传奇人生也是从那时开始的。

劳　力

全家五口人五张嘴，靠母亲一人劳作是无法维持的。农村有句俗话："牛大自耕田。"父亲作为一个男人也许感到了责任，自觉从家庭走向农田，开始一点点地学习。

我记事的时候，父亲精瘦精瘦的。夏天只穿一条短裤，腰间系一条用布条绞成的布绳，肩上搭一条粗纱布巾，皮肤晒得漆黑漆黑的，黑得发亮，黑得冒油，一棱棱肋骨清晰可见，从早到晚都是打着赤脚。当然，不独父亲，全村的男人几乎都是如此。

父亲已经没有一丝一毫的书生气息，也没有惯宝宝的脾气，完全是农村中的劳力。

父亲的转变是痛苦的，也是非常无奈的。人活着就要吃饭，就要生活。一家老老小小，总不能喝西北风吧。

妈妈曾经感叹："看着你父亲瘦瘦条条、笨笨拙拙地干着农活，我的心里也疼，但有什么办法呢？我一个人扛不起一片天啊。"

父亲学会了罱泥扒渣，学会了挑担挖沟，学会了撑船划桨，学会了拉犁种麦。父亲已经是一个地地道道的大劳力。

村上人都不相信父亲能从公子哥转变为大劳力，但事实就是如此，应了一句老话：人到矮檐下，不得不低头。

在一个几百人的村子里，我们家虽不是年年有余，但我们姐弟五人也没有挨冻受饿。我懂得这其中父亲付出多少心血汗水。

改革开放，实行联产承包责任制，我们家分得了四五亩地。我在外

114

地工作，根本帮不上忙，弟弟也只是农忙才回家帮忙，平时的田间管理，包括除草治虫，都是父亲亲力亲为。直到八十岁，父亲依然忙碌在田间地头。九十岁还与母亲种植一块菜地，自给自足。

病　灾

父亲的身体终究是单薄的，敌不过一年年的沉重劳作，一日日的超重负荷，父亲像风雨中的茅屋，倒塌了。

我七岁那年，父亲得了一种怪病，医生怎么查也查不出原因，一天天地消瘦，及至卧床。医生无力回天，祖母以及家里人都说父亲躲不过那一劫，已经着手给他准备后事。但是妈妈不离不弃，变卖首饰，每天清晨到村后的渔船上买鱼熬汤给父亲喝。半年过去，父亲又渐渐好起来，医生也不知原因。父亲居然痊愈了，一直到今天，也没有大病大痛。

医生说是奇迹。

上帝好像是故意磨炼父亲的意志力和承受力。

我十二岁那年初夏的一个晚上，父亲在小麦脱粒时，右手的中指和无名指被机器皮带轧去了半截，鲜血直流，生产队用冲水船将父亲送到公社卫生院治疗，由于天气炎热，伤口发炎，一个多月才完口。尽管如此，父亲也没有停止劳动，替生产队看管麦场。

父亲养伤期间，我与几个小伙伴刮塘捕鱼。那时的老家荒塘多，水渠多，一到夏秋，塘里渠里鱼虾蟹多得很。我们那天三个人刮了一下午，才把一个半亩大的塘里的水刮尽，收获了不少鱼，其中有一条黑鱼。小伙伴们说："黑鱼给你，熬汤给你爸喝，对长伤口有好处。"晚上妈妈熬了半锅汤，爸爸只喝了汤，鱼肉给我们吃了。

父亲的两个指头一直是秃秃的，每到冬天，冻得发紫，疼得钻心。父亲还是照常撑船罱泥。

父亲八十五岁那年夏收，乘船到麦场上扬麦。从岸上跨上船的时候，船一晃荡，父亲脚下一滑，整个人跌入水泥船舱中，船上的同行者吓坏了，他们知道老人就怕跌，一个个慌慌张张地不知如何是好。可是，父亲用手支撑船底，竟然慢慢站起来，没事似的说："不碍事不碍事。"然后掸了掸身上的灰尘，又让开船，到麦场上扬麦了。

事后，邻居们告诉我。我被吓出了一身冷汗，叮嘱父亲："不要上高爬低，岁数不饶人。"父亲挺起腰杆，笑笑说："不得事啊，你爷爷托住我呢。"真是好气又好笑。

生活磨炼了父亲，劳作摔打了父亲，父亲有一副并不健壮但很强大的身体。

伙 夫

父亲二十岁前绝没有干过农活，村上健在的老人不止一次告诉我，说父亲少年时候是很快活的，肩不扛，手不提，饭来张口，衣来伸手。他们不无羡慕地说："你奶奶含在嘴里怕化了，捧在手里怕摔了，哪舍得让你爸爸干农活、做家务啊？"

在我的记忆里，父亲到八十岁，基本没做过家务。这既与祖母特惯父亲有关，也与老家人的观念有关。老家人以为"男子无能，洗碗抹盆"，意思是说没有本事的男人才做家务，有本事的男人是不会围着锅台转的。其积极的意义在于鼓励男人"好男儿志在四方"。

当然，也有父亲乐意的、拿手的活儿，那就是收拾猪下水（大小肠、肚肺等）。记得我小的时候，父亲常常从大队副业组上买回四个猪脚爪或者一挂猪肚肺回家改善伙食。父亲收拾之细致，真是绝了。猪脚爪上的毛用镊子一根根拔去，清洗得光亮光亮的。猪肚子，先是用水一遍遍地洗，然后反过来，放到老杨树上用力地擦，直到擦去肚子里的浮皮，滑

116

滑的为止。经父亲手收拾的猪下水，没有异味，香喷喷的。我从小就不吃猪下水，闻那香味，也不免滋生吃几块的欲望。

妈妈长父亲两岁，许是年轻时过度劳作，总是大病没有，小病不断。八十五岁之后，头脑清楚，听力很好，但行动缓慢，干不了家务活了。

我曾多次提议给他们请一个保姆，但母亲坚决不肯，认为两个人没有多少事可做，钱白花了。

那时起，家务活几乎由父亲承包了。洗衣、拣菜、做饭、打扫，都是父亲干。虽然只是两个人的饭菜，但"麻雀虽小，五脏俱全"，花样也不少。

我每次回家，父亲都会对我说："家里事都是我做，不要你妈妈做啊。你妈妈想吃什么，我都烧给她吃。"

妈妈听着，不说话，脸上泛起笑意。

父亲学会了全套家务，能烧家常菜肴，比如汪曾祺笔下的煮干丝、汪豆腐、咸菜茨菇汤、红烧肉，做得还是很有味道的。

有时做多了、做累了，父亲也会发点小牢骚。"我这是还你妈妈的债啊，年轻时她苦了，我快活了，现在轮到我苦了。"

妈妈也不反驳，眼睛看着父亲。妈妈可能也认可父亲的说法。

晴天的傍晚，父亲会陪着母亲到村后的路上散散步。村上人特别羡慕父母，八九十岁了，还能吃能走。

父亲与母亲做到了"少年夫妻老来伴"。

2018年农历三月初一大早，九十六岁的母亲去庙里烧香，在庙门前的台阶上瘫倒，就再没有起来，第三天凌晨去世。

父亲从母亲病倒直到出殡，不吃不喝，号哭不止，整日以泪洗面。我们都挺担心父亲。

到那一刻，我才真正体会到父母的感情有多深，七十多年的生活，已经让他俩成为不可分离的整体。

此后，我每次回家，父亲都会告诉我："昨天晚上你妈妈回来了，坐在床边上，我去抓她的时候，她又走了。"

每每闻此，我五内俱焚，痛苦难当。

我意识到，父亲幼年失怙，其情感是异常脆弱的。几十年来，父亲一直视母亲为强大的精神支柱。

这根支柱坍塌了，父亲如何能够承受。

经过三年的调整，父亲才逐渐从阴影中走出来，但精神大不如前，头脑也糊涂了许多。

饮　食

在村上，父亲的年龄最大，今年已经九十七岁了。经过母亲突然去世的打击，父亲身体明显不如以往，但腰杆还是直的，有时还看看书，看别人打麻将，到邻居家聊聊天儿。

说起来，你可能不信。父亲种菜不吃菜，一日三餐、一年三百六十五天，从不吃蔬菜。早餐是肉包子、水饺之类，中晚餐非鱼即肉，或者是有鱼有肉。

母亲去世后，我们不让父亲再准备年货。年底回家，都关照父亲不要打年货，我们带回来，可是，父亲还是腌咸鱼咸肉。前年，仅猪肚子就腌了很多。我问父亲："腌这么多猪肚子干吗呢？"父亲满脸堆笑地回答："给你们回来过年吃的。"我不责怪父亲。老人家年至耄耋，他想做什么就让他做吧。

不用说年老如父亲，就是年轻人，也不能这样吃。

即使不是养生专家，也能看出父亲这种饮食结构的严重不合理、不科学。

但面对父亲，我能说什么呢？他吃了不难受，也没有特别的反应，比如高血压、高血脂、高血糖等。

父亲七十岁那年秋天，因吃大块牛肉划破了食道，到医院做胃镜，医生惊讶地告诉我："你父亲的胃功能相当于四十岁。"

真是神奇！

他喜欢吃荤，我怎能反对呢？

我每次回家，饭桌上碗罩下摆放的都是鱼肉，没有一点点绿色，也没有一点点粗粮，父亲还不喜欢吃水果。我非但不责怪父亲，反而为父亲高兴。这样的年龄，能这样吃，而且吃得很舒服，难道不是福气吗？

村上人遇到我都说，你父亲好口福！

长寿专家一定想不通，这样的吃法，居然能够长寿？

我不是医生，也不懂养生学，不可能从生理角度分析父亲长寿的原因。

如果用生理以外的视角看，父亲长寿还是有原因的。

父亲是个直性子，有话就说，有脾气就发，炮筒子一个，没有心机，用农村人的话说，没有机关油。对谁都不设防，不防人更不害人。他做过生产队长，免不了碰到矛盾，也少不了吵吵闹闹，但说过就算吵过拉倒，第二天同样有说有笑。

他做过生产队现金保管员，有社员借钱，有时借条都不用打，口袋一掏就给人家了。也因此，亏空了一千多元，那时这是个骇人的数字，大队要求退赔，家里被搬得一空。生产队有几位社员主动将借的钱送到我家，因为没有借条，父亲已经忘了。

这些是不是影响一个人的寿命，我说不上。

我说父亲不爱吃蔬菜，绝不是否定养生专家多吃素少吃荤的说法，只是如实记录，以此，表明父亲身上的种种传奇。

九十七岁的父亲，每天晚上七点休息，次日清晨五点起床，吃着他喜欢的荤食，串串门，走走路，继续演绎着他的传奇人生。

卷二

人生并不如戏

人常说，人生如戏。

就人在不同环境里扮演着不同的角色看，此言似乎有点道理。

在家里，为子、为父、为兄弟、为丈夫；在单位，为领导、为员工；在普通社交圈中，为师、为友、为粉丝。

但是这许许多多的角色里，哪一个角色允许你演戏呢，每个角色都是真实的存在，都有准确的定位。

为人子必孝，为人父必慈，为领导必礼，为员工必忠，为人友必诚。如果把每个角色里的"我"当作演员，收场必然是戏剧性的。

某领导本是一名贪财贪色之徒，可又要竖牌坊，故而演戏。人前衣冠楚楚，温文尔雅，几乎没有人会将他与不义之财、苟且之事联系起来。世间没有不透风的墙，终因女人之间不平衡而东窗事发。尽管这位领导演技高超，但总是演戏，穿帮是难免的。

仅就人的角色来说，人生也是非常真实的，绝不是舞台上的演员。当然也有演员因为太投入走火入魔，又当别论。

人生并不复杂。生老病死，油米柴盐，由此组成或喜或悲、或苦或甜、或长或短的人生。

这些内容中的哪一项是虚幻的，虚构的，或者是可有可无的呢？无论是为吃饭而工作，还是为工作而吃饭，但饭总是要吃的。

吃饭是戏吗？

莫泊桑笔下的玛蒂尔德演过一出戏，其结果怎样呢？她本是一名小职工的妻子，家庭经济不怎么宽裕，为了参加一场舞会，向好友借了一条项链，谁知项链竟丢了。为了赔偿项链，玛蒂尔德付出了青春的代价，但当她归还项链的时候，主人却说原来的那条项链是假的。

面对这样的结果，玛蒂尔德哭笑不得。读者同样是啼笑皆非。

这能怨谁呢？人生容不得演戏。你是小职员的妻子，何必要装扮成阔太太。

这样的故事不只小说中有，生活中并不少见。

明明是社会上的小混混，硬是包装成官二代、富二代，骗财骗色，银铛入狱必是不可避免。

明明是个小作坊，硬说成是大企业、大财团，靠名车贴金，靠高利引诱，先从窝边草吃起，大肆募集资金。拆东墙补西墙，最终墙墙倒塌，夹着尾巴"跑路"。

生活哪有这么简单，不付出会有回报，不劳动会有收获？

生活是实实在在的。干自己的事，吃自己的饭，赚劳动的钱，做着属于自己的梦。

人生也是实实在在的。困难面前不容低头，一低头，困难会越来越多。失败面前不容退却，退却就永无成功可言。荣誉面前容不得骄傲，骄傲便意味着与荣誉渐行渐远。

人生无论长短，也不论贵贱，都是一步一个脚印走出来的。

人生并不如戏，更多时候像一本毫无文采的流水账。

熟人生处

一个故事，令我想起了几十年前，祖父对我讲过的一段话。

一位成功人士回到家乡，某一天一早到县政府办事，在一楼大厅里看到一位熟悉的朋友。这位老兄二话不说，三步并作两步，走到其背后，一把将其抱起来，原地旋转了一圈。当时正是上班高峰，引得很多人围观。朋友完全不知所以，站定后，满脸通红地掉转身，瞥一眼，招呼没打一声，就走开了。那位老兄张开嘴想说什么，朋友已经走远了。

事后，老兄愤愤地讲那位朋友的不是，说什么认识多少年了，当个小领导，至于那么摆谱吗？抱他是说明我们感情不一般。

但有人对此表达不同的意见，你与人家熟悉是事实，但不能因为熟悉就不顾场合、不考虑方式。那天毕竟是在大庭广众之下，有那么多下属看着，不发火就不错了，怎么可能再对你表示什么好感呢。熟人也要注意方式方法，也要讲礼。

想起小时候，我常侍候在祖父身边。祖父是文化人，待人谦恭热情，家里少不了客人。有些人几乎每天必到。因为熟悉了，我常常做些小动作，比如用粉笔在客人背后写字，把人家帽子藏起来，有时甚至大名小号地称呼对方。

祖父见此，只用眼睛瞪瞪我，待客人走后，祖父会好好教育我。祖父说："别以为人家是常客，就不尊重人家。对待每一个熟人要像第一次见到那样，恭恭敬敬，彬彬有礼。你与人家动手动脚、呼大名小号，人家当面不说，背后会说这个小孩不懂规矩，家教不严。"

那时还小，祖父的话可能就是马耳东风，根本没往心里去。长大走上社会，如文章开头的故事，所见所闻真是不少。但大多数人不以为意，认为熟不拘礼，既然是熟人是朋友，要那么多规矩干吗，甚至认为，礼多了，反而生分。

想法支配行动，所以，熟人朋友走到一起，大话、粗话多了，恶作剧也多了，熟人间因此疏远者有之，朋友间因此反目者也不少见。

现在想来，祖父的那段话，可归纳为四个字：熟人生处，意即对待熟人要像对待陌生人一样相处。

熟人生处是说给熟人以足够的尊重。有人说，熟不拘礼。是的，既然是熟人，没有必要囿于礼，但是，不是不要礼，更不是随意地不尊重对方。有的人，在聚会时，以为是熟人，行为上随便不说，还动辄揭别人短处乃至隐私。俗话说得好，言不揭短，打不伤脸。树要皮，人要脸。给熟人足够的尊重，才能熟而不俗，友谊长存。何况，尊重别人就是尊重自己，你揭别人的短处，别人岂会善罢甘休，一来二去，伤了感情，伤了友谊，最终伤了自己。

熟人生处是说人与人之间要保持一定的距离，不要以为是熟人就黏到一起，挤到一块，两天不见丧魂失魄，三天不见如丧考妣。电话一打就到，信息一发就回，否则，声色俱厉，怒火中烧。每个人都有自己的生活，怎么可能一喊就到、整齐划一呢？熟人也要给对方以时间和空间。

熟人生处是说要对对方持有敬畏感。生活中，遇到陌生人是常有的。与陌生人坐一张椅子，处一室之中，也是正常不过的。一般情况下，或打招呼，或不打招呼，或互通姓名，或不通姓名，或大致了解双方情况，或默默不语。很少有人在陌生人面前夸夸其谈，无话不说，问东问西。之所以如此，是双方对对方保持敬畏感。那么，对待熟人也要有敬畏感，既敬且畏，言所当言，行所当行。

不管是熟人还是陌生人都得以礼相待。

熟人生处，于人表示出尊重，于己体现出风度。

走　心

　　第一次听到"走心"一词，是在省作协一次某作者的作品讨论会上，作协主席范小青女士评价作品是作者的走心之作。当时，就觉得提法特别新鲜，但不明其义。问了周围的同仁，也不甚了了。事情就这么过去了，并没有深究。

　　前不久，看新闻，某省委主要领导在批一名落马高官时有一句话特别引我注意："某某念稿不走心。"

　　一闻一见，皆及走心，大致能理解其义，然而是心里有数，嘴上不明，遂于百度查询。

　　走心，意即放在心上。有例句：学习技术，不走心可学不好。

　　再回过头想一想范主席和某省委领导的话，意思就更加明朗了。前者是说作品乃作者的经心之作，是用心写出来的，是真诚的。后者是说那位落马官员，讲话时言不由衷，并不是"言为心声"，深下去说，就是说的是一套，做的又是一套，言行不一。

　　汉字中有象形字，即用简明的线条画出事物的轮廓，逐渐改进固化而为某一个字，日字和月字就是这样。汉语中的不少词语，也极其形象。如走心，简单地说就是在心里走一遭。"心为思之官"，从心而走，再发诸为声，形诸为文，至少表明是经过思考的，是自己的想法。如果是自己不认可的想法，而又振振有词地说出来，有悖正心诚意，自然是不走心之语。上文中提到的落马官员"念稿不走心"，即属此类。

与走心意思相近的还有用心、经心、专心、精心、上心。

小时候也曾听妈妈说过类似的词。比如我犯了错，遭到父亲的鞭笞，妈妈往往在一旁说："哪个教你不'煎心'的，活该。"这"煎心"疑似"经心"，妈妈责怪我做事不用心思考，以致酿成错误。

走心与否，是肉眼看不出的。试问，哪一个落马官员在台上不能就廉洁从政说出一二三四五六呢，其词之新，其意之决，往往振聋发聩。但实践是最好的验证，不要光听说得如何，重要的是看做得怎样。语言与行动南辕北辙，他所说的话必然是不走心的。

也有人说，一味讲落马官员不走心有点冤枉。他们考虑问题比一般人还深、还复杂，用挖空心思也不为过。比如一项工程，给谁做，他们是用心的，只是考虑的侧重点不同而已，贪官们考虑的是如何捞钱更方便、更保险；再比如用人，贪官者想得最多的是，让哪一个上位自己既得钱又得权。

这样的走心，其实心早已走了，或者说心早已偏离了正常的轨道。

有人提醒我，走心还有另一层含义。走心，意即变心、离心。

那些落马的官员，在美色、金钱、权力面前，早已变心了，早已与党和人民离心离德。

我不愿意玷污了走心，变心、离心的意思已然非常明白，为什么一定要附着在走心上呢，进一步说，为什么一定要让走心背负上变心、离心的恶意。那些贪官，根本就不是走心，他们是地地道道的变心、离心，不必含含糊糊、遮遮掩掩。

不走心，就是变心、离心。

走心，是一次对照，对照自己所想与事业要求有没有差距；走心，是一次反省，反省自己所思，有无偏离原则条规；走心，是对信仰的思考，看看自己对信仰是不是认同，是不是信而仰之。

任何人，要做好工作，都必须走心。共产党人在工作生活上更要走心，决不能变心、离心。这也是近来"不忘初心、方得始终"成为热词的原因。

　　作家写出走心之作，才是成功之作。官员说出走心之语，而且努力践行，才能得到人民群众的支持拥护。

阅　人

很多年前，一位老者曾对我说："我活了几十年，阅人无数，某些人还不能看清楚啊。"

老者资历深、学历高，所经事情无数。相较之下，老者是大海、是深潭，我只是小溪、浅塘。在阅人上，我只有羡慕的份儿，哪有发言权呢。

又过些年，还是这位老者，却与人抱怨起阅人失败。他说："我看一个年轻人，老老实实的，在我面前唯唯诺诺，从不多言，心里蛮喜欢的。一次他向我借一套孤本资料，我毫不犹豫地借给他。可是，年余，我因研究向其索要。那个年轻人，只在电话里说资料丢了，再无音信。"老人感叹，阅人比读书难多了。

无论多么艰深的书，慢慢读，用心悟，总能程度不同地明了其中的意思，因为书的内容，书所传达的意义都隐藏在文字里，打开了文字的密码，那么，书也就被真正打开了。

人是无字的书，要读懂一本厚重的无字之书，自然是很难的。

读面相吗？有人相信面相，认为人的忠贞奸邪都写在脸上。也不尽然，方面大耳而耍奸使滑者，史上并不少见，尖嘴猴腮而忠信者不是没有。听语言吗？口蜜腹剑，说的比唱的好听者，多了去了。孔子曾经感叹："始吾于人也，听其言而信其行；今吾于人也，听其言而观其行。""巧言令色，鲜矣仁。"至圣先师一定被别人的语言蒙骗过。看行动吗？按说，这是最可靠了，人的一切思想情感最终都体现在行动上，但遇到当面一套背后一套者，眼睛似乎也不管用了。人们常说的"两面人"即属此类。有一位诗人曾诗意地提醒，别相信你的眼睛。我们试图通过种种途径看清一个人，但常常失败。对于作家文人，不知哪位高人得出文品即人品的结论，人们对其作品进行分析研究，企图了解其人。其实，文学作品无非是一个作家（文人）制造出来的文字产品，如同木匠造一张桌子。文品真的与人品画等号？我认为，文品即人品，是个伪命题。金代文学评论家元好问有诗云："心画心声总失真，文章宁复见为人。高情千古闲居赋，争信安仁拜路尘。"（心画心声，语出杨雄"故言，心声也；书，心画也。声画形，而君子小人见矣"）既然"心画心声总失真"，文品还等于人品吗？

书是"死"的，是凝固的，尽管一千人眼中有一千个哈姆雷特，但基本指向是集中的。人是活的，是变化的，喜怒哀乐只在瞬间，如何通过感观捕捉到关于某一个人的准确信息，实在是天大的难题。

如果阅人只在认识人的层面，或者只在记住长相、记住姓名，倒也不难。如果阅人是指读懂人、认清人，太难太难了，也许一辈子也读不懂、认不清一个人。山尚且姿态万千，何况人呢？

从青年到中年及至老年，我也算是阅人不少，但始终看不清人，更读不懂人，在与人相处上，确实吃了不少苦头。

特别是青壮年时期，血气方刚，理性不足，很在乎别人的评价，很在乎别人的态度，也很在乎别人的给予。一句传言往往能点燃一把怨火，一次小小的恩惠也能激动好半天。

于是，经常问自己：怎么看不清人呢？还曾在小摊上买过一本《相人术》，从《易经》扯到《厚黑学》，乱七八糟的，相人术根本就是骗人的。

直至某一天，我突然问自己：为什么要看懂别人呢？别人的长相如何，品行怎样，真的与我有多少关系吗？一个人别说看清别人，就是自己也未必看得清自己。慢慢想来，其实别人如何与自己真的没有关系，各吃各的饭，各做各的事。有人说，你不想看懂别人，别人想看懂你。那就让他看吧。这个问题想通了，立马轻松起来。

　　我倒是常常提醒自己记住：要认识自己，掂量出自己几斤几两，弄清楚自己从哪儿来又往哪儿去；要往善良处做人做事，不害己，也不害人；不与他人有经济往来，不与他人有利益纠葛，更不与他人争多论少。那么，别人如何与我何干？

　　人，仅仅认识就够了，何必劳身劳心阅之太深。

惧"大"症

毫不掩饰,我是地地道道的农民的儿子,祖祖辈辈在里下河那片黑土地上春耕秋种。从高祖到父亲,虽然都读过书,在乡里也算是文化人,但始终没有离开那片土地。

我二十三岁出门求学工作,从乡镇到县城,已经三十多年,应该沾染了城里人的味儿。但农民胆小怕事、谨小慎微、质朴节俭的本性一点没有变。

我感到,从小到大,胆小怕事在我身上表现得尤为突出。记得十七岁随母亲第一次去上海,轮船停泊在十六铺码头上。一下船,看着大街上熙熙攘攘的行人,我怕,手不自觉地拽住妈妈的衣角,亦步亦趋地跟在妈妈身后。那飞快的脚踏车在我身边驰过,吓出一身冷汗。我在村里哪看过那场面。

我似乎有严重的惧"大"症。几十年来,我惧怕大场面、大人物、大牛皮,直到现在丝毫没有改观。

因为怕大场面,开会、出席活动以至参加私人宴会,我从不敢迟到。唯恐去迟了,十目所视,十手所指,那境况十分窘迫和尴尬。会议通知8点半,我8点15分就会找到位置坐下。宴会请柬写6点18分,我6点准到。有朋友说,你是个呆子,写的是6点18分,不到7点是不会开席的。我说,大家都这么想,时间一拖再拖,那要拖到什么时候。一到大的场面下,我的语言表达就迟钝,待人接物也不自如,所以大场面下,我会选择一个角落坐下,不会叫嚣乎南北,招摇于东西。

因为惧怕大人物,遇到头头脑脑,我往往悄悄往后退退,不会主动与大人物说话，也不会主动提出与大人物拍照、要通信方式，更不会请大人物帮忙解决个人问题等，端茶倒水，悄无声息地进行。按说，我曾经在市委综合部门工作多年，与大人物接触的机会很多，县里的，市里的，省里的，甚至国家级的领导，多了去了。至今，我找不出一张与大人物的合影。我的想法很简单，与大人物合影难道会改变我等小人物的处境吗，不发光的石头纵使强光照耀也不会发光。本本分分地做事，认认真真地做好每件事，不被大人物责备就是万幸了，何敢生出非分之想。

因为惧怕大牛皮，我不太喜欢十几个人或者几桌摆下来大宴，我喜欢三五人小聚。但事非所愿，一年里总有那么几次躲不过的牛皮宴，因为人家请你坐坐，你总不至于问对方有哪些人，这么一问是对邀客者的不尊重，而且，有外地来客，主办者对客人也不一定很熟悉，对方是不是喜欢吹牛皮，不会写在脸上，更不便事先打听。我为什么不喜欢吹牛皮呢？一是饭局时间拉长了，有的吹牛者包场，从头说到尾，没有一两个小时画不了句号；二是不卫生，唾沫星子往外喷，看了恶心；三是吹牛者，说话从不打稿，想到哪说到哪，而且特敢说，从张长李短说到国家大政方针，从认识的说到不认识的。唉，写到这里，我倒有点佩服起吹牛者。他看你是当官的，他就说认识谁谁谁（这个谁谁谁一定是挺大挺大的人物），可以疏通疏通；他看你是办厂的，他就说有销售渠道；他看你是写点东西的，他就说认识某一两个大型杂志社的主编，可以帮助发稿。说得有鼻子有眼睛，不由你不信。但谁将吹牛者的话当真，谁就是倒霉的开始。

活到六旬，这惧大症的毛病好像越发严重了。回首往昔，惧大没带来一点好处，细细想想，也没有落下坏处，自知惧大，对大自会敬而畏之，敬而淡之，敬而远之。现在当然更不会改了。我知道，有人背后说我是小农意识，小农行为。我不以为然，小农怎么啦，小农总比不知羞耻好，总比自视其大好，总比牛皮吹破了好。

母爱是苦涩的

——读胡适的散文《我的母亲》

胡适先生的散文《我的母亲》，不长，没有特别新奇的内容，也没有母亲如何给儿子好吃好穿好玩的寻常情节。我不知读了多少遍，总是读不厌。每次读还是泪水不禁，每次读都激起我多种回忆与想法，每次读对母爱的认识都推进一层。

我，我们往往以为，母爱是"新书包""花折伞"，母爱是"三鲜馅"。

其实不然，胡适以其经历告诉我：母爱是苦涩的。

一

胡适母亲是一位大字不识的村姑，为了满足她父亲获取彩礼建房造屋的欲望，十七岁嫁给比自己大三十多岁的官人胡传做续弦。十九岁生下胡适，二十三岁丈夫去世。

至于二十三岁的寡妇如何主持一个大家庭的家政，如何与比自己年长的继子们相处，其艰难，其辛酸，在此不说。我们只看其是如何教育胡适的。

胡适三岁时就认识一千多个汉字，四岁进私塾。

胡适在文中回忆："每天天刚亮，我母亲便把我喊醒，叫我披衣坐起。我从不知道她醒来坐了多久了。她看我清醒了，便对我说昨天我做错了什么事，说错了什么话，要我认错，要我用功读书，……到天大明时，她才把我的衣服穿好，催我去上早学，……十天之中，总有八九天我是第一个去学堂开门的。等到先生来了，我背了生书，才回家吃饭。"

年龄尚小的胡适是自己走向学堂，自己到先生家里拿学堂的钥匙，母亲没有一路相陪相送。

"我母亲管束我最严，她是慈母兼任严父。但她从来不在别人面前骂我一句，打我一下。我做错了事，她只对我一望，我看见了她的严厉的目光，便吓住了。犯的事小，她等到第二天早晨我睡醒才教训我。犯的事大，她等到晚上人静时，关了房门，先责备我，然后行罚，或罚跪，或拧我的肉。无论怎样重罚，总不许我哭出声音来。她教训儿子不是借此出气叫别人听的。"

胡适用了"每天"。这样的"每天"延续了九年。但这是不是说，胡母对胡适不爱，或者胡母不懂得母爱？不是。胡母对胡适爱得刻骨铭心，爱得舍身忘我，因为胡适是她唯一的骨肉，也是她活下来的全部理由。

一次由于胡适说了一句轻薄话，而遭到母亲的惩罚。"我跪着哭，用手擦眼泪，不知擦进了什么微菌，后来足足害了一年多的眼翳病。医来医去，总医不好。我母亲心里又悔又急，听说眼翳可以用舌头舔去，有一夜她把我叫醒，她真用舌头舔我的病眼。"

胡适感叹，这是我的严师，我的慈母。

胡适十四岁离开母亲独自去上海求学，作为年轻守寡的母亲，眼看着幼子远行，是怎样一种心情，做母亲的谁不能想象得到呢？

胡适在美国留学期间，母亲得了重病。但母亲不让家里人告诉胡适，请人照了相片，留在家里，说万一自己死了，等胡适回来，可拿出照片让儿子看，看到照片就等于看到自己，而且，还特别关照家里人，自己走了，还要照例模仿自己的口气给胡适写信，不让儿子分心。

此情此景，谁读了不凄苦，谁读了不剜心。

胡适在文末写道："我在母亲的教训下住了九年，受了她极大的影响。我十四岁便离开她了，在这广漠的人海里独自混了二十多年，没有一个人管束过我。如果我学得了一丝一毫的好脾气，如果我学得了一点点待人接物的和气，如果我宽恕人、体谅人，我都得感谢我的慈母。"

胡母采取的教育方式、实施的教育内容是苦涩的，与此同时，胡母内心也是异常苦涩的。但苦涩之苗绽放出灿烂之花，苦涩之水酿出了甜美之酒。

二

读着胡适回忆母亲的文章，我不由得想到现在的孩子，现在的家庭教育。

现在从家庭、学校到社会，似乎有一个共同的感受：现在的孩子越来越难教了，越来越让人操心了，有的家长甚至直言管不住孩子。

但是，做家长的想一想，我们到底教孩子什么了呢？

常常看到这样的场景，几个母亲在一起，讨论的话题之一，孩子在哪所学校上学，学习成绩怎样，在班上排第几名。

节假日，我们看到的，也大多是父母陪着子女奔波在各种特长班、培训班的路上。

家长到学校了解情况几乎都是孩子的学习成绩，绝少了解子女在学校的思想道德表现。

除了学习，我们还关心孩子什么了？我们到底实施了怎样的家庭教育、怎样的母教，有没有母亲像胡适的母亲一样，让孩子反省"昨天"的行为，进而要求孩子为自己的错误行为认错，并实施一定的处罚。

不少家长认为，作为家庭管好孩子的衣食住行就可以了，至于教育，是学校的事，是老师的事，而出现了学校与家庭一头紧一头松的现象。家庭教育是任何机构、任何个人都无法取代的，毕竟知子女者莫如父母。

有的家长非但不进行必要的教育，甚至是反教育的。

有一位母亲跑到学校找班主任打招呼，说："我儿子学习很认真，成绩也好，就是脾气不太好，不大听话，请老师体谅点，哄着点。"弄得老师不知如何回答是好。

有民谚：棒打出孝子，惯养忤逆儿。

我当然不主张棍棒教育，但作为家长，必要的教育手段和教育内容是不能缺少的。

胡适之伟大，是因为他身后有一位深明大义的母亲。

我敢断言，子女出了问题，父母负有不可推卸的责任。

三

胡适的母亲是一个文盲，是一个家庭主妇，尚且懂得家庭教育、母教的重要，而对独苗采取严厉的教育措施。我们现在绝大多数父母都是文化水平很高的职场中人，怎么就不懂得家教、母教的重要呢？

父母抚养子女，母亲爱怜孩子，乃天下之共则。胡适的母教让我们懂得：养，不是惯养；爱，不是溺爱。

如果母亲在子女的成长过程中给予的都是甜蜜的乳汁，都是温暖的笑容，都是顺耳中听的美言，都是风来遮雨来挡，那么，子女走上社会，还能喝一点苦水吗，还能听一句逆耳之言，还能经风雨见世面吗？

为了子女的健康成长，为了子女自立于社会，母爱注定不能没有苦涩。

清理脑袋

　　我赞美先贤创造了服装，没有服装，人类何以为人，又如何区别于动物？我敢说，人类的羞耻感始于服装。服装发展成今天这个样子，经历了漫长的演变过程。

　　我尤其叹服先贤在服装上创造了口袋。因为口袋与劳动有着直接的关系，或者说，是劳动创造了口袋。你想想啊，如果衣服上没有口袋，劳动归来的路上，看到树上一两枚野果，摘下来，装在哪里？路边草窠边一两只禽蛋，捡起来，放在哪儿？早上出门，要带点干粮，或者零食，衣服上有了口袋，方便多了。

　　衣服上的口袋，其容量是有限的，尽管现在服装上的口袋很多很大。过几天就得清理一下口袋，无用的小便条，可有可无的名片，一粒糖果，折断的香烟，打火机、面纸等乱七八糟的都得清理出去，否则，口袋不仅脏乱，还会被撑坏。

　　有形之物可以装在口袋里。小物件可以装在衣服口袋里，大而多的物件，得装在独立的口袋中，如麻袋、布袋、纸袋。

　　但不是所有的口袋都是用作盛物件的，比如上衣口袋，我以为是一种装饰，不宜装物，装得鼓鼓囊囊的，有损形象。即使装了，也是一种象征。二十世纪六七十年代，人们喜欢将钢笔插在上衣口袋里，衬衣也不例外，一支不够，插两支，还有插三支的。有人戏言：小队干部一支笔，大队干部两支笔，公社干部三支笔。还有人乐意将大前门、飞马香烟装在透明的涤纶衬衫口袋里，那是为什么，无须言明。

有形之物盛之以口袋。

那么，无形之物呢，比如知识、情感，对人与物的认识与记忆，装在哪儿呢？

造物主真的伟大，他为人类装上了脑袋，让无形之物妥妥地装在脑袋里。

口袋是具象的，装多少、装什么，眼看便知。脑袋是抽象的，装进去的也是抽象之物，但装多少，却无人能知。

我以为，装什么，也许脑袋不拒善恶，但装多少一定是有限量的，它不会像天空、像海洋。

如此说来，脑袋如口袋一样，过一阵子也得清理一次，要不，无用的出不去，有用的自然就进不来，虽然脑袋不会被撑坏，但溢出去的，可能就良莠不分，优劣杂陈了。

上了岁数的人，尤其要清理脑袋。因为老年人的一个特点是，眼前的记不住，过去的事情清清楚楚。陈芝麻烂谷子，一样一样的，比如二十岁那一年，某人与我干了一仗；三十岁那年，某领导给我穿了小鞋；还有一次，一个同事，到领导面前说了我的什么坏话，如此之类，占据着脑袋的不小空间。

家父今年九十六岁，连续多次与我说起，四十多年前村上某某借了他三十块八毛钱，要过多次都没还。记得这么真切，连八毛都没落下。我也不知真假。面对耳背的父亲，我只能摆摆手，让他别说了。

父亲将债权整整背了差不多半个世纪，是不是太沉重了？

眼前的记不住，其实不是记不住，是以前该清理的没有清理，脑袋没有空间了，偏偏脑袋没有识别功能，哪些该去掉，哪些该保存，还得靠每个人自己。

孔子说过："成事不说，遂事不谏，既往不咎。"做过的事情不必再提，完成的事不必再劝，过去的事也不必再追究。

是啊，已经过去多少年的爱恨情仇，记住了，还有意义吗？

偏偏恩难记，仇难忘。

烦恼的事，记住了，永远是烦恼，决不会生出快乐。丧气的事，记住了，只能丧气，决不会转化为正气。

与其如此地伤情、伤心、伤神，还不如快快清理。

清理是放下，放下怨恨，放下过往之种种，放下就是解放自己；清理是宽容，宽容别人的过失，就是宽待自己；清理是去陈、去伪、去劣。

清理吧，为自己减除精神负累，为头脑腾出有限空间，吸收新知识，增添新事物，活出一个崭新的自我。

老年人特别需要清理脑袋，生命的长度在缩短，头脑的空间在变窄，活在毫无生气、拉拉杂杂的过去，哪比得上活在鲜活生动、日新月异的当下。

人类，其实是很普通的

新冠病毒汹汹而来，令人类猝不及防。我不是专业人员，不会去寻找病毒的宿主是蝙蝠，是果子狸，还是其他什么动物。我想得最多的是人类在大自然中的角色，人类真的可以君临天下、无所不制吗？

道学创始人老子在《道德经·道经》第二十五章中明确指出："道大，天大，地大，人亦大。域中有四大，而人居其一焉。人法地，地法天，天法道，道法自然。"

老子承认人是与道、天、地，在宇宙间并列的四大之一，而没有指其有特殊的地位。同时强调，人必须取法天、地、自然，而致朴实厚德、高明宽广，遵从自然规律行事。

北宋大儒张载在《西铭》中说："民，吾同胞；物，吾与也。"

这就是成语民胞物与的来源。意思是说，所有人是我的同胞，万物是我的同类，亦即要以仁心对待人和万物。

人，只是万物之一，如虫如草，如云如雾。曹操曾感叹："譬如朝露，去日苦多。"（曹操《短歌行》）苏轼思古忧愤，不无感慨："寄蜉蝣于天地，渺沧海之一粟。"（苏轼《赤壁赋》）

然而，不知何时，也不知何人，提出一个论断：人类是万物之灵长。也就是说，人类是万物中最出类拔萃的。

持论者言之凿凿，灵长者，能说话，有思想，懂廉耻，会创造。

此论一出，人类站到了万物的宝塔尖上，高不可攀，遥不可及，俨然成了万物的主宰。

于是乎，一座座山峰被削平，一片片树木被砍伐，一条条河流被堵塞。绿地被毁，湖海纳垢，虎豹豺狼、鼠獐狐兔，尽收腹中。

随之而起的，是泥石流，是龙卷风，是非典，是蓝藻泛滥……

万物无言，万物自有其表达方式。

至圣先师孔子早有表述。

子曰："予欲无言。"子贡曰："子如不言，则小子何述焉？"子曰："天何言哉？四时行焉，百物生焉。天何言哉？"（《论语·阳货》）

孔子说："我不想再说话了。"子贡问："老师如果不再说话了，那我等学生凭借什么来继续得到您的教诲呢？"孔子回答说："你可曾听见天说过什么话吗？四季不是照样运行，万物不是照样生长吗？天又说过什么话呢？"

人类过高地估计了自己，而蔑视万物的存在价值。

喜鹊积木筑巢，虽烈风不能覆；燕子衔泥粘窠，虽经年不败；蜘蛛织网，其巧不弱于人。

人类的诸多创造是从万物得到启发的。

人类自以为懂廉耻，其廉耻之心实不及人类眼中的低级动物，甚至部分人差之又差。

如果说，狼吃人，黄鼠狼拖鸡，是它们的天性。那么，人吃狼呢？

马牛羊猪鸡狗六畜，能够给人类提供足够的营养，何至于贪婪地侵食未曾认知的野生动物。

天作孽犹可违，人作孽不可活。自然灾害可以躲避，而人自己作孽，只能自作自受。

如此说来，人类其实是很普通的，也是很脆弱的。一个肉眼看不到的病毒，就能让数以万计自以为聪明能干的人类倒下，更不用说飓风、海啸、地震和泥石流。

至少，人类应该以普通的心态和胸怀，对待万物。

现在所说的和谐，不只是人与人之间的和谐，还包括人与社会的和谐，人与自然的和谐。人类不能依仗自己聪明的头脑而充当自然界中不和谐的分子，否则，必然受到自然的惩罚，实践已经一再证明了这一点。

以简单待生活

有一天晚上，我正在散步，一个电话打进来，还没等我弄清是谁，对方劈头就问："你今天不在城里啊？"

我回答："在啊。"

"那为什么今天晚宴上没看到你呢？"

"谁主办的晚宴啊？"

对方告诉我是某某。

我告诉对方："我与他没有往来。"

"噢，我还以为要请你的。"

对方挂断了电话。

我感到莫名其妙。每个人请客都会有一个标准，起码标准是有来有往者（特殊的宴请除外）。我与人家没有交往，人家为什么要请我呢。

我不觉自笑。

我也许是个没心没肺的人，从来不去关心别人请谁吃饭了，更不会打听谁请客了。一个小城每天吃请和请吃者不计其数，都去了解，即使二十四小时不吃不睡，也是办不到的。

我不关心别人，不等于别人不关心我。这不，不是有人主动关心我有没有出席某某的晚宴了吗？

本来，人家不请我，因为没有交往，理固宜然，非常简单，但这一问，复杂了。打电话者，不只是问，可能想了很久，说不定作出了种种推测，比如我与某人关系不好，我曾在某件事上得罪了某人，等等。

144

我由此想到，生活原本是很简单的，人与人之间原本也不复杂，是人为地复杂了。

几十年来，我从来没有认为哪个单位复杂，也从来没有认为什么人复杂，我一直以简单的心态、简单的方法对待生活，对待人和事。

我曾经工作的单位，人说很复杂。好心人提醒我："那个单位很复杂，人与人之间钩心斗角，明争暗斗，你要当心。"但我不以为然，很坦然地与所有人保持工作上的联系，绝不搞小圈子，绝不培养亲疏关系。几年、十几年工作下来，并没有感到什么复杂，更没有因为所谓的复杂弄得自己心力交瘁、疲于应付。

几十年的工作经历告诉我，复杂与否，不是别人造成的，常常是自找的。比如别人提拔了，提拔就提拔呗。这个人到底怎样，能不能提拔，自有组织上考察，何须我等劳心。可是，偏偏有人说三道四，作出种种猜想，自己钻入了复杂的圈子。

一次，一位同事提拔了，有人发现新大陆似的告诉我："这个人的背景很不简单啊，你知道他的后台是谁吗，如果不是有人帮衬，怎么轮到他呢？"

我哼然以对而不搭茬儿，因为说下去，我也会跟着复杂起来。

比如别人发财了，发财就发财呗。政府鼓励发家致富，正财人人都可以发。如果发的是歪财，自有法律去管。可是，有些人偏偏往复杂处想，把别人说得不是人的同时，自己已经不是人了。

说到底，这些人的自我感觉都很好，常常认为别人处处不如自己，升官发财的不应是别人，而应该是自己。

这样一来，心不累才怪。

一个人处于世间，首先应管好自己，眼睛向内，亦即古人所说的"内省"。如果一味地眼睛向外，世间种种会惹得眼花缭乱、心烦意乱，迷失自己而不知。少过问别人的生活，别人如何生活，生活得怎样，与其他人没有关系。自己简单也使别人简单，正所谓"己所不欲，勿施于人"。即使自己喜欢复杂，也不要将别人引向复杂，"己所欲之，亦勿施于人"。

开门七件事，油盐酱醋柴米茶，一点也不复杂啊。有一份工作，用心去做，以满足七件事之物力所需。有一个温馨的家庭，尽情享受油米，品尝茗茶，何来复杂？

最最重要的是有一个好的身体。好身体需要好心情维持，好心情是从简单再简单的生活态度和方法中流淌出来的。

想法太多、太杂、太乱，断然滋生不出好心情。

简单才是生活的真谛呀！

最大的谎言

朋友曾经给我讲过一个故事，说他的一个朋友甲，给他打电话有一个公式：约饭＋请托。

某一天，甲打电话给他，说："哥，这两天有时间吗，想请您吃个饭。"他说："对不起，这两天有点小忙。"甲接着说："那就改天吧。哥，有一件事想请您帮个忙。"他说："什么事？"甲叙述了所托之事。他说："好的，没事，我帮你看看。"电话挂了。他认真地帮助甲办好了所托的事情。但是，多少天过去，甲也没个电话。

过了一阵，甲打电话来了，开口便说："哥，这两天有时间吗，想请您吃个饭。"他说："这两天不怎么忙。"对方说："那好，过两天聚一聚。"他说："好的，人员、时间、地点，你定。"他正准备挂电话，对方接着说："哥，有个事请您帮个忙。"他说："没事，你说吧。"甲又叙述所托之事。电话后，他又忙不迭地帮甲办好了事情。

不是两天，而是多少天，也没有甲约请吃饭的电话或信息。他也没当回事，又不是困难时期，吃顿饭算什么呢，因此，也没放在心上。

朋友告诉我，这个过程中，他悟到了什么。

又过了好一阵，甲的电话来了。一开口，又说："哥，这两天有时间吗……"还没等甲讲完，朋友就打断了甲的话，说："有没有时间吃饭就不要说了，直接讲，有什么需要我做的。"对方停顿了一会儿，还是说出了所托之事。

事情还是办了，但朋友心里很不爽，说："办事就办事，为什么一定要饭字当前呢，而且一而再再而三地预约，又没有付诸行动，这算什么呢？朋友之间有必要搞这样的套路吗？"

我把这个故事讲给我的朋友们，朋友们不以为然。一个朋友说："这算什么啊，约饭这种谎言已经不称其为谎言了，谁没说过'改天请你吃饭'，但有几个真的兑现了，又有几个把这样的约请当回事？"

想想，几十年来，我也曾对同学、对友人说过如此之类的话，但说过就说过了，并没有落实，也没有认为是谎言，还自以为是客气，是礼貌。

朋友们说"改天请你吃饭"，属不是谎言的谎言，是国人最大的谎言。有的人已经信口说，随嘴撂，从来没有想过要说到做到。当然，这种谎言在一定时期还是很有诱惑力的，在肚子填不饱的岁月，请吃一顿饱饭胜过山珍海味。这样的谎言大行其道，也是有国情、有背景的。

这个故事让我联想到孔子说过的一句话："古者言之不出，耻躬之不逮也。"（《论语·里仁第四》）。孔子说，古时候的人，言语不随便说出口，是耻于自身的行动做不到，或者说是害怕自己做不到。孔子强调的是诚信，是言行一致。孔子以古讽今，推想，孔子时代也是有谎言的。

可是，人们整天把做不到的话挂在嘴上，随手撕支票，从不讲信用，还不觉得是在说谎，其实是对诚信的践踏。

说一两次谎并不可怕，可怕的是常常说谎还不觉得是在说谎。

更让我害怕的还不仅仅是这样的谎言，更多时候需要面对下一代。

一天中午回家。三岁外孙女点点问我："外公带什么好吃的了？"我说："今天没有，明天带给你。"

点点接着就问："真的假的？"

我愣住了，无话可说。

我反思：是不是我们平时有意无意地说谎，已经污染了孩子。

爷爷，外公

对于爷爷和外公这两个概念，稍有一点认知的人，都知道其意是什么，指的是谁。一般情况下，有爷爷，必有外公，反之亦然。

可是，生活中，称呼爷爷的越来越多，称呼外公的越来越少，并且外公之概念大有消失之可能。

鸡年末，女儿生了小孩。女儿的小孩，叫我外公，不是明摆的吗？可是不少人不这样认为。

某一天，路遇一友人。友人笑咧咧地说："升级了，当爷爷了。"

我立马纠正："升级不假，但不是爷爷，是外公。"

友人怪怪地看着我说："你没问题吧？现在哪还有人叫外公啊，都叫爷爷了。都是独生子女，两家并一家，还叫什么外公？"

我对此真是不解，反问："既然两家并一家，为什么不都叫外公呢？"

友人被我这么一问，说不出所以然，撂下一句："没见过你这样认乎其真的人。"悻悻地走了。

这样的情形发生过多次，我都是不厌其烦地进行纠正，对方都认为我太顶真了。

我哪里是什么顶真，我只是为自己求得恰如其分的称谓。就是孔老夫子所说的"正名"，名不正则言不顺。

爸爸的爸爸是爷爷，妈妈的爸爸是外公。我是"妈妈的爸爸"，不正是外公吗，为什么一定要叫爷爷，而硬要坐上别人的位置，说得更难听点，叫"鸠占鹊巢"。

众人对于爷爷与外公在称谓上的错乱，使我想起了《论语》的一个章节。

孔子的高足子路有一天与其师孔子交谈，子路问孔子："如果有一天卫国的国君请您去帮助料理国事，您要做的第一件事是什么呢？"

孔子不假思索地回答："必须辨正名称。"

子路粗鲁且是个急性子，脱口而出："老师，您太迂腐了，要辨正名称干什么？"

孔子毫不客气地批评了子路，阐述了正名的必要和重要。孔子认为："名不正，则言不顺；言不顺，则事不成；事不成，则礼乐不兴；礼乐不兴，则刑罚不中；刑罚不中，则民无所措手足。"（《论语·子路》）

孔子将正名上升到了国家治理的层面。当然孔子如是说，与卫国的国情有关，不便深说，但推而广之，辨正名称是必要的。

也因此，到了荀子那里，"名"成了专门研究的对象，成了一个哲学问题，有《正名》一文。荀子认为：名是对一种事物的指称，而且具有约定俗成的性质，一种事物的名称一旦被大众确定下来，不能再改变，否则必造成混乱。（原文：名也者，所以期累实也。名无固宜，约之以命，约定俗成谓之宜，异于约则谓之不宜。名无固实，约之以命实，约定俗成，谓之实名。）

名正言顺、名符其实（名副其实）成为成语，沿用千年。

我不知道从何时起，先人们约定"爸爸的爸爸是爷爷""妈妈的爸爸是外公"，但既然已被约定，而且历经久远，为什么要破坏约定，而称外公为爷爷呢？

设若某一日，我与小孩的爷爷同处一室，而小孩要找其中一位办点事，如果只叫爷爷，那么到底是哪一位应承呢，结果必然尴尬。如果爷爷、外公名实相符，就非常顺当了。

爷爷和外公本不是什么问题，现在却成了问题。

不管别人怎么看怎么做，我坚持让女儿的孩子叫我外公。这样，我感到心安理得。

对此，不免有人会说我古板，不合时宜。传统里好的东西加以继承，算不上古板，更不是什么不合时宜。

有些人嘴上大谈学习国学，弘扬传统，到了实际里，却与优秀的传统越离越远，这也是典型的名实不符。

这些名与实相混乱的现象背后，必然有某种意识的支配，招徕顾客者有之，拍马溜须者有之，显示权威者有之，不一一分析。

回归正题。爷爷就是爷爷，外公就是外公，实至名归，于情于理于心无一违拗。

诚若此，岂不快哉！

"0" 的随想

当看到疫情报告，说"扬州市 2021 年 2 月 22—24 时，新冠肺炎确诊病例为'0'"时，我的双眼模糊了。

我仿佛看到无数双眼睛奔涌着扑簌扑簌的泪水，那晶莹的泪滴恰似无数个串起来的"0"。

我仿佛看见一轮如"0"的圆月，喷吐着无穷的光辉，沐浴辉映着地面上的高楼大厦、花鸟虫鱼。

我的眼前浮现着一扇扇打开的窗户，窗户里的人们张开双臂，拥抱阳光，拥抱空气，拥抱远近的邻里亲朋。

人民期盼的"0"终于出现了。

在自然数中，没有比"0"更神奇、更诡异的。

有时，我们是那么厌恶"0"。

考试得"0"分；企业"0"资产；一年辛劳"0"收入；银行里的存款是"0"；等等。遇"0"，唯恐避之不及。

有时，我们又是那样渴望得到"0"。

有人这样解释幸福：家里"0"病人，牢里"0"亲人，外边"0"仇人，身边"0"小人。

"0"就是没有。没有病魔折磨，没有牢狱之灾，没有仇人小人算计，是何等幸福。

今天，我们对于"0"又有了刻骨铭心的记忆和无尽的好感。

"0"新增确诊病例，对于扬州，对于身处其间的我们，太重要了，太振奋人心了。

回想二十五天来，从 7 月 28 日发现两例开始，到 8 月 22 日为 "0"，人们是怎么度过的？

各级领导不辞辛劳日夜奔波在抗疫一线，医务工作者不顾生死逆行而战，无数志愿者鏖战在菜场小区，无数民警辅警坚守在车站码头卡口，无数个家庭忍受着寂寞以及生活不便之苦。千万家企业忍痛歇业。更为难得的是全省一盘棋，为扬州加油，为扬州助力。

我们看到了疫魔的凶烈，一传十，十传百，竟五百，一座城按下了暂停键，六千余平方公里的富饶之地断绝了与外界的交往。

我们也感受到了众志成城的伟力。道高一尺，魔高一丈。接种疫苗，核酸检测，禁足宅家，疏散隔离，关闭通道，一个个措施出台，一套套办法用上，疫魔的头被摁住了。

二十五个漫长日夜，市内外、省内外，不知多少人每天都眼巴巴地等着疫情报告，心随疫情曲线上下起伏，或忧或喜，或苦或乐。

为了这个 "0"，我们付出了沉重的代价，倾注了太多的心血。

"0" 来之不易，"0" 弥足珍贵。

由此，我想到，对于一个人来说，健康为 "0"，一切为 "0"，对于一个城市、一个区域，同样是健康为 "0"，一切为 "0"。

昨天新冠肺炎确诊病例为 "0"，说明我们这个区域已经扼住了疫魔，将逐步恢复健康，恢复正常，恢复元气，好地方又将焕发朝气活力和魅力。

"0" 是起点，是新的开始。

"0" 预示着一切工作又回到了原点。

但愿我生活的区域，以昨天为起点，迎着圆溜溜、红彤彤的朝阳，快总结，记教训，扎篱笆，重防范，外堵输入，内防感染，把疫魔死死地挡在 "0" 外，把好地方建设得越来越好，好上加好。

防疫抗疫要从"0"起步，扎实前行，其他工作也要从"0"起步，超前谋划，因为明天和意外不知哪一个先到，往往一个环节松懈，都可能铸成大错，让一切归"0"。

生人熟处

一则故事令我悲切。

江北某县城，去年夏季某一天发生一件悲惨的事。某单位的一名男性职工，死在家里四天后才被发现，尸体已经腐烂。原来，这名职工因为临近退休，不正常上班。妻子在省城帮助儿子带小孩，他一人生活在县城里。平时，每天都与妻儿通话，可是一连三天没有音信，手机一直处于无人接听状态。家里人急了，打电话到单位询问，单位派人上门寻找，结果看到了悲惨的一幕。

这名职工住在一个新开发的小区内，周围四邻彼此不认识，不交往。

事件发生后，对门说："我是闻到了一股异味，没往坏处想，再说，平时从不交往。"楼上说："我们都是早出晚归，邻居姓甚名谁，做什么工作，一点都不知道，哪会想到发生这样的事。"

悲剧发生了，不少人作出了若干个"如果"的假设：如果邻居闻到异味深究一下，就不至于发现得那么迟；如果对门几天看不到邻居，敲敲门，或者打电话问问，情况要好得多；等等。

遗憾的是邻居不知道彼此的姓名，也没有联系方式，有谁会想得那么多呢。

此类事，在全国绝不是孤例，新闻也常有报道。

人们不禁要问，是什么原因酿成了这样的悲剧？原因很多，主要原因之一，是社会结构发生了变化，我们由熟人社会步入了陌生人社会。

计划经济时代以及更远的过去，城乡二元结构，人口极少流动，世世代代住在小城镇或是村庄上，彼此都很熟悉。城镇化建设，市场经济发展，人口流动限制放宽，农民进城入镇已经是常态，步入陌生人社会是不争的事实，也是不可逆转的趋势。

社会学家说："陌生人社会可以增强人的防范意识和法治意识，可以更加理性地分析问题和解决问题。"

这诚然是不错的。从熟人社会走过来的很多人都有这样的体会，被骗的往往是熟人。但是，如果走向反面，走向极端，生人的东西不要，生人的话不要接茬儿，生人的求救不要搭理（当然确实出现过帮人被讹的案例），以至于山靠山、墙挨墙的邻里之间，鸡犬之声相闻，老死不相往来，不知道姓名，不了解职业，没有相互的联系方式，这正常吗？因此，出现前文中所述的状况，就不足为怪了。

我很留恋四十多年前的乡下生活，邻里间像一家人一样。早晨捧个粥碗，东家门前说两句，西家门前停一下。家里少了酱油，到邻居家里讨一点，出门两天，鸡鸭丢给邻居打理。白天不关门，晚上不上锁，一样太太平平、安安稳稳。彼此知根知底，几无设防。一户人家出现意外，邻里以至全村人都会全力相助，哪怕是有过争执者也不会袖手旁观。因此，民谚说：远亲不如近邻。

可是，谁也回不了过去，谁也改变不了社会结构的调整与变化。

我们能做的就是更新理念，调整心态，适应环境，营造环境。

虽有古训"害人之心不可有，防人之心不可无"，但不能认为凡陌生人都是可防之人，都是坏人。

苏轼与佛印之间曾经发生过一个故事。苏轼问佛印："我坐着像什么？"佛印说："像一尊佛。"佛印反问："我坐着像什么？"苏轼顺口说来："像一坨屎。"佛印不言。苏轼自以为胜了佛印一回。谁知事后有人提醒苏轼，佛印更胜一筹。佛印是暗示苏轼：眼中有佛则人人是佛，眼中是屎则所见皆屎。

我们也可以从这个故事中得到启发。身处社会，有一点防范意识不是坏事，但绝不意味着我们要以敌意对待他人，以冷漠看待周围。

人中有君子也有小人，有好人也有坏人，有英雄也有罪犯，这是任何一个社会都不可避免的。如果你将身边的陌生人一律视为小人、坏人和罪犯，那么，你在对方的眼中是什么呢？

旅行途中，给陌生人以热情，给陌生人一点关怀，得到的也可能同样是热情和关怀。

主动与陌生的邻居打交道，了解一些基本情况，以备不时之需，并给予力所能及的关心与照顾，以热情点燃热情，以真诚打动真诚是完全可以实现的。

以对待熟人的态度和心胸对待陌生人，人心与人心就相融了，家与家的距离就近了。

关门是小家，开门是大家，社会才能和谐，有些悲剧才能少发生，甚至可以不发生。

用与熟人相处的态度与陌生人相处，是身处陌生人社会中的每个人应取的态度。

生人熟处，所利者不只是他人，自己也在其中。

穷人的孩子早当家

　　每每念及"穷人的孩子早当家"这句不知流传了多久的话，我便会生出五味杂陈之感，因为这句看似平常又不无褒奖的话里，包含了太多的艰难、太多的辛酸和太多的无奈。

　　我们可以从孔子的一段话中品味出这种艰难、辛酸和无奈。

　　《论语·子罕》记载：

　　太宰问于子贡曰："夫子圣者与？何其多能也？"子贡曰："固天纵之将圣，又多能也。"子闻之，曰："大宰知我乎！吾少也贱，故多能鄙事。君子多乎哉？不多也。"

　　这一章记载的是不知哪一国的大宰（大即太，太宰，官名）与孔子学生子贡关于孔子何以"多能"的讨论，以及孔子的回答。

　　太宰问子贡："孔子是圣人吧，为什么这么多才多艺呢？"

　　子贡回答："这本来就是上天使他成为圣人，又使他多才多艺。"

　　在太宰和子贡看来，孔子的多才多艺是上天赋予的，是"生而知之"的。

　　是的，孔子确实多才多艺，于礼乐御射书数"小六艺"无所不通。他做过吹鼓手，当过主持人，管理仓库，饲养牲畜，所为皆无不当，而且小小年纪就在鲁国崭露头角。

　　一个普通人怎么会如此多才多艺呢？太宰和子贡认为孔子是圣人也是情有可原的。

　　但孔子自己怎么看？

孔子说："太宰了解我吗？我小时候生活艰难，所以会干一些粗活。贵族会有这么多技艺吗？不会有的。"

孔子不承认自己是"生而知之"，更不认为自己是圣人，是艰难的生活磨炼了他的意志，成就了他的"多能"。他感叹，贵族子弟生活优裕，不可能，也不需要他们"多能"。

了解孔子生平者，不会感到孔子是谦虚，更不会认为他是故作姿态。

孔子三岁的时候丧父。他的父亲是武士，士是介于官、民之间的一个阶层，没有世袭地位。父亲逝后，生活来源自然断绝了。何况，孔子的母亲当时仅仅二十岁左右，孔子的父亲与前妻生了九个女儿，与妾生了一个残疾儿子，这种复杂的家庭关系是如何处理的，史书没有记载，但可以想见，家庭经济状况一定是非常糟糕的。这样的家庭，难免遭白眼、遭冷遇。

鲁迅先生曾经说过："有谁从小康人家而坠入困顿的么，我以为在这途路中，大概可以看见世人的真面目。"

这样的家庭环境逼着孔子早慧早熟，他要为年轻的母亲分忧解难。

孔子幼年就懂得学习。

"孔子为儿嬉戏，常陈俎豆，设礼容。"（《史记·孔子世家》）

孔子小时候做游戏，就经常摆出各种祭器，学做祭祀的礼仪动作。

这为他后来做主持人以及主持齐鲁之盟（夹谷之会）奠定了基础。

孔子十五岁就立下了终生学习的目标，"吾十有五而志于学"。（《论语·为政》）

甚为悲哀的是，孔子十七岁那一年母亲离世，成为孤儿，如同一叶扁舟在动荡不安的世界上漂流。孔子强忍悲痛，安葬母亲，开始了独立生活。

此后的漫漫岁月中，他办私学，做官员，周游列国，但学习一直贯穿生命始终。

他被误解，被嘲弄，被排挤，被驱赶，被围困，及至在陈蔡绝粮七天，他坦然接受命运的一次次挑战，以顽强的意志力和旺盛的生命力，做着自己应该做的事情。

晚年回到父母之国，拖着疲惫苍老的身躯，整理《诗》，撰写《春秋》。

"在孔子之前，中国历史文化当已有两千五百年以上之积累，而孔子集其大成。在孔子以后，中国历史文化又复有两千五百年以上之演进，而孔子开其新统。"（钱穆《孔子传·序言》）

孔子无疑是穷人的孩子早当家的典范。他不仅早早当家，而且把自己锤炼成千古一圣。

当然并不是每一个穷人的孩子都能当家，孔子的成长过程给我们的启发应该是多方面的。

生在帝王家，还是生在穷人家是无可选择的。但我们可以选择生活态度、生活方式，可以选择生活路径。

孔子认定自己是穷人，所以立下志向，学而不厌，诲人不倦，不怨天不尤人，小事能干，大事干成，文能诗礼，武可御射，积数十年之辛劳，步入生命巅峰。

为什么穷人的孩子能够早当家，或者懂得早当家，是环境使然，因为无退路可走，退则万丈深渊，进或一线希望，不屈从于命运的摆布，决然闯出一条生路。孔子的成长过程是最好的说明。如果穷人的孩子破罐子破摔呢？

所以，穷人的孩子早当家是个伪命题。

不论是穷人的孩子，还是富人的孩子，只要有志向，肯努力，都可以早当家，而且能够当好家。

毒　誓

　　小时候，在农村，常于某日清晨或黄昏，见一农妇，衣衫不整，趿着破旧布鞋，左手捧着砧板，右手拿着菜刀，一边口出厉言"哪个断子绝孙的偷了我家的鸡"，一边右手中的刀不停地在砧板上胡乱地斩着。凄怆的声音在小巷中飘荡，甚是瘆人。

　　这在农村是一种最为狠毒的诅咒方式。但这只是独角戏，是对象不确定性的泛泛之骂，戏剧性强的还在后面。

　　如果那个农妇认定是哪家偷了鸡，那么，她会手拿砧板、刀，站在那家的窗下或门前，不停地骂不停地斩，"哪个婊子偷我家的鸭，偷把野男人吃了"，同时身边聚拢着一群看客。大家并不劝，也不插嘴，只一味地看，因为劝也没用，弄不好还会惹火上身。时间久了，那个嘴角生沫的农妇还是不停下来，也不走动，而且声音越来越恶，气势越来越凶，把握似乎也越来越大。

　　冷不防，那个被怀疑的女主人从屋里冲出来，左手叉腰，右手直指砧板农妇，"你骂哪个？"摆出一副开打的架势。砧板农妇并不示弱，向前移动几步，"你问我骂哪个，你不曾偷，着什么闲气？"女主人双手拍着屁股蹦起来大叫道："我偷，叫我死男人死儿子，从上往下死，假如我不曾偷，叫你家从下往上死。"脸色似猪肝，声音嘶哑，让我感到钻心地难受。直到两人肢体接触时，看客们才七手八脚地将两人拉开。

　　农妇这般毒誓，在几十年前的农村时有耳闻。一只鸡鸭丢了，目不识丁的农妇拿什么发泄自己的气愤，被怀疑者又有什么方法表明自己的清白？盖诅咒毒誓而已。

其实，发毒誓不是农妇的创意，更不是她们的专利，翻看历史，比比皆是。

大圣人孔子就曾发过毒誓。

孔子离开鲁国开始周游列国的第一站是卫国。

春秋时期的卫国是一个实力不错的诸侯国，且多贤士。孔子打算到卫国施展自己的政治抱负。可到了卫国不久，孔子遇到了一个难题。卫灵公的宠姬南子要求接见孔子，孔子毕竟是文化名人。按说国君夫人接见是好事，至少可以提高知名度，一般人求之不得，那孔子怎么就犯难了呢？长话短说，问题出在南子名声不好上，按朱熹说法南子是"淫乱之人"，正人君子去见一个"淫乱之人"，不仅孔子本人不会乐意，对外界也不好交代吧。但迫于寄人篱下，或者亦是礼节的需要，孔子还是去见了。外界反应如何，史书未有记载，然而，孔子的跟班学生子路对老师的不满是确记的。面对学生的不快，甚至误解，孔子无法解释，于是发了毒誓，说："如果我做得不对的话，上天嫌弃我！上天嫌弃我！"而且重复了两遍。在科学世界观没有形成的古人头脑里，上天就是万物的主宰，能降祸福于人，还有什么誓言比"让上天嫌弃"更毒呢？

这则故事记录在《论语·雍也》里：

"子见南子，子路不说（说：悦）。夫子矢（矢：誓）之曰：'予所否者，天厌之！天厌之！'"

子见南子的故事，《史记》记载很详细，有兴趣者可以一看。

孔子到底是修养极深的文化名人，其发毒誓，程度之深不亚于农妇，但责己甚严不辱人，且语言洁净而严肃。

孔子之后的数百年，一位年轻村姑也曾发过毒誓，被记录在文学史里。村姑无姓无名，为了宣誓自己的爱情，对着上天发下了五个毒誓，这就是汉乐府《上邪》，不妨一阅，以饱眼福。

162

上邪！我欲与君相知，长命无绝衰。山无棱，江水为竭，冬雷震震，夏雨雪，天地合，乃敢与君绝！

村姑说："上天呀！我愿与你（心上人）相爱，让我们的爱情永不衰绝。除非高山变平地，滔滔江水干涸断流，凛凛寒冬雷声阵阵，炎炎酷暑白雪纷飞，天地相交聚合连接，我才敢将对你的情意抛弃决绝！"

村姑用不太可能出现的五个自然现象表明自己的坚贞爱情，胆子大，决心大，想象力也很丰富而狂烈，居然想到天地合而为一。我们从中不仅感受到村姑对爱情的坚守，也不乏艺术的享受。比较起农妇的毒誓不知高雅文明多少倍，也不逊色于夫子之矢（誓）。

至于关汉卿《窦娥冤》中的窦娥所发毒誓更是荡气回肠，感天动地。

苦命的窦娥因拒绝地痞的无礼要求而遭陷害锒铛入狱，又遭昏官误判将成刀下之鬼。刑场上的弱女子，大义凛然，不屈不挠，指戳上苍，发了三个毒誓：血染白练（鲜血不洒在地上而飞溅到高悬的白色丝布上）、六月飞雪、大旱三年。作者采用浪漫主义的手法，让前两个誓言当场应验，暗示着窦娥的冤情属实。又以喜剧为结尾，让人解气解恨，剧情的发展，无一例外地是来了清官，惩治了地痞和昏官，窦娥的不白之冤得到昭雪。作者以此表明，正义可能迟到，但不会缺席。

这样的结局与毒誓是没有丝毫关联的。试想，在封建社会里，一个弱女子，在强权面前，在暴政面前，在黑恶势力面前，除了求助于那个并不存在的天地，而发出由衷的毒誓，企图影响社会，改变现实，当然是不可能的，但还有什么更好的办法、更有效的途径吗？

发誓，由来已久，已然成为一种民俗文化，就是在今天也还没有绝迹。拿生活中的例子说，几个人一同喝酒，其中一人怀疑另一人将酒倒掉而加以指责，被指责者随口便说："哪个倒就是狗日的，哪个没有喝下去，就不是娘养的。"

这种发誓是上不了台面的笑话，但就内容看，拿娘发誓，不可谓不毒，也不由得不信。然而，总觉得味道不对，俗不可耐，与农妇斩刀骂街无异。

发誓，往往发生在两者或多方之间，一方为了表明一种态度，依托异常的自然现象，或者极具惩戒性的事件表达出来。但一两句誓言，哪怕是毒誓，能够算数吗？民人言，强盗是咒不死的。即如孔子向子路发誓，子路认可了吗？《论语》里没有记载，《史记》上没有反映，即使是野史也没有这方面的记述。否则，如何能衍生出"子见南子"的绯闻而成为千古公案。我如此说，不是怀疑孔子坐怀不乱的定力，也不排除很大一部分人的发誓是发自内心的，是真诚的，只是想说明发誓以至毒誓不一定令人信服。

我们不禁要问：发誓，究竟有多大的约束力？

在讲诚信、重法治的今天，骂街式的毒誓日益为人不齿。

人之如何，重在行为；誓言在心，重在践诺。

诗书画之"观沧海"

相信很多人都读过、背诵过曹操的《观沧海》。这首诗是曹操诗歌的代表作，既体现了建安风骨，又是中国山水诗的滥觞之作。谈古代诗歌，曹诗是绕不过去的，这首诗也是绕不过去的。

《观沧海》很短，十四句，五十六个字。

东临碣石，以观沧海。水何澹澹，山岛竦峙。树木丛生，百草丰茂。秋风萧瑟，洪波涌起。日月之行，若出其中；星汉灿烂，若出其里。幸甚至哉，歌以咏志。

这首诗是《步出夏门行》组诗中的一首，是曹操领兵北征乌丸，凯旋途中所作。作者以老迈之身战胜强敌，其心情可想而知。诗人站在碣石山上，眺望着波涛翻卷、无边无际的大海，由近而远，由实而虚，引发了无限想象："日月之行，若出其中。星汉灿烂，若出其里。"他想到，"日月的运行，好像就在大海之中，灿烂的银河，仿佛出自大海的胸膛"。其豪迈，其旷达，其理想的远大壮阔表露无遗，诚如诗人所言"歌以咏志"。

我背诵这首诗的时候，还未曾见过大海，只能随着作者的引导胡乱猜想大海的模样。其后若干年，我在海景房中看大海，在车窗中看大海，在海轮上看大海，我甚至在太仓郑和下西洋的海边，光脚捧起海水，一遍遍默诵曹操《观沧海》，感受到大海之大、之阔、之变幻莫测，但终究是燕雀，难以产生曹操那样的鸿鹄之志，正所谓"瞎子看戏趁热闹"，仅仅是大海边的一个看客。

我想芸芸众生如我观大海者无数，能背诵吟唱《观沧海》者也不可穷举，但我可以自豪地说，很少有人像我这样与"观沧海"有缘。

　　不妨说来听听。

　　不记得哪一年，一朋友召集小聚，朋友特地告诉我，"周同主席也参加"。当时，周同是高邮书法家协会主席，是省内著名的书法家。那天，我早早地静候。周同主席一落座就说："我今天带来了几幅字，在座的每人一幅，随便拿。"我们当然很高兴，每人从很大一个信封里拿出一幅。我展开一看，大喜过望。我的这一幅是三个大字"观沧海"，曹操的《观沧海》脱口而出，辽阔的大海展现眼前。我率先敬了周主席一杯酒。

　　周主席的《观沧海》书以隶书，于书法我是外行，但明显感到不是敷衍之作，蚕燕（蚕头燕尾）靓丽，直断分明，提按有迹。

　　我将之置于书橱中层，时不时取之欣赏。

　　事有凑巧。庚子新年，因疫蜗居，对朋友圈格外关注。一日清晨，看朋友圈中南京书画院的画家孙洪贴出一幅画，题为《观沧海》，我立即留言："大师好，能否割爱，愿购之。"孙画家回得也快："如喜欢，送您，请将地址发我。"

　　我于多年前，在南京由朋友介绍结识画家孙洪。孙画家乃兴化人，我家虽属高邮，与兴化某村仅一埂之隔，而且，我的曾祖母、祖母、母亲都是兴化西北乡人。我一直以兴化人自居，与孙画家见面，聊以乡音，一见如故，联系不断。三年前，他赠我一幅《登高图》，取意"采菊东篱下，悠然见南山"，裱之悬于书房，陋室生辉。

　　我怎么好意思白拿画家的画呢？孙画家一语除我顾虑："我们是老乡，一幅画能有知音，就足够了。与钱挂钩就俗气了。"

　　不几日，孙画家果然邮来了。展开一看，《观沧海》。眼前浮现出一位垂髫老人耸立山冈，面向大海。海水蔚蓝，波卷浪急，草木茂盛，尺

166

幅境远，完全是曹操《观沧海》的再创作，是对诗歌形象化的创造。我甚为喜爱。

至此，我得到了"观沧海"诗书画之三绝，一般人哪有这等机缘？我很幸运。

时时揣摩，愿从中获得更多感悟。

品读城南

照常说，城南，即城之南端，与城北、城东、城西，无异。

高邮，赋予城南以不同寻常的意义。

城南，是新的行政区域；城南，是新兴的经济体。

城南成为经济社会的专有名词。

何以有城南？

2002年，意在打造高邮鸭全产业链、嫁接在高邮鸭集团之上的高邮鸭业园区在城南诞生。

十八年，一轮轮扩大面积，一次次校准功能，如今的高邮城南经济新区与车逻镇"区镇合一"。

有鸭业不囿于鸭业，在城南突破城南。

品读城南，如同品读一本浓缩版的区域发展史，虽不厚重，但让你感受到时代的节奏，创新的力度，发展的速度，以及对未来的美好遐想。

你不必了解城南的经济总量与增长幅度，到城南看看，自然心中有数。一条条新建改建的大路快速融入大交通，一座座规范的农村（社区）党群服务中心建成使用，一道道区域河流疏浚治理，一揽子民生工程相继实施，正在建设的综合性医院反映的是硬件的变化，体现的是经济实力。

数字是抽象冰冷的，而星罗棋布的道路，清澈鲜活的流水，造型各异的建筑，老百姓的笑脸，却是美丽温馨的。

你不必询问城南招商引资的主攻方向，不必翻看招商引资台账，到城南看看，会寻出一条线索。高邮通邮电商园成为国家农村电商示范基地，星浪光电满负荷生产，快递电商物流园区火热招商，中汽研、中康环保、5D智造、清华启迪等一批高科技企业和项目落地生根，碧根果（邮都）农业园开花结果，现代化养猪场快速建设。城南已经从应招尽招、同质化竞争中走出来，向高科技服务型转变，数字经济、智能产业正在萌发。

你也不必追问城南农民的获得感、幸福感，到城南的农民中走走，听听他们的朴素表达，你会得出结论。在管伙村党群服务中心，与几位退职村干部、村民代表座谈。他们说："我们说不出什么是幸福，我们只知道出门有大路，晚上有路灯，娱乐有场所，子女有班上，看病有报销，年年有余粮，心里就快活，我们现在的生活就是这样。你说，这是幸福吗，这是小康吗？"

十八年，于一个区域来说，无疑是新的、短的。新，是朝气活力的象征；新，少了旧的束缚和老的钳制，可以不拘一格，超凡脱俗。至于短，是客观使然，但短与奇迹并不矛盾。

一位城南的领导说："城南有区位优势，也有尴尬和无奈。我们只有走出一条与城市共生共融而又新颖独到的发展之路，才能在市场上立足，才能在竞争中生存。"

城南立足于区位特征与发展特色，布下了"东厂西城南田园"的格局。"东厂"，大力发展科技型制造业；"西城"，全力发展新型服务业；"南田园"，致力发展现代农业。由此选择四条发展路径——产业与城市发展并重、外引与内育并重、技术研发与转型升级并重、绿色健康与生态保护并重。

城南正在设定的轨道上快速前行。

何以有今天的城南？

用正常的眼光看，无非抓党建、抓人才、抓项目、抓服务。

这些诚然是不错的，但城南正常而超常。

城南抓党建重在党性修炼，作风淬炼、能力锤炼，智慧党建上线为党员干部学习交流构建了崭新平台，把干部放在艰苦的岗位、艰难的部位锻炼，既提升了党员干部能力，又发挥了示范引领作用。城南抓人才，重在高层次人才的引进，重在基层实用后备人才的培养，一批机关和村级后备干部在"薪火学堂"里成长。城南抓项目，既重视顶天立地，又重视高精尖特，用心、用情培植新业态、新产品。

你随便接触一位城南的工作人员，他们都会告诉你，党工委、管委会花在人身上的功夫是很深的，强化纪律，强化能力，强化效率，每个人都像一部机器上的一个零件，发挥着不可替代的作用。到城南智慧大厦行政服务大厅体验一次，就知道他们是怎么工作的，是如何服务的。

唯其新，难免稚嫩，难免不足。城南人正以创新的思维、创新的实践，不断调整，不断完善，每天都在续写着属于城南、汇入全市的发展史。

我们完全有理由相信，再过十八年，再来品读城南时，那将是一部更加丰富、更加独特、更加耐人寻味的杰作。

走进重阳

重阳，这片叶子第一次飘落在我的脑海，是在约莫十二三岁背诵伟大领袖诗词的时候。

人生易老天难老，岁岁重阳。今又重阳，战地黄花分外香。一年一度秋风劲，不似春光，胜似春光，寥廓江天万里霜。

机械地背下来，知重阳而不明重阳者何意。

及至负笈求学，方解重阳。

一次文学课老师介绍唐代诗人孟浩然的诗，选了《过故人庄》。

故人具鸡黍，邀我至田家。绿树村边合，青山郭外斜。开轩面场圃，把酒话桑麻。待到重阳日，还来就菊花。

老师赏析了孟浩然诗之特点，质朴简洁，清新典雅，如出水芙蓉。同时，详细解说了"重阳"的来历以及习俗，列举李白的《九月十日即事》和王维的《九月九日忆山东兄弟》。

古人认为九为阳数，九九相逢，日月皆阳，大吉大利。于是在重阳之日携家人"登高""佩茱萸""喝菊花酒"，"昨日登高罢，今朝再举觞"（李白《九月十日即事》），"遥知兄弟登高处，遍插茱萸少一人"（王维《九月九日忆山东兄弟》）。

又"九九"与"久久"谐音，寓意长寿。

在我的老家，清明烧纸钱，端午裹粽子，中秋吃月饼，而附着在重阳之上无一物，乡人也从未在重阳这一天举行过任何活动，难怪老师感叹，"登高饮酒"乃文人雅士之事。

过去多少年，无意识地在重阳身边走过，从未将其作为节日度过。

直到此后多年，我到某单位主事，一天，后勤的同志问我："明天要不要请退休老同志聚一下？"我一脸茫然。那位同志见状解释："明天是重阳节，是国家敬老日。"我这才恍然，重阳是长寿日，是敬老节。

第二天请退休老同志游玩、茶叙、酒聚。但我只是觉得，我是在为其他人过节，自己与重阳的距离还远着呢。

真是人生易老天难老，岁岁重阳，岁岁敬老，不知不觉退休了。

退休的当年，重阳节那一天，单位领导特地请我们几位退休人员小聚了一下。

我这才意识到，我走进了重阳。

重阳在深秋，人一旦退休似乎也已步入了人生之暮秋。

人之一生，宛如自然之四季，有春天的烂漫，夏天的热烈，秋天的收获和冬天的冷峻。

秋天里，不必悲叹"无边落木萧萧下"，也不必苦吟"夕阳无限好，只是近黄昏"，因为秋天是收获的季节，夕阳也有艳丽的光彩。

伟人眼里的重阳"不似春光，胜似春光"，这是自然辩证法，也是人生辩证法。

退休了，时间和空间掌握在自己手里，可以漫游天下，可以博览群书，可以创制美食，可以做自己想做的一切事，正如孔子所说"七十而从心所欲，不逾矩"，不影响他人的自由就行，不越规越矩就好。

我们身边不乏老有所为、老有所乐的男男女女。他们活跃在广场书斋、艺坛课堂和广袤的田野。

当然，也有一些人退休了很不适应，整天唉声叹气，无所事事，也无所适从，显得愈加衰老。这不是自我作践吗，从春到冬，是自然法则，从小到老也是自然法则，是天则。

重阳多美好。别辜负了重阳，动起来，学起来，玩起来，管他"寥廓江天万里霜"。

蟹　话

我生活在高邮县城。县城西侧是京杭大运河，与运河一堤之隔，便是浩浩荡荡的高邮湖。

高邮湖自不可与鄱阳湖、洞庭湖，以至太湖、洪泽湖比辽阔。

高邮湖有其他淡水湖所不及之处。

高邮湖是活水湖，它是淮河入江水道。据水利专家说，每年高邮湖要换水七次之多。

高邮湖是悬湖，所谓悬湖，湖底高出周边地块。老人们打过一个比方，说，高邮湖底与兴化宝塔尖平。当然这个比方很含糊，宝塔高度不知，但至少说明悬湖之悬。

活水，水运动而不腐；悬湖，污浊之水，无以沾染，且水生物种类繁多。

如此环境里生长的螃蟹自然不错。

美食家们说，高邮湖的螃蟹味道独特，清香而微甘。

养殖者言，高邮湖螃蟹外表也有明显特征，脐白而背青，毛黄而壳硬。

高邮湖大闸蟹因不投饵料靠生物链生存生长，生长周期长，产量也低。即使是围网养殖，丰年也仅仅每亩十斤而已。

重阳节后，高邮湖的螃蟹，母蟹其黄丰满，公蟹其膏厚实。就着美酒，吃一只螃蟹，该是多美好的享受。

这是高邮人的口福。外地人言此，往往直咽口水。

可是，我对螃蟹不太感兴趣，从小如此。

我的老家与兴化搭界，是典型的水乡，小河连着大河，荒滩水塘不胜其数。夏秋之季，杂草萋萋，芦苇丛丛，螃蟹生焉，在河塘沟渠处，不费气力，十只八只手到擒来。一到家则合水烹之，不多时，美味即成。母亲总是拣一只大的给我，我嫌其戳嘴，只吃一两只小爪。更有甚者，一次跟随几位成人去塘中摸蟹，竟被蟹钳夹住中指，痛不可堪，对螃蟹又增不快。

老家的螃蟹多得是，不值钱。

没过几年，传上海人喜食螃蟹，我曾陪母亲拿着大队开的证明，到上海贩螃蟹。十只八只一串，在弄堂叫卖。上海的老伯伯们，吃螃蟹真是一绝，他们有专门的工具，一只螃蟹不吃上好久不能丢手，蟹壳不是一食扔之，而是再熬汤饮之。我觉得不可思议，螃蟹真的那么好吃吗，犯得着这么用心？也有人因此诟病上海人小气，一只螃蟹，恨不得连壳都嚼了。但从老伯伯的眼神面容上可以感受到，他们吃螃蟹时的美好心境。

不独上海的老伯伯们喜欢吃螃蟹，文人雅士似乎更喜欢吃螃蟹。

秦少游曾将螃蟹作为礼物赠予苏轼。苏轼果然是美食大家，于食蟹颇有心得，数十首诗文写到食蟹，其中最著名是《丁公默送蝤蛑》，诗云："堪笑吴兴馋太守，一诗换得两尖团。"苏轼虽然以诗换得梭子蟹，但不排除其对河蟹的喜爱，他在《老饕赋》里写道："尝项上之一脔，嚼霜前之两螯。烂樱珠之煎蜜，滃杏酪之蒸羔，蛤半熟而含酒，蟹微生而带糟。盖聚物之夭美，以养吾之老饕。"其"嚼霜前之两螯""蟹微生而带糟"是河蟹制成的两道名菜。

吃蟹到极致的，当数清代美食家李渔。他在《闲情偶寄》中有专章记述："予于饮食之美，无一物不能言之，且无一物不穷其想象，竭其幽渺而言之；独于蟹螯一物，心能嗜之，口能甘之，无论终身一日，皆不能忘之，至其可嗜可甘与不可忘之故，则绝口不能形容之。"

李渔"嗜此一生"，每年于螃蟹未上市时，"即储钱以待"，"因家人笑予以蟹为命"，"即自呼其钱为'买命钱'"。

世间嗜蟹如命者，盖不只李渔一人，由此可见蟹确是食物中之极品。

我生于水乡，又是盛产螃蟹之地。每遇蟹黄鸭肥，有朋自远方来，上道螃蟹，情理之中。

"主不动，客不饮"，陪客人吃一只螃蟹也是待客之道。但我始终提不起兴趣。不是我不知道蟹乃美味，而是怕烦，厌腥。

一只螃蟹入了餐盘，先要解带，再就是去脐、剖腹、断爪，慢慢地掏，细细地吸，轻轻地嚼。一只蟹，没有十五二十分钟是吃不好的。有食之精致者，可将吃剩的蟹壳拼成"全蟹"。粗心如我，哪有那份闲情逸致。我即食，也是草草潦潦，一番咀嚼了事。

我讨厌螃蟹的腥味，"一食螃蟹三日腥"，一点不过分。纵使食后用青菜擦，用醋泡，用牙膏洗，也不可能彻底消除，走到人面前，还是有一股腥味。

我常常从友人津津有味的食用中得到享受。

尽管如此，有朋友当时来，我还是会用高邮湖大闸蟹待之。有人问，高邮湖大闸蟹比之阳澄湖大闸蟹如何？

我怎么能王婆卖瓜呢，于是说，你吃了就知道了。

与女儿的一次谈心

　　女儿长到二十六岁，与她谈心的次数太多了，多得难以计数。但这一次有点特别，是在女儿即将出阁之时。

　　自女儿的婚期定下后的几十天，我反反复复思考：女儿能融入新家庭吗？女儿能被新家庭接受吗？她能接受新家庭的每个成员吗？

　　女儿在我们身边长到二十六岁。她蹒跚学步的时候，我们搀着她；她走进校门的时候，我们指导她；她叛逆的时候，我们耐心引导她；她失败时，我们鼓励她；她取得小小成绩有点飘飘然的时候，我们又用冷水泼泼她。即使是大学四年，也是每天一通电话，说长道短。所有这一切，她顺从，她接受，她甚至忍耐。之所以如此，都源于我们是她的父母。

　　到了新的家庭，这一切还可能发生。她还能像做女儿时一样舒心？

　　我越想越焦虑，甚至有点害怕。我觉得，有必要与女儿坐下来好好谈谈心。

　　某一天晚上，妻子在学校值班，只我与女儿两人在家。饭后，待女儿收拾停当，我便招呼女儿坐下来。

　　我说："马上你就是大人了（老家人说，不论年龄大小，结婚就是大人了），你准备好了吗？"

　　女儿不吱声，脸上泛红地看着我。

　　接着，我以过来人的身份给女儿三条忠告。

　　"第一，千万不要以为对方十全十美，谈恋爱时眼里都是优点，如果这样想，婚后大抵是会失望的。"

我如此说，是因为生活中是有反面例子的。有的小青年，结婚前如胶似漆，山盟海誓，认为对方就是自己苦苦寻找的另一半，而婚后不久便形同陌路，认为对方这也不行，那也不是，浑身的毛病。这也难怪，婚前，虽然没有少接触，但在一起的时间毕竟不多，展示给对方的都是自己光鲜的一面。婚后，生活在一个屋檐下，优点缺点暴露无遗。如果没有充足的思想准备，免不了生出"怎么会这样""不至于如此"的感叹。

我说："你接受了他的优点，也应该包容他的缺点，世界上没有无缺点的人，也没有无瑕疵的玉。"

女儿默默地听着。

"第二，千万不要把公婆当外人，要像尊重孝敬我们一样尊重孝敬公婆，拿人心换人心，坦诚相见，真诚相待，只有你真诚地对待对方，对方才能真诚地对待你。"

几十年来，我看到了太多儿媳与公婆之间的矛盾。矛盾的缘起大多是儿媳始终将公婆当外人，有话不说，有事不讲，亲戚是娘家一边倒，对公婆没有应有的尊重和孝敬。丈夫夹在中间，犹如"老鼠钻进风箱里"，两头受气，两边不讨好，家庭因此少了和谐，多了龃龉。进了一家门，就是一家人，要主动融进去。

我问女儿能做到吗，女儿说："我会按爸爸说的去做，把公婆当作父母对待，和谐生活，快乐相处。"

女儿的回答令我非常满意。

"第三条忠告是，千万不要给爱人增加工作以外的负担。鸟儿翅膀上拴上金块，就飞不高飞不远，人也是这样，负担多了重了，就难以轻松地工作生活。不要动不动拿张三比拿李四比，说张三多会赚钱，说李四当上了什么干部。只要你的爱人对家庭负责，对工作负责，对子女负责，就足够了，其他的都不重要，都是人生的附属物，顺其自然，不必强求。"

对于这一条，女儿应该早已懂得，因为在女儿刚谈恋爱的时候，我和妻子对未来的女婿给出了两条标准，一是人品好，二是有一份固定工作。没有第三第四条。

我从女儿的表情中可以看出，女儿听懂了我的话，认可我的观点。

最后，我对女儿说："娘家永远是你的心灵驿站、精神港湾，但不是避难所。"

我希望，女儿能理解为父的一片苦心。

父母的养生之道

春节期间，我将去年秋天为父母拍的一张合影发到朋友圈，没承想得到天南海北网友们的点赞，不少网友还深情地写下祝福语。

去年，父亲九十二岁，母亲九十四岁。我在留言上写道："父母身体健康，住在乡下老家，生活基本自理。"

这引起了朋友们极大的兴趣。尽管现在国人平均寿命已经超过七十岁，但活到九十岁以上应该算是高龄，而且双双健康，生活自理，更是难得。

有朋友打电话问我父母有什么养生之道，长寿的秘诀是什么，等等，不一而足。

我闻之只是笑笑。我确实回答不上来，我从来没觉得父母有什么养生方法。朋友们还不信。

父母是地地道道的农民。

母亲不识字，裹脚未遂，但脚掌畸形。外婆家虽是富农，但外公惜财如命，不肯雇长工，母亲是长女，很小就从事农业生产，做着与男人同样的活计。与父亲结婚后，情形没有改变，父亲是家里的独苗，二十岁前没有干过农活，祖母是小脚女人，又是大户人家出生，不事稼穑，所有农活都搁在母亲一个人身上。母亲勤勤恳恳、无怨无悔地做着家里的一切。成年后的我，一直很佩服祖父的眼光。试想，如果父亲娶一位千金大小姐，这日子还怎么过啊。

等到我们姐弟几个陆续来到世间，母亲又想着法子赚钱养家。母亲很能干，也很会经营生活。"粥煮薄点、饭煮烂点"，就这么个小小举动，却使我们家在粮食紧缺的时候，几乎没有青黄不接的窘迫。母亲从来没有停止过劳作，直到现在，衣服还是自己洗，饭菜也与父亲合作进行，父亲烧火，母亲做菜。父母使用的还是土灶。

父亲上过多年私塾，但识字不多，也没派上过用场，很少看书读报。二十岁后开始劳动，就再也没有停下过。父亲中等身材，身体单薄，夏秋之季的罱泥、挑把等繁重劳务，每每使他力不从心，又不得不勉力为之，一家人的生计靠的是工分，不干活或者干轻便活，工分就低，分得粮油自然就少。生活的重荷压得父亲喘不过气来。我成年后，每见此，心里发痛，利用寒暑假主动替父亲出重工。说来神奇，父亲三十多岁时曾患病卧床年余，医生判为死刑，后来居然不医而愈。几十年过去，偶尔小病小痛，并无大疾。父亲八十岁才撂了承包地，接着种起了二三分菜地，直到今天还一直种着，且常常让我们分享他的劳动成果。

这能说是养生之道吗，有哪一位农民不是终生劳作的呢？

说到饮食，大家可能不信。父亲种菜，但不吃蔬菜，以荤菜为主。我有两次回家，正遇上父母用餐。他们吃的是猪蹄汤和红煮鱼。父亲特别喜欢吃猪内脏、肉圆、肉包子。母亲不吃大蒜和洋葱，说吃了嘴臭，与人说话难闻。

母亲不知从哪一年开始吃花斋。吃花斋是指一个月内在几个固定的日子里吃斋。我不谙佛事，至于花斋如何吃，不得而知。母亲也不喜欢吃蔬菜，说吃蔬菜绞心，其实是胃不舒服。进入老年后，母亲参与一些佛事活动，比如每月朔日望日到庙里烧香，每年入冬与村上的十几位老奶奶一起"坐九"。

父母的饮食习惯似乎与通常所说的养生之道是完全相悖的。

父亲是急性子，也是惯宝宝脾气，稍不如意，便大发雷霆。但是父亲的火气如夏日之雨，来得快去得也疾。不管对外人，还是对家人，吵吵了事，绝不过夜，更不会耿耿于怀、秋后算账。父亲从不在背后说别人的坏话，从不眼红他人的发迹发财，也不精于盘算，于钱是有多少用多少，只要口袋里有，掏出来就花。妈妈常常说父亲没心没肺，让人一眼从外看到内。父亲说，世界上哪个是呆子，你算计旁人，旁人不会算计你？父亲常常因小事对母亲发火，母亲不搭理父亲，任由父亲的火气自己消除。我没看见父母对骂过，更没有施以拳脚，闹得不可开交。父母应该属于不同性格类型的人，但两者应了老家的一句话：一块馒头搭块糕，默契着呢。

父母结婚七十多年了，没听说与哪一个吵过、骂过、打过。姑母曾对我说过："你妈妈脾气好，度量大，从没有与我红过脸。即使吃了别人的亏，也不会翻下脸来争高下。"母亲对生活始终是很乐观的，在父亲亏空了集体的资金、家里的东西被搬空的情况下，也没有唉声叹气、怨天尤人，而是拖着一条病腿、拼尽力气外出挣钱还债维持全家人的正常生活。妈妈经常对我说："喊穷没有用，没有人会白白送钱给你，而要想法子改变穷。""宁说千声有，不说一声无"，是妈妈的生活观。她不愿意在别人的同情或鄙夷的目光下生活。

近几年，父母间的关系有点细微的变化。我每次回家，父母都各自诉说对方的不是。父亲说母亲不肯拿钱出来用，自己将钱贴进去用完了。母亲说父亲打麻将老输钱。我听听不置可否，心里偷着乐。

我从幼年到老年，没听到父母互称姓名或老头子老太婆，他们彼此招呼用的是一个语气词——"哎——"。

这是不是父母的养生之道呢？我看不是。所谓养生之道，是刻意摸索的养生规律，或者是悉心使用的养生方法。他们既不学习，也不自创，哪来的养生方法呢？

父母几十年如一日以真性情劳作着、生活着。

要问我父母的养生之道，我真的答不上来。

我与老村的距离

准确地讲，我与老村，是从我九岁那年的冬天开始拉开距离的，而且越来越远，远到只能用时间计算，已经超过五十年。

我九岁的时候正处于"文革"时期。那年冬天，很冷，寒风直吹进骨头缝里，屋檐下的冰凌挂了一尺多长，屋后的小河早已上了盖子，我们索性在冰盖上擦砖溜。

让村民们感到异常战栗的是那年冬天的某一个晚上，几个五大三粗的村民，将观音菩萨、十八罗汉以及法物从庙里抬出来，乱七八糟地扔到一堆柴火上，点燃。火渐渐旺起来，发出噼里啪啦的响声。我从门缝里窥见，火光照亮了半边天，火星在夜幕下四处乱窜。

村里大多数人家都紧闭大门，似乎在避一场瘟疫。

奶奶双手合十，口中念念有词，"作孽啊，作孽啊"。

村里有一座慈云庵，但庵却住着和尚，不知何故，也不知建于何年。据老辈们说，每年六月六，都要举行庙会，十里八乡赶会，观音菩萨会在那天"迎会"，万人空巷。

自那以后，慈云庵改作生产队保管室。村里的旧物都毁弃在一场"破四旧"的烈火中，包括爷爷家中的百十册旧书，连同文房四宝都遭了殃。

清明节、七月半、辞年等追远之节，村民们再也不敢公开烧钱化纸。

紧接着七十年代"土改瓦""瓦改楼"，村子里的土砌墙、茅草屋被推倒了，被空心墙、背褡脊（屋脊下半段盖瓦、上半段盖草）房子取代了，那房子实在古怪。

村子里不多的几幢老建筑也被翻新了，有的用原材料建了新式楼房，有的原地翻建成七架梁房子。

我记得，村子里原有一纵一横两条主路，路面都是清一色的灰砖铺成，走在上面发出轻微的咚咚声，后来也撬了铺成水泥。

我上小学的两座房子，一座是大户人家的祠堂，一座是大户人家的住宅，青砖青瓦，青灰勾缝，雕梁画栋，古典雅致，幽静清远。

每天清晨，老师手指间的音乐声从这两座古老的建筑中传出，使这个从明代洪武年间建起来的村子，越发显得古老，也越发显得现代。

据老辈口口相传，我们的先人是"洪武赶散"从苏州阊门而来，历数百年之久。

早晨学校的钟声，夜间更夫的提醒，都使村民们感到高雅而安全。

我常常从晚清民国的影视剧中看到我自己。冬天的清晨，一个头戴瓜皮帽、穿着大襟棉袄、脚踩虎花棉鞋的小男孩，手里拎着一只小铜火炉，走在幽静的小巷中，走进小院里。

时间的页码一天天翻过去，村子也在一天天改变。办了几十年的小学被结构调整了，更夫巡村早已被明晃晃的路灯湮灭。

五十年，村子发生了脱胎换骨的变化。

宽宽窄窄的水泥路，造型各异的民居，胡乱栽插的各种树木，墙壁上应景的标语，有线电视、农家书屋、村口停着的轿车无不表明，村子越来越新。

而这所有的新，让我感到无序、凌乱，缺乏神气和底蕴。

我常常从县城回村子看望年迈的父母。

走到村口，我总要停下脚步问自己："这还是生我养我的村子吗？"

我是多么想听到、看见深巷里的狗吠、桑树上的鸡鸣，以及袅袅炊烟、小桥流水、琅琅书声，甚至打情骂俏。

184

但那已经是遥远的记忆，遥远得只能用时间计算。

特别是每年回家过年。春联依旧，爆竹依旧，但少了温度，巷中少有人迹，小孩看电视，大人们打牌喝酒。

记忆中的春节，是那么热烈，那么怡人。初一大早，大人小孩就走门串户地拜年，祝福声不绝于耳。菜肴不是很多，仅仅是芋头烧肉、红烧鱼（多为鲢鱼、黑鱼）、杂烩、青菜豆腐汤，但原汁原味有滋有味，寓意丰富。

春节过后，一个近千人的村子，很是寂寞，青壮年远走高飞，留下的是老老小小。

我与老村，在记忆上是零距离，在情感上也是零距离，我似乎一直站在原点，可是，老村却离我远去了，越来越远，越来越远，已经远在视野之外。

我与老村距离的拉开，我始终是被动的，也是十分无奈的。

意外的收获

五月一日，应朋友之邀，去泰州看望一位"老插"。

"老插"想必不少人都知道其含义，是 20 世纪 60 年代插队知青的简称。

我为什么不称其为插队知青，而要说是"老插"，因为这位"老插"还真的不是知青，插队时年仅十二岁，充其量小学文化。跟随成分高的父亲一起插队到我老家的一个村上。母亲因为父亲成分高而离异，那个年头，夫妻离异、父子决绝，屡见不鲜。

1969 年夏秋插队，直到 1979 年春夏回泰州，在我的老家生活了整整十年。漫漫十载，不亦老乎。

十年间，做了什么？我虽未与之深谈，不能确切地知道他做了什么，无非是三天打鱼两天晒网地上学，跟着村里的一群小讨债鬼割草、放牛、拾麦穗吧。

父亲是个酒鬼，肯定不会用太多心思管教儿子，任其如一头旷野里的小牛，撒蹄而奔。

但有一点是无疑的，这个小老插，在农村活得很苦。

我家前面就是一座知青屋，来自泰州老渔行的几位姑娘住着。她们基本上没有文化，靠捕鱼为生，渔民大都是供应户口，凑数字凑到了她们，戴着知青的帽子插队了。

那几位姑娘（其中有一位是老病号）一到夏秋大忙季节就发愁，她们不会干活，又必须完成分派的任务，常常一身水一身泥，起早带晚。

小屋里时而传出哭泣声。

那位小老插的日子又会好到哪儿去呢。

这次我去泰州，是做好思想准备的，准备听他诉说十年的遭遇，十年的痛苦，十年的挣扎。怪了，他跟我一见面就异常地热情，自始至终没提在农村的苦。倒是讲他回城以后，组建了家庭，生了一个女儿，现在女儿工作了，自己和妻子也退休了，自己又找了一份维护菜场秩序的工作，日子过得安逸。那份满足全部洋溢在脸上。

这使我有些诧异，甚至认为小老插虚伪。十年的凄苦就忘得一干二净了？人家不说，我也不便启发，何必要将一个对生活充满希望的人拖入不堪的回忆里。

我以为，这次会见最终以喝几杯酒，平平淡淡地结束。

出乎意料的事还是在不经意间发生了。

他说他业余时间没有不良嗜好，只好淘书。

我的眼睛为之一亮。

说着跑进房间，抱出了一堆旧书，还有一摞旧报纸。他说，这里面有不少高邮人写的和写高邮的书。我非常注意宣传高邮的文章。他指着报纸说，一下班，就坐下来翻翻旧书，看看报纸，不是很懂，但心里暖暖的，不知不觉回忆在高邮农村的生活。

他动了真感情，眼眶泛红了。

他边说边一本本地拿给我看。我的目光锁定在三本书上。一本是《诗心词人秦少游》，一本是《汪曾祺研究》，还有一本是汪曾祺的《受戒》。家乡两位先贤的著作，特别是关于汪老的书我收藏得不少，唯独没有这两本。

我一再在手上摩挲，不忍丢下。老插是位聪明人，很爽快地说，你喜欢，就送给你，我改日再到旧书摊上淘。

人家好不容易淘来的，而且淘书是其大好，淘书如淘宝，淘到一本好书，难得，我哪能夺爱。两难之下，想了个折中的办法，说是向他借，等他到高邮回访还他。对方笑哈哈地答应了。

本来是一趟玩玩而已的旅程，却获得了意想不到的宝贝，心里当然非常高兴。

回家以后，忙不迭地品味借来的宝贝——汪老的自选集和研究汪老的专著。这两本书还真是淘来的，书的扉页上清清楚楚地写着购书人的姓名和时间。也许购书者万不得已才卖书，而且，看得出购书者确实认真读过，书上留下很多痕迹。尤其是自选集，购者是带着词典读的，多处留下注音释义，比如《岁寒三友》一篇，阅读者对抿、趸、疰、戤、瘌痢、膪、筅、邋遢等词语作了注音和释义。

翻看着自选集诸篇，几乎每篇都有多多少少的注音释义，以及对重点词句段落的勾画。从注音释义的字词、笔者的字迹分析，阅读者的文化层次不是很高。

阅读者的态度是虔诚而认真的。

念此，我的脸上火烧火燎。我于汪老第一次回乡时，在高邮师范礼堂聆听老人家的讲座，而后阅读过《受戒》《大淖记事》诸篇。其后三十年，因岗位时有变动，偶尔阅读汪老的作品，也是泛泛为之，何曾如这位未谋面的他乡之客这般用心、用情、用力地阅读过？

不读，不深读汪老的作品谈学习之传承，无异于缘木求鱼。

再读《汪曾祺研究》（花城出版社，2008 年 4 月第 1 版），就不仅仅是脸上如火在烧，简直就是无地自容。

著者邰宇，江苏姜堰人，职业教师。邰先生在后记中自述："1990年前后我在江苏教育学院读书，周成平老师教我们当代文学。当时我们班开了一次班会，讨论一位当代作家的创作成就。在周老师的鼓励下，我写了一篇综述。那算我第一次涉足文学批评吧。后来，我还在《江苏教育学院学报》上发表了我的第一篇所谓论文《汪曾祺作品语言风格简评》。"

从 1990 年写作第一篇关于汪曾祺作品研究论文开始，作者穷尽二十年之功，著就了《汪曾祺研究》一书。全书十七篇论文，二十万字，系统分析研究了汪曾祺作品的观念、风格、艺术，如《悲悯与温情的变奏曲——论汪曾祺小说母题的生成与变异》《从审美到审丑：论汪曾祺小说的美学变异》《冲淡又深情：〈萧萧〉〈大淖记事〉风格合论》《平民意识与贵族姿态——汪曾祺小说一解》《汪曾祺散文的语言艺术》等篇什中，可见著者阅读之精深，思考之审慎，用功之勤勉。

且不论郜先生的立论是否正确，观点是否独到新颖，也不论其言说之影响广窄，其治学之精神，治学之路径，是值得学习的。

汪曾祺是高邮人，其作品的背景大都是高邮。高邮人在研究汪曾祺方面理应先机在手、捷足先登。可是，现状却不尽如人意，高邮籍作家除少数专家外，论者渺渺，抑或有所论，也是蜻蜓点水，浮光掠影，不成气候，更无发聩之声。近来读王彬彬先生主编的《独领风骚》之汪曾祺研究简目，简目梳理了从 1980 年到 2016 年国内汪曾祺研究论文一百二十余篇，其中高邮籍作家，只有陆建华先生的七篇论文列入其中（20 世纪 80 年代两篇，21 世纪近七年五篇），加上王干、费振钟先生的三篇（王干独立完成两篇，两人联合署名一篇），唯十篇而已矣。当然这个统计不无遗珠之憾，但很能说明问题。

说来惭愧，我也曾被动地写过一篇小文《洒脱的汪老》，且登在省报头条。回视全文，除用意正派之外——不以汪老谋利，亦不以汪老扬名——几无新词，仅仅表达一个乡里后生的文学爱好者对前辈的敬仰。

汪老逝世二十多年，人已走，茶更香，勃勃然兴起汪学热。窃以为根本原因是他的作品益于世道人心，让人读了"心里软软的"，还有一个因素，就是有那么一批如郜宇先生这样的专家学者，不断地探微发幽，使汪老的作品光彩照人，历久弥新。

学习研究传承汪曾祺必须从正心诚意地研读汪曾祺作品入手，从吸收汪学营养埋头创作做起，舍此无他途。一切的炒作、复制、临摹，以至于闹闹嚷嚷，都是毫无意义的。汪老作品的收集整理、出版发行，自有其家人以及专家们为之，何须我引车卖浆、吆喝巷里，我们只管阅读之、研究之、学习之、传承之。这是我读《汪曾祺研究》获得的感受，也是五一泰州之行收获的意外之果。

鸟儿在说什么

人们总是喜欢用"人勤春早"将人和春天联系起来。我以为，春天里，最勤快、最热烈的莫过于树上的鸟儿。

清晨四五点钟，卧室前，高高的银杏树上就传来鸟儿清脆的叫声。我连续几天走到窗户下，拉开窗帘，观察鸟儿的动静，谛听鸟儿的叫声。

那鸟儿叫什么名字，不知道。体形不大，有着彩色的羽毛。有时两只，一上一下，跳跃着，相对而鸣；有时在邻近几棵树上，飞起，又落下，叫声伴随着起落。

看那动作，是轻盈的，听那声音，是欢快的。一点不碍眼，也不刺耳。

鸟儿在说什么呢？我们通常只能用叽叽喳喳来形容鸟儿的叫声。其实并不是这样，它们和人类一样，有它们的语言体系，欢快的，凄厉的，热烈的，悲催的……模仿是有限的，也只能大而化之，笼而统之，绝不可能准确表达鸟儿的情、意、志。

我想，如果我是公冶长就好了，能够听懂鸟儿的语言，而从它们的语言中了解其所思、所想、所盼、所求。

公冶长是孔子的学生，七十二贤之一，亦是孔子的女婿。

公冶长小时家里很穷，父亡母病，很小就到山中打柴，采集果实，供母食用，其孝行感动了鸟儿，得到诸鸟支持，长期相处，竟至彼此语言相通。

有一天，一位老太太在路边哭泣，公冶长相问，何以如此？老太太说，自己的儿子已经几天不见踪影。公冶长说，你可以到某地看看，我听鸟儿们说，某地有一具尸体。老太太赶去一看，果然是自己的儿子，遂报之以官。官府拘捕了公冶长，认为是公冶长杀了人，要不然，怎么知道某某在那里。公冶长说自己懂鸟语。官府哪里相信。后验之以事，果然。公冶长被无罪释放。

这就有了《论语》里的一段记载。

子谓公冶长："可妻也。虽在缧绁之中，非其罪也。"以其子妻之。（《论语·公冶长第五》）

孔子谈到公冶长，说："可把女儿嫁给他。他虽曾被关押，却是无辜的。"于是把自己的女儿嫁给了他。

孔子所说"虽在缧绁，非其罪"，就是公冶长因懂鸟语被关押一事。此事在《论释》等野史中均有记载。

当然，孔子将女儿嫁给公冶长绝不是因为公冶长有特异功能，而是看重公冶长的良好德行，亦即孝行，"孝，仁之本"，孝是仁德的根本，有了孝这个根本，仁才能生长茂盛。

公冶长如果真能听懂鸟语那他是幸福的，他打通了另一个美丽的世界。史实如何，无从考究。但从此处我们感受到先人探究世界的愿望。

在我的认知范围内，鸟是很少的。小时候，在农村，认识了燕子、麻雀、喜鹊、乌鸦、青桩（腿长，于沤田捕食小鱼）、鱼雁、野鸡。

特别是燕子，人人喜欢。到了春天，哪一家，有燕子做窝了，是个让人很开心的事，表示这个家庭喜庆，大人们会反复叮嘱"不能捅燕子窝"，尽管小燕子天天拉屎，堂屋里脏兮兮的，人们也不厌恶。看着小燕子在窝边练翅膀，一天天长大，最终飞走了，很高兴，希望它们来年再来。

麻雀就没有那么好的待遇了，或栖身于屋檐之下，或藏身于草垛之中，捕而食之，是农人们的乐事，何况当时政府将其列为"四害"之一，现在麻雀也平反昭雪了。

后来，农村沤改旱了，水鸟少了。草改瓦（草房改瓦房）、草改煤、煤改气，草檐没了，草垛没了，麻雀也少了。

早些年，到了城里，住在一个没有树、没有草，几乎没有绿色的小区里，看不到鸟的身影，听不到鸟的声音。世界显得单调而无趣。

近些年，大有改观。小区规定了绿化面积，有大树，有绿地，鸟儿多起来，鸟的声音也丰富起来。

古人说，"良禽择木而栖""非木择鸟，鸟择木也"。鸟儿和人类一样，向往美好的环境。人追求宜居，鸟亦然。

我不奢望自己能像公冶长那样懂鸟语，甚至能与鸟儿之间形成顺畅的语言沟通，鸟儿在说什么，对我来说，重要吗？

我只希望，每天有无数的鸟儿伴随着我，有无数种鸟儿的声音出现在我的世界里。

春天如此，四季如此。

吃，是一种修为

吃是人的本能，一生下来，就知道吃。吃贯穿人的一生，一直到终点才停下。

我们可能更多地想到：吃是生命的必需，一个人一定时间内不摄入食物，生命难以延续，但很少想到，吃还是一种修为。

这是我在《论语》的学习中得到的启发。

一万五千余言的《论语》，没有儿女私情的记载，连孔子的日常生活记录也是少而又少，但却用一章专门记载了孔子的"吃"。

《论语·乡党第十》记之：

"食不厌精，脍不厌细。食饐而餲，鱼馁而肉败，不食。色恶，不食。臭恶，不食。失饪，不食。不时，不食。割不正，不食。不得其酱，不食。肉虽多，不使胜食气。唯酒无量，不及乱。沽酒市脯，不食。不撤姜食，不多食。祭于公，不宿肉。祭肉不出三日。出三日，不食之矣。食不语，寝不言。虽疏食菜羹，瓜祭，必齐如也。"

用现代语言表达，有助于我们对内容进行把握和理解。

粮食不嫌舂得精，鱼肉不嫌切得细。饮食腐败了不吃，鱼和肉腐烂了，都不吃。食物颜色变了不吃，气味变了不吃。烹调不当不吃。不合时令的东西不吃。没照正规方法割的肉不吃。没有适当的调味品不吃。肉即使多，但吃的量不超过主食。只有酒不限量，但也不致喝醉。从市面上买的酒和肉干不吃。吃完饭，不撤掉姜碟，但也不多吃。参加国君祭祀得到的祭肉，不留到第二天。自己家里的祭肉，存放不出三天。超过三天，就不吃了。吃饭的时候不交谈，睡觉的时候不说话。即使吃的是粗米饭、菜汤，吃前也要祭一祭，而且表情如斋戒一样严肃恭敬。

大多数人读了这一章后，都认为孔子对饮食的要求挺高，非常讲究，甚至说孔子是一位美食家。

细细品来，所谓的要求挺高、讲究之类，已经超出了文本，实在是读者的想象，因为这一章里，压根儿就没有说到食材，更没有山珍海味、奇珍异馔。

我以为这一章记述的是孔子长期养成的饮食习惯，包含三个方面：卫生的、养生的和养性的。

"食饐而餲，鱼馁而肉败，不食。色恶，不食。臭恶，不食""沽酒市脯，不食""祭于公，不宿肉。祭肉不出三日""食不语，寝不言"，是卫生方面的要求。食物腐烂变质了，吃下去必然引起身体的种种不适。市面上的酒和肉干，难免假冒伪劣。吃饭睡觉时交谈，唾沫四溅，肯定是不卫生的。至于祭肉，存放的时间长，也一定变质，因此提出了时限要求。

"失饪，不食。不时，不食""不得其酱不食""肉虽多，不使胜食气""不撤姜食，不多食"，是养生的要求，烹调不当、食不合时、没有适宜的调味品，以及脂肪摄入太多，都不利养生。姜，通神明，去秽恶，自利养生。

"割不正，不食""唯酒无量，不及乱""虽疏食菜羹，瓜祭，必齐如也"，是养性方面的要求。"正""不及乱""必齐如也"，反映了孔子在吃这个寻常行为中不忘锤炼自己的心性，始终坚持正规、节制和恭敬，绝不苟且，所以反复用了"不"，短短一百来字，竟用了二十二个"不"。

我只是从三个方面对这一章做了粗浅的解读，对这一章最精彩的点评，当是程颢弟子、心学开创者谢良佐。谢氏曰："非极口腹之欲，盖养气、体，不以伤生，当如此。然圣人之所不食，穷口腹者或反食之，欲心胜而不暇择也。"

谢氏的点评不仅高度概括了这一章的主旨,"圣人饮食如此,非极口腹之欲,盖养气、体,不以伤生",说圣人这样的饮食,不是为了满足口腹的欲望,而是为了养气、养体、不伤生,而且犀利地指出一般人饮食之弊陋,说圣人不吃的,而那些为了满足口腹之享者,反而吃得厉害,这些人口腹之欲太甚,顾不上选择。

明于此,不是圣人太讲究,而是我们太不讲究,不是圣人太规矩,而是我们太不规矩。

读了谢氏这段点评,我的脸上火辣辣的,不禁汗下,他仿佛不是针对宋人说的,而是针对一千多年后今天的我们说的。

环顾今天的餐桌,光是食材,已经离"割不正,不食"相去甚远了,更谈不上"虽疏食菜羹,瓜祭,必齐如也",哪还讲规矩,哪还有敬畏。

山上的猛虎,树上的喜鹊,草垛里的黄鼠狼,就连非禽非兽的油老鼠(蝙蝠)都上了餐桌。有些人对食材的要求,似乎是越猛越高档,越奇越有品位,越怪越有面子,越瘆越刺激。有人曾大言不惭地说,天上除了两只翅膀的飞机不吃,其他通吃,地上除了四条腿的板凳不吃,无所不吃。这是能耐吗?唉……

吃则吃矣。人类有工具,有方法,那些飞禽猛兽,只能成为盘中餐。禽兽无言,但后果还是在人类身上反映出来了。吃出了疾病,再这样吃下去,还不知道会吃出什么。

孔子的弟子们,大多非圣即贤,他们也许预料到人类会在吃上出问题,故不吝竹木,专此一章,告诉我们:吃,是人的本能,但吃什么、吃多少、怎么吃、能不能吃,是一种修为。

朋友有用吗

一

曾经不止一个人问我："朋友，有用吗？"

这个问题总觉得味道不对，但我还是不假思索地回答："当然有用了。"

他们都看着我一言不发，摆出明显不相信的姿态。

我说："朋友在你犯迷糊的时候，可以给你提醒；在你消极的时候，可以给你信心；在你落难的时候，可以给你支持。人的一生中，交几个哪怕一个好友，是终生幸事。"

我还列举自己亲身经历的事情加以佐证。有一年，我在事业上特别不顺畅，做什么赔什么，干什么亏什么，要什么没有什么，真是喝冷水都塞牙。我一时心灰意冷，真想退出"江湖"，回归乡里。我儿时的一位朋友，不离不弃地跟着我，时不时给我鼓劲，给我支持。一心一意地帮我渡过了难关。

有人说："那是你遇到了好朋友，并不是所有人都能遇见好人的。"

有人苦叽叽地诉说："正是带着朋友间应该相互关心、相互支持的想法，一个朋友在经营资金短缺的时候，向我借钱，我想都没想，一出手就借给他一百万元，都没有让他写字据。一年后，我要添置设备，向他要钱，他居然说，你这人怎么这样不地道，你家大业大，还在乎这几个小钱啊。后来竟然人间蒸发了，一百万打了水漂，也买了一个教训。我当时就想，背后捅刀子的往往是熟人，是朋友。"

还有一人说："你去看看，哪一个落马的官员，与他们的朋友无关？大都是祸起萧墙，被朋友拉下马的。我们那里有一名干部与一个老板关系好，还拜了兄弟，后来因为一件小事，两人闹僵了，那个为兄的老板将干部弟弟告了。结果，老板因行贿入刑，弟弟因受贿坐牢。"

我听着他们的故事，说："这不怪朋友，是你们没弄明白朋友的真正含义。"

生活中，不只是这两位对朋友的认识不足，不少人，对朋友的认识都存在着误区。

二

孔子的学生曾参说："君子以文会友，以友辅仁。"也就是说，品德高尚的人是用文章学问与朋友聚会，用朋友帮助自己提高德行。

短短十个字，既交代了交友的方式不是金钱，不是酒肉，更不是不可告人的利益，而是文章学问，也指出了交友的目的，不是想通过朋友得到晋升、获得好处，而是通过朋友的帮助，提高自己品德修养。交友的落脚点在品德修养上。

由此，我想：交友前，我们首先要审视自己是不是一个品德高尚的君子，问一问自己，交这个朋友的目的何在？

如果自己的品行不端，用心不良，怎么能交到好友呢，那不是缘木求鱼吗？

那些因朋友告发而落马的官员，他们与人相处的用心就不正，他们利用手中的权力大搞权钱交易、权色交易，维系他们关系的不是感情，不是品德，而是赤裸裸的金钱，一旦利益关系失衡，朋友之舟就会立马倾覆。

欲交良友，自身必良。

三

古人说，同志为友。意思是说，只有志同道合者才能成为朋友，强调的是志和道。

有人说，与朋友绝交的最好办法，是向朋友借钱。言下之意，朋友间，不要发生利益关系，朋友间染上铜臭，就无所谓朋友。

朋友，更多的意义在于学业上相互促进，意志上相互砥砺，志趣上相互提升。

如果这样处理朋友关系，朋友自然是有用的，也是有益的。

如果将朋友建立酒肉上、利益上以及庸俗的娱乐上，朋友非但无用，而且是十分有害的。

交友，以势交、以利交，终不能长久。这就是隋朝哲学家王通所说的，"以势交者，势倾则绝；以利交者，利穷则散。故君子不与也"。只有以心交，以情交，以德交，才能成为挚友、久友。

交友要慎重，不能贸然行之。有的人常常是一见钟情，一杯酒下肚，就是朋友了，这样的朋友一点感情基础也没有，如同建筑在沙滩上的房屋，根本立不起来，倒塌是必然的。交友前要进行适当的考察，看看他平时与哪些人交往，看看他日常从事哪些活动，听听他见面时都与你说些什么。如果这个人身边走动的都是不三不四的人，从事的都是吃饭打牌的活动，说的都是下三烂的话语，以及经常无端议论别人的长长短短，这种人不但不能与之相交，还要敬而远之。

友谊是圣洁的，高尚的，温馨的，无用处有用，欲用时无用。全看你想怎么用。

孔子的一位朋友死了，没有人安葬。孔子二话不说，主动帮助朋友料理后事。（原文：朋友死，无所归，曰："于我殡。"——《论语·乡党第十》）

能说朋友没用吗？

巍巍微山

一

大雪无雪，风清日丽。

大雪（12月7日）那天上午，与诸友乘快艇于微山湖上。

微山湖浩浩汤汤，横无际涯。

快艇似离弦之箭，在寒光闪闪的湖面上飞驰。

冽风如芒如刺，突破一道道防御，直砭骨肉。

友人大叫"冷，太冷了"，头缩进了衣领。

我自然也冷得不行，但我的心里有着热切的期盼。

这是早已规划的行程，从春到夏，越秋至冬，一拖再拖。

我之此行，不是旅游。谁也不会在这个季节到湖上游玩。

我是去微山岛，登微山，谒微子墓。

二

微山本无名，因微子而得名。

微山湖亦本无名，因微山而称之。

微山不高，海拔仅九十多米。微子墓即在微山上。

我们过牌楼，拾级而上，进入微子祠。对着表情庄重的微子塑像，我深深鞠躬。

祠堂正中的一块匾额，引起我的注意，四个篆书大字熠熠生辉——"仁参箕比"。这是对微子的崇高评价，也是历史的回响。

三

微子是商纣王帝辛的哥哥，箕、比是帝辛的两位叔叔。

商纣王是历史上的暴君之一，其谥号即是其一生行为的总结。

商纣王肉林酒池，荒淫无道。箕子、比干、微子，屡屡进谏，非但无效，反遭迫害。

箕子佯狂为奴，比干惨遭剖心，微子逃离朝歌。

得道者多助，失道者寡助。

周武王以弱小之力，横扫殷商。

微子带着一群殷商遗民，手捧宗庙祭器，肉袒面缚，投降周武王。微子回到原来的封地，殷商遗民得以开始新的生活。

对此，历史从来都是毁誉参半。

誉者赞微子深明大义，顺应世变，以己之委曲保殷民之安。

毁者抨微子背叛殷商，以殷商之亡求个人之利。

呜呼！与暴君同流合污为忠乎？让无辜的生民惨死于刀戟之下，为仁乎？

历史不以毁誉者左右。武庚作乱被平息后，周公因微子之仁及在殷民中影响之巨，封于宋。微子乃宋国的开国君主，安抚殷民，传承延续殷之风俗民情。

孔子是殷商遗民之后，微子是其远祖。

信而好古的孔子对微子的行状一定是非常清楚的。

微子去之，箕子为之奴，比干谏而死。孔子曰："殷有三仁焉。"（《论语·微子篇第十八》）

202

孔子将微子与箕子、比干并列而论，称之为仁。可见，微子之举尽显仁义，非如毁者所论。

司马迁在《史记·宋微子世家第八》里也作了记述："微子故能仁贤，乃代武庚，故殷之余民甚戴爱之。"

四

一位三千年前的古人，不为风雨所蚀，不被尘埃所掩，穿越时空，巍然屹立，为世代纪颂拥戴，非至仁至义者而不能致。

正应了孔子言："仁者寿。"

微山不高，不盈百米。山不在高，有仙则名。微山因微子足以比肩五岳。

别了微子祠。原路返回，回望微山，不由赞叹："巍巍乎微山！"

卷三

他从贫困中走来

——记泗洪县农民专业合作社联合会会长程智

2020 年 1 月 25 日，正是大年初一，家家户户沉浸在浓烈的春节氛围中，江苏省人民政府启动了突发公共卫生事件一级响应。随后的 26 日，江苏省所辖的十三个市，也迅即启动了一级响应。

一律停止大型群众性活动，非市民日常必需的场所全面停止营业，车站、国道、省道、高速公路口等处设立留检站，实施严格消毒管理。

所有的措施都指向了防疫抗疫，一场群防群控的抗疫之战在各地打响。

地处洪泽湖畔的泗洪县，行动之快，防控之严，不输他地。保持一方净土，维护人民生命安全，是每一位地方领导的愿望，也是每一个公民应该密切配合的义务。

可是，城门封闭，进出受限，与泗洪的特色产业产生了尖锐的冲突。

泗洪是著名的螃蟹之乡，全县河蟹养殖保持在十八万亩左右。河蟹销售于每年的重阳节后进入高峰。蟹农们为了拉长销售期，实现错时销售，提高养殖效益，往往将螃蟹暂养起来，于春节期间投放市场。

据泗洪县相关部门统计，全县大约有五万亩成蟹暂养在塘里，如果不及时销售，螃蟹就会死亡，蟹农们一年的劳动将付诸东流，更为严峻的是，有部分蟹农是建档立卡户，很可能因此而返贫。

农业主管部门负责人急了："城门封了，物流进不来，螃蟹出不去，可不能眼睁睁地看着螃蟹死在塘里啊！"

有人提出："找农民专业合作社联合会的程会长商量,看看他有什么办法?"

看着每天死亡的螃蟹,蟹农们心急如焚。

泗洪县陈圩乡第一渔场负责人,正月初十清晨,戴着口罩,一路问到程会长家,简单自我介绍后,急匆匆地说:"程会长,我们渔场暂养了五十万斤螃蟹,原以为开年能卖个好价钱,谁知遇上了疫情。这可怎么办呢?建档户王桂朝养了二十多亩,四千多斤蟹,全部养在塘里,他们可是押上了全部身家,一旦死了,那是要出大事的。"

程会长被说得一愣一愣的,稍稍理了理头绪,说:"县里领导很重视,我们联合会也着急,但是现在正处在疫情防控的关键时段,只有先联系,没有什么好办法。"

"程会长,我们知道你是能人,你外面的路子粗、人脉广,一定要帮帮我们。我是代表全场养殖户来求您帮忙的。"渔场负责人没等程会长讲完,神情沮丧地近乎哀求。

"您先回去,让养殖户一定要关注螃蟹的生长状况,如发疾病,一定要及时告诉我。"

程会长送走了渔场负责人,心里很沉重。螃蟹能不能销出去,连系着万千家庭的生活。

这个被称为程会长的,是泗洪本地人,名叫程智,从事水产养殖、销售已经二十多年。在水产界,人们也许不知道程会长,甚至不知道程智,但提到程老四,很少有人不认识。南到粤闽,北至京津辽吉,东部的苏浙沪等大中城市水产品批发市场,程老四螃蟹那可是叫得响的品牌。

正常年景,春节前后,向程智订货的电话,一天会有无数通。今年从正月初一开始,程智从早到晚,所做的唯一一件事,就是与外地批发市场老板通电话,寻求支持。人家回答很直接:"只要你运进来,我们就帮你销,赚多少不谈,哪怕稍赔点,哪怕先存入冷库,我们也帮你做,大难之年，一定帮一把。"程智被朋友的一番话感动得几近哽咽。这真是患难见真情啊。

每天都有若干个认识不认识的蟹农找上门，请求帮助销蟹。看着乡亲们焦急的眼神，程智知道他们的难，程智也希望通过自己的努力，帮乡亲们一把，将蟹销出去，收获应有的劳动成果。可是，车子进出却不是自己能够做主的。

程智一连多日，向领导汇报，找相关部门商量，能不能通过绿色通道将螃蟹运出去。

市、县领导高度重视，组织多个部门会商，认为，螃蟹是农产品，可以通过绿色通道运送，但必须严格按照防疫要求，对产品进行检测，绝不能让问题产品流出县域，对车辆进行消毒，工作人员配备防护用品。车辆与随车人员返程后，要经过医护人员的严格检查。

程智按照领导要求，联合会兵分三路精心准备。程智负责联系销路，副会长潘裴负责调度车辆，将塘口的螃蟹运到城郊的一个空地上，集中装车。副会长王大新负责车辆消毒，给每车配发防护物品。

泗洪县暂养蟹在四千吨以上，不可能一时销出去。程智提出，优先销售建档立卡户的螃蟹，不能使他们因滞销而返贫。程智的提议得到了大家的一致响应。

元宵节的第二天，正月十六，朝阳初升，空气中散发着淡淡的腥味。六辆满载一百八十吨螃蟹的加长卡车，一溜儿排开。由于防疫限制，没有举行出征仪式，但是数十位蟹农早早从田野里赶来送行。

每辆卡车两侧都张贴着横幅。一侧是"防疫抗疫，人人有责"；一侧是"泗洪县农产品急运"，挂着"农产品绿色通行"标识的蟹车终于驶出县城。

看着远去的蟹车，程智兴奋了，蟹农们兴奋了。

如此，从正月十六到二月十一，程智和他的同伴们没日没夜地干了二十五天。这二十五天，程智几乎没有睡过一夜舒坦的觉，没有吃过一顿完整的饭。要打电话询问车辆运行情况，要对接第二天第三天送货的地点。计划赶不上变化，想象不到的事太多了。

有一天，三辆运往南方某地的螃蟹，到了入口，却不让进。螃蟹是生鲜产品，容不得长时间滞留。这可急坏了程智，紧急联系下一家，好在，对方很爽快，有惊无险，三车螃蟹顺利到达，顺利卸车。

二十五天，运出去一百二十车螃蟹，总重超过三千吨，销售额达到一点八亿元。

二十五天，用于购买消毒等防疫用品的费用超过十二万元，合作社联合会是民间协会，没有收入，向蟹农们摊派，程智开不了口。程智说，今年的螃蟹价格不高，蟹农们已经损失不小，其中还有为数不少的低收入农户，这点费用就由我个人承担吧。

不少镇村向联合会和程智送来锦旗。还有几位养殖大户提出，给程智报酬。他们是真心实意的。他们感慨，不是程会长出手相助，他们就惨了，程会长帮全县销了亿元螃蟹，实际上就是挽回了亿元以上的经济损失，不能让他辛苦再贴钱。

程智都婉言谢绝了。程智表示，有能力帮助乡亲们做点事，是应该的，也是快乐的。

一般人听来，以为程智说的是套话，是表面文章，其实，这是程智深藏在心底多年的愿望、多年的梦想。

自己脱贫致富，才有能力帮助他人脱贫致富

程智出生于1973年，原泗洪县重岗乡董沟村人（现重岗街道董沟社区）。程智说，童年的记忆很模糊，但有一点是很清晰的，那就是父母整日为一家人的吃穿操心。

1993 年 6 月，程智从泗洪县职业中学会计班毕业。毕业后要么在城里打工，城里的工商企业很少，想打工都难；要么回家种地，与父母一起耕种责任田。

　　程智在家里排行老四，上面有三个哥哥。熟悉的人都叫他老四。

　　老四家和村里所有家庭一样，日子过得都很紧。一家六口挤在四间老式农舍里，家里收入就是几亩责任田之所出。程智在城里上学的费用都是紧紧巴巴七拼八凑的。

　　程智知道，泗洪是省扶贫开发重点县，省里已经派出帮扶工作队，进驻泗洪开展扶贫工作。程智想，就凭几亩薄田，能够摆脱贫困吗？

　　程智不想回家种田，他想外出去闯闯。

　　父母不同意，父亲说："你个二十岁的毛头小伙儿，外面没有熟人，又没有本事，能闯出什么名堂？"

　　程智不服气："到外面随便做什么，也比在家里种几亩田好。我们上届几位师姐师兄到上海北京打工，一个月能挣大几百元。他们能外出，我为什么不能，我缺胳膊少腿吗？"

　　其实根本就没有那么几位师姐师兄，程智以此说服父母，也表明自己外出闯荡的决心。

　　父母虽然不舍，但拗不过老四的倔强。凑了几百元，放程智远行了。

　　程智第一站选择上海。经过几天的敲门应聘，终于被位于虹口区的一家农产品批发市场接纳。具体工作内容是打杂，上货、卸货、打扫、维持秩序，无所不做。但待遇不错，管吃管住，月薪达千元。

　　农产品批发市场打杂的工作很辛苦，夜间 11 点开始工作，一直干到次日上午 10 点，接近十二个小时，手不停脚不停，一身腥臊一身汗水。程智年轻力壮，老板让干的，干得漂漂亮亮的，老板不让干的，只要看到，也主动去干。一两个月下来，市场里老老少少也开始叫老四了。程智越干越顺手，越干越觉得有意思。半年下来，老板主动为他加薪，还常带他到产品生产地考察，到江苏看大闸蟹，到山东看大蒜，到东北看大米。

程智有时想，我的家乡有螃蟹，有大米，有很多很多农产品，为什么不能运到上海卖呢？他想建议老板到家乡看看，但是那时到泗洪的路太难走了，进出泗洪只有一条石子路。

程智常常在午后或者晚上到市场周边走走，宽阔的马路，闪烁的灯光，熙熙攘攘的行人，引发程智无边的遐想。哪一天家乡那些晴天满天灰、雨天泥浆飞的道路，变成这样就好了。

理想很丰满，现实很骨感。理想与现实之间隔着遥远的距离。到了夜间 11 点，必须准时到市场上班，与鱼虾做伴，与商人共舞。

在市场上班累、脏，身上总有洗不尽的怪味。但程智却喜欢上了这项在别人看来的低档工作。一年不到，他由打杂人员晋升为市场管理者，薪资提高是必然的，一个月的收入几乎是家乡一个家庭的全年收入。程智看重的不是这个，而是有机会参与谈判，有机会与大的供货商交流。一年时间内，程智学会了谈判，学会了看货。一只螃蟹拿到手，就知道质量优劣，斤重多少。

二十多年后的今天，程智还感叹："上海的那个农产品批发市场不仅给了我饭碗，还给了我智慧，是我起跑的跳板。老板和那些商贩是我的良师益友。"

为了多增长见识、开阔视野，一年半后，程智离开上海，到了北京某农产品批发市场。真是无巧不成书。偏偏北京市场的老板与上海那家市场的老板是朋友，凭借在上海市场的出色表现，一进北京市场就得到重用。

农产品批发市场所做的工作都是大同小异。只不过，北京市场规模更大，品种更多，看到的听到的大大异于上海。北京市场真的是聚全国卖全国，凡全国有名的农产品，在这里都可买到，大大丰富了程智对农产品的认知。

此后，程智又去过杭州、温州、厦门、南京等大中城市，都是在农产品批发市场里干活。

有人或许以为程智一定是得罪了人，或者是工作不出彩，而被老板炒鱿鱼，所以不得不频频换地方。

程智每走一地，都结交了一批朋友，织成了一张关系网。到现在还在享受着人脉的红利。

那他为什么要"朝秦暮楚"呢？程智的一位朋友曾说："程智这家伙鬼着呢，他不是去打工的，是去交友的，不是去赚钱的，是去游学的。"程智只是笑笑，不置可否。

程智在外面转悠五年多，这期间很少回家。但他一直想着家乡，想着在地里干活的父母，想着辛辛苦苦过日子的乡里乡亲，想着哪一天能回家乡做点什么。在外面干得再好，也只是打工的，也仅仅是赚点钱，回到家乡就如同叶子回归树干，至少为大树增点绿色。

机会从来垂青有准备的人。1999 年 8 月，家人传来消息，县委县政府出台了"走水路、奔小康"的特色富民政策，鼓励在外务工人员返乡创业，大力发展水产业。

程智感到机会来了，这些年，自己从事的不就是水产品吗？有这么多市场资源，能产出来还愁卖不掉？程智决定回家乡干一场。

程智把自己准备回乡养殖水产品的想法，告诉一路走过的市场老板以及大大小小的商贩们。他们都表示支持，而且承诺，只要货色好，一定给个好价钱。

经过综合考虑，程智选择养殖螃蟹。螃蟹养殖在泗洪是传统产业，蟹农们积累了丰富的养殖经验和技术。

程智筹措了二百八十万元，流转了八百亩土地，加入了蟹农的行列。

养鱼养蟹，看上去是粗活，其实技术含量挺高，绝不亚于鱼缸里养鱼。

就养蟹来说，程序很复杂。蟹塘消毒、防杂（防黑鱼等杂鱼进入，吞食蟹苗）、选苗、选饲料、增氧、防病、水温水色水位，一个环节大意，就可能满盘皆输。

程智走出校门，从事的是水产交易，属第三产业，而养殖是第一产业，隔行如隔山。

如何养蟹，如何养好螃蟹，成了横亘在程智面前的一道大山般的难题。

头脑活络的程智居然走出了一盘利己利人的活棋。

程智周围有几十户养蟹，他们多年养殖，蟹的产量高，质量也好。但他们有他们的难题，最大难题是销路，急于出蟹，常常遭到商贩们压级压价，丰产不能丰收。

他们知道程智有路子，主动提出辅导程智养螃蟹，程智帮助他们销蟹。彼此一拍即合。

程智以"市场换技术"一举成功，成为佳话。大伙儿调侃，人家程智走的是我国改革开放初期的路子——以市场换技术，是国家道路，想不成功都不行。

程智自豪地说："当初养蟹，不少人为我捏把汗，哪知道，我一路顺风，养得挺好，卖得也挺好。"

渐渐地，程智在养殖圈内的名气越来越大，很多养殖户请程智帮助销螃蟹。身边的养殖户日渐增多。可是，品种不同，规格不一，质量参差不齐，销售受阻，而且价格偏低，严重影响了养殖效益。

2012年，在政府相关职能部门的指导下，程智牵头成立了泗洪县程老四水产养殖专业合作社，抱团发展，规避风险。合作社拥有社员六十五户，其中低收入农户占三成以上，养殖面积超过四千亩。

合作社严格按照"八统一、两规范"模式开展生产经营，即统一供苗、统一技术指导、统一防病治病、统一生产规程、统一品牌、统一包装、统一销售、统一培训；规范用料用药、规范生态保护。

合作社还经常邀请专家到池边塘头巡视，及时解决养殖户的技术难题。

管理规范，养殖科学，信守承诺，合作社赢得了良好的外部形象和口碑。合作社养殖基地于 2013 年通过农业部无公害基地验收。2014 年被批准为"农业部水产养殖示范基地"。

合作社生产的"水韵一品"泗洪大闸蟹，在市场上成为抢手货，多次在全国评比中荣获大奖。社员收益显著提高，不仅产得出、卖得掉，而且每户每年增收两万元以上。

程老四水产养殖合作社的成功运行，在泗洪产生了蝴蝶效应，一批螃蟹养殖户要求加入进来，而且，不同类型的农民专业合作社如雨后春笋般涌现出来。

这就是示范效应，这就是榜样的力量。

在合作社内，程智既要养好自己的螃蟹，还要关心社员们的养殖，更要随时掌握市场行情，蹲守塘头，走访社员，调研市场，忙得程智不知道白天黑夜。

程智想到，专业人做专业事，不如将塘口让给别人，自己就专事销售，精力集中，才能做好、做精。

程智全身心投入市场营销，一方面注重提高品质，打造品牌，一方面注重市场开拓，在巩固老关系的基础上，着眼更广的布局。

程智曾对朋友说："螃蟹销售季节，你不论在全国哪一个大中城市，一个电话，我保管半小时之内，将螃蟹送到。"

泗洪当地一名官员说："这不是海夸，是事实，程智的销售网点已经有两百多个。近年来，又借助网络，销售的触角伸得更远了。"

程智销售的螃蟹以规格大、质量好、价格高，赢得了回头客，发展了新客源。

螃蟹市场上有一句话，叫作要买大蟹找程智，要买好蟹贵蟹找程智。

程智俨然成了著名的螃蟹品牌。

程智通过二十多年的艰苦创业，早已告别贫困，步入小康。

对于自己的成功，程智认为，在大众创业、万众创新的大背景下，任何人只要想奋斗、敢奋斗、开动脑筋奋斗，都能获得或大或小的成功，没有人享有成功的专利。

对于随处可见可闻的扶贫脱贫，程智也有自己的想法。他时常对身边人说："只有自己脱贫致富了，才有能力帮助他人脱贫致富。否则，只能是挂在嘴上的口号，或者是贴在身上的标签，对实践，对他人毫无意义。脱贫致富，仅有良好的愿望是远远不够的。"

这是一句大实话，也是切身体会。如果程智没有强大的销售能力，在疫情防控甚严的春节期间，怎么能销出去三千多吨螃蟹呢？如果没有一定的经济实力，怎么能掏出十二万元，贴补螃蟹外运的费用呢？

程智是一个脑子闲不住的人，他善于发现问题，又善于寻找解决问题的办法。针对全县农字头合作社增多（达到一百八十多家），但总体小、散、乱的状况，2018 年，他向县有关部门呼吁成立泗洪县农民专业合作社联合会，县委县政府积极支持，召开了高规格的成立大会，程智以高票当选会长，全国劳模潘裴、省劳模王大新当选副会长。成立后的联合会，引导各专业合作社制定章程，规范管理；组建了工会，创建了劳模工作室，自建了微信公众号"泗洪农合"。程智说，成立联合会就是要在"合"字上做文章：对内，合心，一门心思脱贫致富奔小康，合情，情系社员、情系家乡，合力，合力做公益、合力强发展；对外，合成规模，抗风险、争市场，合成影响，创品牌、争效益。

"泗洪农合"在程智一班人的带领下，凝聚力、带动力、影响力不断增强，在泗洪由农业大县向农业强县发展的过程中，发挥着强劲的作用，在脱贫攻坚奔小康征程中，屡屡有出色的表现。

很显然，程智从回乡创业到发起、成立水产养殖专业合作社，再到呼吁成立专业合作社联合会，都在试图处理好自己脱贫致富与他人脱贫致富、自我发展与共同发展的关系。

一个人做，只能做一点；一群人做，才能做一片

据泗洪县政府扶贫办负责人介绍，泗洪县是"十三五"时期全省十二个实施脱贫致富奔小康工程的重点县（区）之一，全省六大集中连片贫困地区，泗洪占有西南岗和成子湖两个，全县有三万八千户、十一万九千低收入人口，三十五个省定经济薄弱村。要在"十三五"期间完成"一个不少、一户不落"的脱贫攻坚任务，压力显然是很大的。

奇迹都是人创造的。仅仅四年，泗洪县就摘掉了省扶贫开发重点县的帽子，整整提前一年完成脱贫攻坚任务。截至 2019 年年底，泗洪县所有低收入农户家庭人均年收入全部超过六千元、平均达一万零三百二十二点八五元；三十五个省定经济薄弱村集体经营性收入全部超过十八万元、平均达四十六点三八万元。2019 年，江苏省冲刺脱贫攻坚重点工作现场推进会在泗洪召开。

那位负责人坦言，泗洪在脱贫攻坚奔小康过程中，之所以取得如此业绩，得益于省委省政府从 1992 年开始，对苏北始终如一的关注支持；得益于南北结对共建的落实落细；得益于历届帮扶工作队的忘我奉献；得益于县乡村三级干部的坚持不懈、创新创造；更得益于社会力量的广泛参与。无论如何，人民群众是脱贫攻坚的主体力量。

乍一听，是表扬和自我表扬的官场语言，其实是简明扼要回顾了二十多年来从省到村五级，矢志不渝攻克贫困、共赴小康的艰苦卓绝的过程。

那位负责人特别强调，社会力量的广泛参与，是一股不可小觑的力量。他们不仅贡献财物，还分享智慧和经验，他们自身脱贫致富的经历就是非常生动鲜活的教材，具有很强的感染力和说服力。

他一口气列举了多个代表性人物，其中就有程智。

提到贫困，程智有着刻骨铭心的记忆。小时候家里穷，自不必说，如果不是穷得要命，他也不可能弱冠之年背井离乡，外出讨生活。

最让他难忘的是，打工期间与职校同学处对象，对方是泗洪城里人。程智倒没有想那么多，以为谈对象是两个人的事，只要两情相悦，与城里乡下没关系。谁知，关系大了去了。对方父母一听男方是乡下人，坚决不同意，找人来做程智的思想工作，让程智主动退出。

程智听说对方的父母不同意，理由是程智为乡下人。程智很愤怒，乡下人怎么啦，乡下人不就是穷吗？穷是我的错吗，穷能生根吗？最终还是成婚了，但对方父母却纠结了好长时间。

程智说："我虽然不是大款，不是富豪，但我最心疼别人穷困，最看不得穷人无助无力，我是从穷困中走过来的，我知道贫困的滋味，我懂得他们的甘苦。"

程智回乡创业后，几乎每年腊月都要购买些大米、食油等食品慰问村里的孤寡老人，给家庭经济困难的子女添置学习用具。

董沟社区党组织负责人陈金春感叹："现在像程智这样的热心人、好心人不是很多了。他每年都要回村慰问老人穷人，多数时候，我们都不知道。平时，他经常主动联系我们，问有什么困难，需要他做什么。去年，一次闲谈中我告诉他：'村里有些中老年妇女在家没事干，如果能够找点活干干，既能增加收入，也可以丰富她们的生活，减少社会矛盾。'话说不久，他就引来了连云港一家生产圆珠笔的出口企业，将组装工序安排在我们社区。那家企业还真的很负责，免费培训了三百多人，安排五十多人组装圆珠笔，每人每天可以挣六十至八十元。程智都没有喝村里一口水。他还主动帮扶社区内的石绍友、董月兰两户特殊困难户，几年来，每年四次上门帮扶，从不间断。人家感谢他，要回送他农产品、要送他锦旗，他坚决拒绝。他安慰对方：'都是喝一条河里的水长大的，我帮你一点，不影响我的生活，你们生活好起来，我的心情就好了，这是拿钱买不到的。'在董沟社区，提到程智，没人不夸好，没人不竖大拇指。"

陈金春如数家珍，脸上满溢着激动和自豪。陈金春说："这些年，程智在社区帮扶上到底花了多少钱，他没说过，我们也没有详细统计过，应该是个不小的数字。"

程智在帮扶上所体现的爱不是小爱，是大爱，不是一村一舍，而是整个泗洪。一听到哪里有灾情，哪里有需要，他会立即行动。

2018年8月，泗洪县临淮镇水域受污水的直接影响，不少养殖户几乎绝收，生产生活出现了困难，程智及时采购价值三万多元的大米、面粉、食油等生活用品送给受灾群众，并主动帮助协调资金，提供技术和销售渠道，全力支持受灾群众恢复生产，走出困境。

受灾群众万分感动，有的群众说："我们只听说程智大名，却从无交往，人家能给素不相识的我们伸出援助之手，真是不简单。"

2019年6月2日，程智又一次走进临淮，给该镇溧河村五十八户低收入农户带去三万余元的生活用品。

该镇党委政府没有征得程智同意，悄悄送来了一面锦旗。程智有点不高兴，说："我不是为了锦旗而帮扶的，一个人在不影响自己生活生产的前提下，为贫困家庭做点事，是完全应该的，人都有困难的时候，我也曾得到过别人的帮助。"

程智办公室的墙壁上挂满了锦旗。那一面面的锦旗，是群众对程智帮扶行为的赞颂，也是程智无私奉献的真实映照。

程智扶贫没有半点儿组织意图，都是自觉自愿的。他做得真实，做得持久，也做得富有成效。受他帮助的人不计其数，但他从来不求回报。

在漫长的帮扶过程中，程智越发感到，面对众多需要帮助的乡亲，一个人的力量是有限的，所付出的也可能是杯水车薪。他曾由衷地说："一个人无论能力多大，只能做一点，一群人做，才能做一片。"

有了这样的想法，他便利用专业合作社和合作社联合会的平台，联合更多的人做公益促脱贫，联合会副会长潘裴、王大新率先加入其中。

潘裴是八零后大学生，先后在上海、北京打工，薪酬可观。2012年毅然回乡从事水产养殖，养殖小龙虾三千多亩，带动两千人从事小龙虾养殖，在七个省定经济薄弱村设立养殖基地，创办了小龙虾加工厂，吸纳村民就地就业，帮助数百户养殖户摆脱贫困，走上致富之路。潘裴荣誉加身，光环耀眼，是全国青年创业致富带头人，是江苏省五一劳动奖章获得者，今年，又被评为全国劳动模范。

王大新也是土生土长的农民企业家，养殖螃蟹二十年。2008年发起成立泗洪县徐城水产养殖专业合作社，有社员一百五十八户，其中三分之一是低收入农户，养殖规模超过两千八百亩，以育蟹苗、虾苗和立体养殖为主。几十年养殖路上，急他人之急，救他人之难，得到当地群众的一致好评，是多年的省劳动模范。

程智本人是全国首届农民专业合作社明星理事长，宿迁市五一劳动奖章获得者，宿迁市劳动模范。

三位劳模强强联手，三颗赤诚之心自愿碰撞，迸发出无穷的魅力和能量。

三位会长在养殖的繁忙季节，不间断地抽出时间，有专题、有侧重地走访会员，开展助产助销活动，遇到矛盾和困难，不回避，不退让，主动给予扶助和支持。

2019年5月3日，三人领头赴省定经济薄弱村半城镇洪安村开展产业扶贫调研，当了解到该村贫困户赵辉、刘加美、王守成因养殖螃蟹亏损而走不出贫困时，三人出谋划策，让三家改养螃蟹为育蟹苗，免费为三家提供蟹仔和专家技术服务，承诺按每亩盈利不低于八千元收购。当年，三户获纯利都超过十万元。

2016年，泗洪县在全国首创"互联网＋保险公司＋扶贫"的"扶贫100"保险精准扶贫模式，通过政府出资以及向社会募集资金等渠道，牵手江苏人保财险为全县所有建档立卡低收入人口每人购买一份100元的综合商业保险，当这些家庭遇到子女升学、生病、意外伤害以及财产受损等情形时，在享受原有体制内普惠制保障外，还可从"扶贫100"中获得保险公司的赔付补偿。

这是脱贫双保险，是防贫新举措。

自活动开展以来，程智都是一马当先，广泛宣传，主动捐款。联合会成立后，积极组织联合会班子成员捐款，倡导各专业合作社奉献爱心。四届活动，程智、潘裴、王大新等个人以及所在的专业合作社捐款已经远远超出百万元。

脱贫攻坚奔小康犹如一条逆水而上的巨舟，一个桨手，一名纤夫，纵使力能扛鼎，也不能移巨舟之半步，只有无数名桨手、纤夫勠力同心，奋勇向前，才能使巨舟劈风斩浪，不断向前。

程智是桨手，是纤夫，也是万千桨手、纤夫的领头羊。

只有加快发展，才能真正拔穷根奔小康

泗洪县虽然于2019年完成了核心指标的脱贫，但县委县政府领导十分清醒，充分认识到脱贫的基础还很脆弱，距离全面建成小康社会还有不小差距。因此，在疫情防控形势仍很严峻的情况下，多次召开脱贫攻坚奔小康会议，认真找差距，排弱项，补短板，把着力点放在加快新项目、大项目建设上，切实做到以项目强村，以项目富民，以项目兴县，

新一轮发展高潮正在泗洪掀起。

程智以多年练就的灵敏的市场嗅觉，嗅到了又一波发展机遇。他对联合会班子成员说，我们要充分利用县镇村基地设施逐步完善的有利条件，充分利用金融支持小微企业和农村新型经营主体加快发展的宽松政策，在各类专业合作社强身健体上下功夫，在养殖规模化、示范化、标准化、生态化上动真格，养出最好的蟹、最美的虾、最叫卖的鱼，制造出最受消费者喜爱的泗洪农产品，让泗洪水产品行销天下，使农民从养殖中获益增收，拔穷根，奔小康。

程智清楚家乡农业的短处，简单地说，就是生产有余，加工不足，出售的大多是原初农产品，没有加工增值，一二三产业得不到融合发展。第二产业介入农业，如同一根扁担，就可以挑起第一第三产业。程智一直想上农产品加工项目，苦于没有成熟的产品，也没有充裕的资金支持。这就像一个梦，一直萦绕着程智。

2018 年 6 月，县政府扶贫办同志找到程智，告诉他，扶贫办准备牵头，由几家企业联合起来，上一个小龙虾速食加工项目，问程智有没有兴趣。程智毫不犹豫地回答："有啊，怎么会没有兴趣呢，我早有这个想法了。就让我们联合会加入吧，一个人的力量太小了。"

泗洪县养殖小龙虾二十五万亩，产能达到十亿元，丰产不丰收的现象时有发生，苦了虾农，坑了产业。一旦小龙虾加工项目上马成功，既解决了小龙虾就地消化的问题，避免商贩压价，又可以培植税源经济，同时，还可以让部分村民实现就业增收，一举多得。程智当然是求之不得的。

经过一段时间协商，2019 年 8 月初，缤纷泗洪电子商务有限公司、泗洪县农民专业合作社联合会、泗洪沃德生态农业发展有限公司共同成立了"缤纷泗洪小龙虾产业化联合体"。

联合体项目坐落在陈圩乡工业集中区内，三幢近一万六千平方米的标准化厂房是租赁的村集体资产，每年租金九十二万元，由十四村分得；

两条自动化生产流水线，每小时可加工小龙虾四吨；吸纳当地三百人就业，每人月薪三千元以上。

一条完整的虾业产业链形成了，村集体从这个链条上获益，农民从这个链条上增收，养殖也通过这个链条增值。

三家发起企业形成一致意见：从加工增值部分切出一块，以每斤高于市场价一元的价格不限量收购虾农的小龙虾。

小小一元，很不起眼，但细算，真的惊人。全县二十五万亩小龙虾，平均每亩生产二百斤虾，每亩就多给虾农二百元，合计就是五千万元，摊到每个农民头上，也是不菲的。

程智有个说法很形象。他说："一元，脱贫路上缩短了一程，小康路上加快了一步。"

联合会具体负责加工技术、生产管理和销售。这个分工恰到好处。程智有销售网络，程智说："用上了螃蟹的销售渠道，点多面广，而且填补了螃蟹销售的空档期。潘裴有成熟的加工技术，王大新与蟹虾打了半辈子交道，好虾孬虾，一看便知。"

程智说："会利用好联合体的平台，做大做优虾产业。也许哪一天，我们还会上蟹、鱼、果品、蔬菜加工项目，到那时，农业就不再弱了，农民种植养殖就真的不会穷了，贫困自会不脱而去。"

由于疫情的影响，加工厂于2020年5月正式开工生产，程智每天奔波在县城与陈圩乡之间，忙着收购虾，协调生产，还要随时帮助蟹农解决疑难问题。

程智很得意地对外地商家说："缤纷泗洪六味小龙虾，很快就会爬到你们的餐桌上，好吃可不要贪多哟。"

遇到发展的机会，程智会眼睛一亮，碰到发展的问题，程智也会当仁不让。

程智不只关注联合会的发展，也不只投入到小龙虾加工项目中，甚至从不囿于农业发展，他把眼光放到全县的发展上。

程智始终记住一条，只有加快发展，才能拔穷根奔小康。

程智每年都有几个月时间来往于各大城市与泗洪，或是将泗洪蟹农带出去考察市场，感受市场的千变万化，或是将批发市场的老板请到泗洪体验养殖环境，感知泗洪的好风好水。无论是走出去还是请进来，程智都抓住一切机会宣传泗洪，推销家乡。

有的同行感到不解，你就是个卖蟹卖虾的，能赚到钱就是本事，管那么多干什么呢？

程智可不这么认为。他说："以前家乡穷，我们到外面都抬不起头来，现在摘掉了贫困的帽子，各方面条件都得到大大改善，给我们做生意搭建了更好更高的平台。俗话说，锅里有碗里才有，家乡穷，我们又能富到哪去呢。"

程智自觉担负起家乡的宣传员、推销员和招商人。

他无时不利用自己的人脉资源招商引资。这些年由他直接招引的项目有三个：一个是投资三千万元的保健酒项目，一个是投资两千二百万元的棉业项目，还有一个是投资一千五百万元的电子商务项目。三个项目都已投产见效，其中保健酒的年销售已经突破八千万元。

程智隔三岔五地致电三家企业负责人，问问有没有困难。逢年过节，也会过去看看。程智的想法很朴素，也很真诚。人家是冲着与我的感情来的，可不能来了就不闻不问。他们发展得好，家乡得利，我们的感情也会加深。

程智看到三家企业发展得不错，比自己赚钱还高兴。

领导表扬他，组织要奖励他。他都说不需要。他总是说："我不是为表扬和奖励而做的，也不是为他人做的，我也是在为自己做，我们每个人都在不知不觉地分享家乡发展的红利，家乡发展得好，我们个人才能发展得更快更稳。"

程智为家乡发展出力，为家乡富裕自豪，也为自己日后的发展制定了一个不大不小的目标，那就是把泗洪螃蟹做大做强，做成全国第一蟹，尽自己最大力量，帮助更多的人走上富裕幸福的康庄大道。

你要问，程智现在每年销售多少螃蟹，有人说是大几千万，有人说是亿元，还有的说，何止一个亿啊。

对此，程智只是轻松地说："与家乡一样，我的梦想正一步步实现。"

走进泗洪，纵横交错的道路，鳞次栉比的楼群，规划别致的农民集中居住区，清清的风，蓝蓝的天，绿绿的水。谁能想到这里是曾经的省扶贫开发重点县。

至于程智本人，早已有房有车有产业。谁又能想到程智是从贫困中走来的呢？

既是同行也是好友的潘裴这样评价程智："与程智相处，感觉这个人很真，他怎么说就怎么做，而且做得实实在在，没有半点掺假。他说话做事如同他的身材一样，敦厚而结实。又觉得这个人挺狂，一开始听他说话，以为他在说书，是在编故事，狂得让人不敢相信，但是他的狂言又被后来的事实所证明，那不是狂妄，也不是轻狂。隐隐感到，他的狂使人振奋，令人向往。"

潘裴所说的狂，其实就是一种梦想。

立足现实的梦想，往往是一种构想，是一张蓝图，也是无形的动力。

回顾程智的发展过程，看看泗洪的巨大变化。我们不能不说，程智的梦想成真了，程智的梦想在远方。

（江苏省作家协会组织采写，收入《茉莉花开》，刊于"学习强国"，写于 2020 年 5 月）

无悔的抉择

　　——记全国抗疫先进个人李娟娟

一

　　虽然早就知道扬州大学附属医院重症医学科护师李娟娟是去年江苏援鄂医疗队成员，获得全国抗疫先进个人，受到党中央、国务院、中央军委的表彰，也知道她有个"江苏小可爱"的外号，但是一见面，还是让我有点惊讶。

　　最美4月，在有关部门安排下，我在扬州见到了李娟娟，进行了交谈。

　　坐在我面前的是一位娇小、秀气而略显局促的女孩。一了解，她出生于1991年，与我女儿同龄，彼此多了一些亲近，交流也变得轻松活跃起来。

　　我的脑海里迅即浮现出两个问题：她怎么敢？她怎么能？

　　听着她不急不缓、有条有理的叙述，两个问号渐渐拉直，变成了两个笔直有力的感叹号。

二

　　2020年春节前，疫情突袭，其蔓延之快、危害之烈前所未有。武汉告急，湖北告急。党中央迅速从四面八方调集医护人员，组建国家治疗

225

队，驰援武汉。扬州大学附属医院立即动员，符合条件的医护人员几乎都在第一时间递交了请战书，李娟娟也不例外。

她不仅交上请战书，还对父母说："院里动员医护人员援助湖北、武汉，我很可能要去，你们要有心理准备噢。"

父母没当回事，父亲说："武汉离我们远着呢，怎么可能要我们这边的人去啊。"

嘴上是这么说，妈妈还是为娟娟做外出准备，特意备了一袋大蒜头，说："每顿吃一两瓣，可以杀菌。"

说来就来了。不几天，第一批赴鄂人员名单公布了，没有李娟娟。李娟娟有点不解，为什么没有自己，论条件自己是合格的，甚至是优越的。

扬州大学附属医院第一批援鄂人员于万家团圆的正月初一出发，奔赴武汉。

当天晚上，李娟娟怎么也想不通，拿起手机，向护士长发了一条很长很长的信息，列数了自己援鄂的十条理由：自己是党员、自己单身、自己是重症护理人员……请求"下一批让我上""作为一名重症监护人员，真的第一次感觉这样骄傲自豪，我觉得这就是我的荣幸，也是我的使命，在家看了好多有关武汉的视频，好想和她们在一起，就怕自己的能力不够，我不太会说话，但是，我很坚定"。护士长回复："感谢亲爱的丫头，你是最棒的。"

李娟娟于2013年上半年从某高校护理专业毕业，8月应聘扬州大学附属医院，分配到急诊室当护理。3个月后，调到重症监护室（ICU）。

李娟娟说，第一天上班就哭了。她不知道重症监护居然连病人的大小便都要处理，不只是护士，还是护工。污秽、肮脏、恶心，让人难以忍受。

据了解，重症监护室里都是各种各样的重症患者，劳动强度大，工作要求高，作为护士，几乎什么都要懂，什么都能干，稍有疏忽都性命攸关。一般护士干个三两年，就因为结婚生小孩，或者其他原因调岗了，而李娟娟一干就是六年。李娟娟说，"我是重症监护室的老人了"。

六年里，李娟娟医院、家两点一线地工作生活，没有时间旅游，没有时间恋爱，甚至没有时间回忆工作生活的过往。胃溃疡、椎间盘突出，一身毛病。但她始终选择坚持，从没有找领导说过调岗，也没有向父母诉过苦、叫过累。

李娟娟生于仪征月塘乡下，母亲很想她学个护理，做个护士，打打针、吊吊水、换换药。她的母亲根本不知道自己的女儿从事的是这种工作，直到现在她总是认为女儿的工作是轻松的，是体面的。

六年间，李娟娟默默地工作，默默地学习，知识在积累，能力在提升，承受力也越来越强大。

李娟娟向护士长发完信息，像完成了一项重大任务，快乐而庄重。她想，自己长这么大，生活一直是平平淡淡的，也应该做一点有价值的事情。她持续关注武汉疫情信息，了解前方战友的情况，时刻等待组织的命令。

她的父亲表面若无其事，其实放心不下，说："这种病毒是前所未知的，你不怕吗？"

李娟娟毫不迟疑地回答："我在重症病房已经干了六年，什么病没有见过，什么情况没遭遇过，我的同事都已经去了，她们敢去，我为什么不敢？"

李娟娟还有一句话藏在心里，没有对父母说，自己是党员，自己是青年，应该越是困难越向前，怎能因为险重而畏缩不前呢？

三

李娟娟记得很清楚，2月1日下午5点多钟，护士长打来电话，让她准备一下，作为医院第二批援鄂医务人员去武汉，并嘱咐她按照清单到超市采购一些东西。

第一批从接到通知到出发间隔三天。李娟娟想：总得有个两三天准备吧，也没有太着急。

2月2日清晨5点多钟，护士长电话通知："收拾一下，马上到医院集合出发去武汉。"

李娟娟介绍，重症病房有个不成文的规定，无论什么时间，接到通知必须在半小时内赶到病房。平时，在家休息，手机也从不设置静音，睡觉时手机都是放在耳朵边，唯恐睡得太沉而错过时间，影响工作。

李娟娟快速整理行李来到指定地点。领导们已经布置好送行现场。

到了那里，李娟娟才知道，所谓第二批就两个人：一医一护，而且那位医生是自己不认识的。原以为女同胞去个四五个，大家结伴而行，可以沟通交流，哪知是"独自出征"。李娟娟有些失落，有些无措，但开弓没有回头箭，必须挺起脊梁向前。

医院派专车由领导陪同将两人送往南京禄口机场，随江苏第三批援鄂医务人员一同前往武汉。

李娟娟的父母还在乡下，她来不及当面道别。在车上，她给妈妈打了电话，告诉妈妈，自己去武汉了。

妈妈很惊慌，竟然失声大哭。

李娟娟显得很镇定，劝慰妈妈："你们在家好好待着，女儿不会有事的。"立即挂断了手机，她不敢多说，怕控制不住情绪，给父母造成压力，随后发微信将银行卡的密码告诉妈妈，这意味着什么呢？大有"风萧萧兮易水寒，壮士一去不复返"的况味。

不知是紧张仓促，还是早餐没有吃好，上飞机前，李娟娟感到胃部不适，流露出痛苦的神情，由一位同行者搀扶着走上飞机。送行的领导看着李娟娟的背影，顿生怜惜之情。

医院的领导透露，第一次没有安排李娟娟，就是因为她的胃不太好，挑食少食，怕她不能适应那里的生活环境。

江苏第三批赴鄂医疗队一百二十人，来自全省多家医院，主要是重症医护专业。

飞机上一点声音也没有。李娟娟脑子里很乱，也很空，想不出头绪，呆呆地坐着。

飞机准点降落在武汉天河机场。一下飞机，领队就说："我们到疫区了。"

领队提醒到疫区了，是什么意思？所有人都是心领神会的。李娟娟一听"疫区"，心里咯噔了一下，紧张恐惧随之而生。

但很快她就告诫自己，别紧张，要镇静，你是向组织递交了请战书的，八十多岁老将上了，八零后、九零后的兄弟姐妹也来了，你是见过无数次生死的，没有什么可怕的。

李娟娟给自己打气，给自己鼓劲。

李娟娟说："战士上了战场只能勇往直前，没有后退半步的理由。我当时，就把自己想象成披甲上阵的战士。"

四

到了武汉，李娟娟和队友们被安排在汉阳区的晴川假日酒店。看到酒店的名字，李娟娟的脑子里立刻闪出"晴川历历汉阳树，芳草萋萋鹦鹉洲"的诗句，但没有心思品味。

领队在会议上严肃地交代，没有得到领导批准，不得擅自离开酒店。

只培训了一天半，4日下午就上岗了。

李娟娟被分配到武汉同济医院中法新城院区重症科 E 组。这家医院位于武汉的蔡甸区。

尽管李娟娟在重症监护室工作了六年，用她的话说，"哪一种病人没见过，缺胳膊少腿脑浆迸出来的，也不稀奇"，尽管通过新闻延伸想象了病房以及患者的种种情况，但是一走进病区，李娟娟还是惊呆了。

　　一个原本只能接纳二十名患者的病房，从走廊到里面满满的都是患者。他们有的戴着呼吸面罩，气喘吁吁，睁大着求助的双眼；有的已经处于昏迷状态，气管插管，靠呼吸机维持着生命。

　　现状不容多想。她只是觉得，自己六年重症监护经历和知识，在国家危难时候派上了用场，自己的选择是对的，自己要尽最大力量帮助他们。心中不由得生出些许自豪和满足。

　　从双脚踏进病房的那一刻，李娟娟开始了全新的工作，开始了与病毒的战斗，开始了七十多天的艰难跋涉。

　　"工作要求我们必须提前两小时到达医院，做好进入病区的准备。我们所住的酒店离医院有一个多小时的路程，往返得三个小时，每天工作时间长达十个小时。"李娟娟说。

　　"一进入工作状态，就是异常忙碌，几乎是手脚不停，加上厚重的防护服，贴身的衣服总是湿了又干，干了又湿。为了节省防护器材，节省时间，我常常六七个小时不吃不喝、不上厕所。"

　　说起饮食，也是难为李娟娟了，难为从外地前去援助的工作人员了。刚到武汉，由于交通管制等因素，食材供应不足。酒店提供的食物只有热干面和烤肠，惯于白米饭的扬州姑娘自是不适应的，但为了有充足的体力投入工作，李娟娟强吞硬塞。

　　"每天工作都非常紧张，往往一抬头就到了交班时间。而且，也非常危险，可以说，随时都有被感染的可能。"李娟娟客观地说："毕竟是'新型病毒'，怎么预防，一开始大家并不很清楚，所以，只得小心小心再小心。"

　　每天脱去防护服，都要用酒精擦耳朵、鼻子、眼睛、头发和面颊，由于长期被酒精烧灼，皮肤粗糙了，头发脱落了。李娟娟笑笑说："那些天照照镜子，越看越不像自己。"

有一天下班后，回到宿舍做了必要的清理，已经上床的李娟娟觉得班上有个动作可能不够规范，会不会感染？想到这里，她打了一个寒战，立即从床上跳起来，又一遍遍地洗、一遍遍地擦，然后才迷迷糊糊地睡去。

李娟娟知道这是内心恐惧的折射，是心理不正常的反映，但不怕一万就怕万一。

李娟娟感叹："工作无疑是艰辛的。然而，患者的可怜，时时调动起一个医务工作者的责任担当；患者的可爱，不断激发起医患双方相依相偎的情怀；患者的感恩，又勉励我们一丝不苟、无微不至。"

李娟娟回忆："有一位小姐姐，在我为她打针时，总是用手遮住口鼻，我以为她是害怕打针。后来她悄悄对我说：'你们是江苏来的，你们都是好人，我不想传染给你们。'出院时，她哽咽着说：'感谢江苏队，你们是一群了不起的人，我的命是你们救回来的，我出院以后，也要为抗疫作贡献。'"当时的李娟娟对着那位小姐姐举起了有力的右拳。

病房里还有一位刘姓爷爷，祖籍武汉，是一位援疆老人，在新疆生了三个孩子。大女儿嫁到武汉，春节前来女儿家过年，不想染上病毒。住院期间，刘爷爷想念家人，想念孙女。李娟娟得便就陪刘爷爷说说话。当知道刘爷爷有一个与自己年龄相仿的孙女时，李娟娟便对刘爷爷说："现在我就是您的孙女，您不用再害怕孤独了。好好休息，您很快就会见到孙女了。"刘爷爷高兴起来，"后来只要一听到我的声音，他就知道是我，就会大声呼喊'小可爱'，我也喊他"大可爱"。"刘爷爷感激地对李娟娟说："在我最需要的时候，你给了我力量和信心，我要永远感谢你。""江苏队小可爱"就是刘爷爷喊出来的，迅即传遍病区，传遍网络。李娟娟也因此做了一回"网红"。

令人想不到的是，已经出院一年多、回到新疆的刘爷爷，还经常与李娟娟通信联系，而且，今年4月初，还给李娟娟寄来了新疆特产。

李娟娟说："我非常珍惜刘爷爷的礼物，那不是简单的地方特产，是患者对我工作的肯定，也是对我今后工作的鞭策，我会铭记在心，落实于行。"

医患双方是彼此生命里最特殊的需要，医务人员一个动作往往可能成就生命的传奇，一个细小的表情也可能让患者终生难忘。医者仁心，就是这样的重要和必要。

李娟娟和她的队友们，以他们的仁爱之心和细致入微的工作，为江苏队赢得了荣誉，书写了江苏队的最美篇章。

过于紧张的工作如果不加以调适，会使人窒息。李娟娟在心理医生的引导下，利用休息时间调理情绪，调整心态。

她把妈妈让她带来的蒜头养在小水杯里，居然长出了嫩嫩的叶片，那嫩绿的叶片，闪着光芒，煞是可爱，给小小空间增添了活力，不禁让人想到：没有过不去的冬天，没有等不来的春天。

到武汉大约半个月后，情况有所缓解，他们会在饭后到江边散步。李娟娟想到同在江边的家乡，想到家乡的亲人。但是，一看到江边高楼大型显示屏上"武汉加油、湖北加油、中国必胜"，就特别佩服武汉人内心的强大，滋生出作为中国人的幸福，更增强了做好工作的信心和决心。

别以为李娟娟是一名护士，只会打针换药，其实她还是个才女，她会画漫画。在武汉抗疫期间，她画了好多幅漫画，虽然构图简单，但也可以从中窥见其所思所想。其中有一幅是五名穿着防护服的医护人员举起右手，面对党旗。这是党员宣誓的场景。李娟娟此刻可能想起自己曾经的宣誓。还有一幅是一碗汤圆。这是不是画在元宵节，是不是对家人团聚的向往，抑或是对家乡美食的想念。漫画的创意到底如何，我没有询问李娟娟。我以为画画至少是她排除寂寞的一个方法。

五

　　随着时间一天天过去，患者一批批出院，李娟娟感到离回家不远了。到了第五十三天，医院患者归零，归零说明工作任务完成了。

　　队友们都很兴奋。有的向家人报告即将回家的好消息，有的用视频与子女联系。那种场面难以描述。李娟娟说："那场面令人激动，也有点心酸。"

　　李娟娟哼着小曲收拾回家的物件，没用的都准备扔了。

　　她拎着垃圾袋外出，被领队看到了。领队指着李娟娟手中的袋子说："这些别扔，还有用。"李娟娟好奇地问："马上回去了，还有什么用？""谁告诉你回去的？"领队反问。

　　李娟娟愣在那里，眼睛紧盯着领队。领队告诉她："暂时还不能回去，还要到另一个医院继续战斗。"

　　李娟娟浑身像泡在冰水里，回家的兴奋被一扫而光。李娟娟犯嘀咕：在我们前面来的一批回家了，在我们后面来的两批也撤了，我们为什么还要留下来？

　　得知留下来的消息，队友们的情绪都比较低落。是啊，五十多天了，天天与病毒较量，时时与死神拔河，谁不想孩子，谁不想家人，谁没有一点恐惧，又有谁不想早点离开呢？！

　　领队的一番话让大家心平了、气顺了。

　　领队说："我们是重症专业队，我们的工作得到了上级的充分肯定，这里还需要我们，我们能眼睁睁地看着那么多重症患者而不管不顾吗？我不是跟大家讲大道理，我们这里面有不少是共产党员，共产党员时刻听从党的召唤，哪里需要到哪里，这不是嘴上说说的，要落实在行动上，现在党的事业需要我们，人民群众需要我们，我们就应该无条件服从。当然大家在这里工作时间比较长了，有想法有情绪我能理解，但是要服从需要。大家也知道，湖北省新型冠状病毒感染肺炎疫情防控指挥部已经发布通告：从3月25日零时起，武汉市以外地区解除离鄂通道管理，有序恢复对外交通，离鄂人员凭湖北健康码'绿码'安全有序流动。从4月8日零时起，武汉也将解除离汉离鄂通道管控措施。形势在一天天地好转，行百里者半九十，大家再坚持坚持，天快要亮了！"

大家七嘴八舌地议论着。有的说："街上行人是一天比一天多了。"有的说："才一个多月，市民的精神状态与平常相比没有不同，与我们刚来时相比一个地下一个天上，不再谈疫色变。"还有的说："需要就是价值，说明我们有价值。再干吧，一直干到最后胜利。"

愁云消散了，大伙儿脸上绽放出笑容。

李娟娟和她的队友们又一次放下行囊，调整状态，再次出发。

六

新的工作单位是位于汉阳区的武汉肺科医院。这是一家重症患者定点收治医院，患者几乎都处于昏迷状态，需要使用体外膜肺氧合机和血滤机。

听到这些，李娟娟的头膨胀了，她对这些仪器都还不太熟悉，一连串问题冒出来：机器报警该怎么处理？操作失误怎么办？……

上岗之前，做了简短的培训。培训中，李娟娟拼命学、熬夜学，不时通过视频向后方的专家们请教，她要将所有操作知识和流程烂熟于心。她不断地对自己说："不能因为我，误了患者，影响团队'零感染''零死亡'的战绩！"

3月30日，李娟娟所在团队正式进入武汉肺科医院，开启为期十四天的奋战，也成为江苏援鄂医疗队中工作战线最长的团队之一。

在这里的十四天，让所有人真正理解到了灾难的无情是超乎想象的。在这所不大的医院里，住满了各种各样感染新冠肺炎的危重病人。他们不能说话，不能活动，甚至无法自主呼吸，人满为患的医院是死一般的沉寂，细微的响动会使人心惊，连小鸟飞过楼顶的叫声都显得特别悦耳动听。放眼尽是仪器、管线。人在此时已经失去了社会学上的意义，而只剩下生物学上的含义。即使是见惯了生死的重症监护人员，很多人的精神都在这样压抑的环境下到了崩溃的边缘。

李娟娟介绍："工作强度是超乎寻常的，每天，我要为患者做口腔护理、清理排泄物、翻身拍背、输液打针……高强度不间断的工作下，我时常汗如雨下、气喘吁吁，有时甚至双手颤抖、头晕心慌。"

李娟娟说："我不是女强人，更不是超人，我有过痛苦，有过畏惧，甚至有过厌弃，但作为党员的医护人员，不容我懈怠，更不容我退却，因为我的工作，我的一举一动，关乎人的生死。我也一次次从队友那里重拾信心，重振决心，汲取向前的力量。"

李娟娟向我讲了两位战友的故事。

"我们队有位男护士叫顾德玉。他有个习惯，不吃早饭。不吃早饭是因为怕上厕所。等到上午班结束，他可以吃东西时，就已经是下午两三点了。

"有一次，顾德玉在前一天晚上吃坏了肚子，一晚上都在拉肚子，第二天，他预感到还会拉肚子，但是那时候人员紧张，一个都不能少，他没有告诉任何人。

"进舱前，他认真穿好尿不湿和防护服走进病区。在照顾重症患者的过程中，一个下蹲的动作，没有忍住，直接拉到了裤子里，黏糊糊的排泄物直接粘在了身上。他感觉难受、羞耻，但是他没有表现出来。他说不能让患者因为他延迟治疗，不能让同事因为他增加负担，更不能浪费那么宝贵的防护服。

"拉在裤子里之后，他又继续神色如常地工作了两小时。扶着患者去洗手间时，他就站在厕所边上，他说：'我那时候真的好想好想上厕所，但我不能。'他有点不好意思地说，自己长这么大，还是第一次用尿不湿。但我却觉得他是'最可爱的人'。

"顾德玉说：'我觉得生命挺脆弱的，一口气提不上来就是来世，但只要自己不放弃，只要医护工作者不放弃，就可以创造更多的生命奇迹！'

"还有与我同行的扬州大学附属医院邵向荣医生。他们家祖孙三代都是医生，全家一共六个医生，可以说是医生世家。十七年前非典疫情暴发时，父亲邵建民医生就冲在一线抗击非典，十七年后，邵向荣医生自己又冲在一线抗击新冠疫情。

"在邵医生出发前，拥有三十年党龄，从医五十年的父亲邵建民主动给邵向荣打电话，说：'考验你的时候到了，你是医生，去武汉你义不容辞，特殊时期就应该有所担当！'邵医生说：'没想到，我父亲比我还坚定，他深知一线的凶险，但更希望我能在国家需要的时候，担起重任！'

"冲在一线的邵医生，随时都面临危急时刻。有一次，医院紧急收治了一名呼吸紧张的危重患者，需要立刻气管插管。但在插管前需要人工气囊通气，操作时医生必须与患者头部密切接触，而每一次按压人工气囊，都会从患者呼吸道喷射出大量含有病毒的气溶胶，手术感染风险极大。那时，邵向荣医生没有丝毫犹豫，直接冲过去，按压气囊、插管、连接呼吸机，整套操作一气呵成，最终挽救了这位患者的生命。

"我问邵向荣医生为什么敢这么拼命时，他回答道：'从小爷爷就告诉我人命大过天，生而为医，每一天我都应该竭尽全力！'

李娟娟讲完，俏皮地说："我们团队里'最可爱的人'多着哩，我只是'小可爱'。"

李娟娟深情地说："我时时被队友们的精神感染着，推动着，激励着，不顾生死，忘记小我。"

我不是医务人员，也没有前往疫区，没有直接的感知，但还是被李娟娟队友们的言行深深地感动了，我完全可以想象出他们的艰辛，他们的付出。从他们身上，我想起了习近平总书记说的一句话，世上没有从天而降的英雄，只有挺身而出的凡人。

医治难关被一个个攻克，病员一天天减少。李娟娟所在团队终于可以撤离了。

4月10日，接到通知，江苏省第三批援鄂医疗队于12日离鄂返家。

李娟娟说："听到通知那一刻，没有特别兴奋，与第一次准备回家相比，平静多了。我们更多的是为我们团队创造的零感染、零死亡的业绩，感到万分骄傲和自豪。"

七

李娟娟慢慢地回忆着，似乎也在细细地品味着。她说："我们离开武汉以及到家的一幕幕场景令我终生难忘。

"4月12日一早，汉阳区委、区政府领导来了，两家医院的书记、院长来了，还有几十位志愿者也赶来了，在酒店为我们举行简朴的欢送会。欢送会上，政府和医院的领导们，对我们团队精诚的医德和超强的医术给予了高度评价，叮嘱我们，等疫情过后，一定到武汉做客，珞珈山的樱花，黄鹤楼的美景，时刻欢迎我们的到来。

"我们沉浸在无比欢乐与幸福中。

"我们一百二十人分乘四辆大巴前往机场。大巴车上张贴着'欢送江苏医疗队离鄂'的条幅。大街上的行人停下来，向我们挥手致意，透过车窗，我模糊地看到不少市民噙着泪花，隐约听到市民们在高喊：'感谢你们，欢迎你们到武汉做客。'我的眼睛也模糊了。

"更让我想不到的是，我们所乘的车在骑警的引导下一路前行，途中，无数辆车子鸣笛为我们送行，很多驾驶员从车窗里伸出手，竖起大拇指，为我们点赞。我们隔窗致意。我和我的队友都流露出难以言说的快乐。

"我由衷地感到，武汉不愧是英雄的城市，她的人民在大难面前所表现出来的勇敢、乐观以及对社会的感恩，是无与伦比的。

"飞机上，与来时情形完全不同，大家交流信息，畅谈体会，俨然是凯旋的战士，轻松而自豪。

"到了禄口机场，我们又受到了省卫健委以及所在医院领导的隆重欢送。

"我和同去的医生乘着专车到达指定隔离点。到了扬州，看着熟悉的街道、大楼、花花草草，我深深地吸口气，在心里说，扬州，我的家，我回来了。

"当天晚上，妈妈和姐姐到隔离点，隔着大门看望了我。妈妈像端详一位陌生人一样地看着我。我给妈妈扮了一个鬼脸，提高嗓门儿说：'你的女儿一样不少，好着呢。'妈妈憋回笑容，用手指狠狠地戳了我。

"按照要求，在隔离点住了十二天，回家休息了十五天。又如往常一样，走上了工作岗位，走进了重症监护病区。"

李娟娟还讲了一个插曲。她说："我回来之前，在微信上对书记说，我回去要吃鸡腿。书记问：'你喜欢吃什么鸡腿？'我说：'不管什么鸡腿。'我回来后，书记还真的为我买了一袋肯德基。"

说话的李娟娟不像一位经历过大战的英雄，还真是一个不谙世事的孩子。

八

重新回到重症监护病区的李娟娟，一如既往地忙碌着，紧张着，很少与人谈起在武汉抗疫，甚至没有时间回忆那段生活。

她说："那是一段非常偶然的生活，我只是尽了一名医护工作者应尽的义务，担当了一名党员应尽的责任，没有必要挂在嘴上，更没有必要念念于心。"对于后来获得的多种荣誉以及组织的诸多关怀，她感到突然，感到惭愧。

对于李娟娟，2020年注定是不平常的，也是人生的"高光"时刻。她先后荣获江苏省五一劳动奖章、江苏省优秀共产党员称号，更为难得的是，9月8日，作为全国抗疫先进个人，到北京参加表彰大会，受到总书记的接见，聆听总书记的讲话。

李娟娟自豪地说："坐在人民大会堂，我感到，我是世界上最幸福的九零后。"

对于一名基层医护工作者来说，能收获其中的一项荣誉，就非常了不起了，而李娟娟三者兼得，何其幸福，何等荣光。

李娟娟说："幸福来得太突然了，我省参加援鄂的医护人员超过两千八百人，我们医院也有四十六人奔赴抗疫一线，我只是其中极其普通的一员，能获得这么多荣誉，是做梦都没有想到的，是社会关爱我，是团队成就了我。我所能做的，就是坚守岗位，做好工作，完成组织交给的各项任务。"

2020年6月29日，江苏举行"七一"表彰暨抗疫先进事迹报告会，李娟娟是五名报告人之中的一员。会前，省委书记娄勤俭亲切接见了五名报告人。李娟娟非常幸福地说："我真的没想到，日理万机的省委书记居然还知道我是'江苏小可爱'。"

江苏省委为了贯彻习近平总书记在全国抗击新冠肺炎疫情表彰大会上的讲话精神，宣传伟大的抗疫精神，组建了江苏省抗击新冠肺炎疫情先进事迹报告团，李娟娟是报告团成员之一。首场报告会于11月27日在南京举行。随后，报告团分三组到全省巡回报告，李娟娟被分到第二组，先后赴南通、泰州、淮安、扬州等地及学校作报告。

报告会上，李娟娟现身说法，讲武汉市民的坚强善良，讲队友们的坚忍奉献，讲全国人民对武汉湖北的无偿支持，宣传总书记的讲话精神，宣传生命至上、举国同心、舍生忘死、尊重科学、命运与共的抗疫精神。

李娟娟说："疫情是灾难，但抗疫过程中形成的精神是宝贵的财富，我要借报告会的平台，宣传好人物，传递正能量，尽到一名党员、一名抗疫战士的职责。"

李娟娟给我看报告会的视频，讲述报告会的感人场面。

有一位小学四年级的女孩，在李娟娟结束了在他们学校的宣讲之后，拉着老师的手走到李娟娟面前，怯怯地解下自己的红领巾说："娟娟姐姐，我想把我的红领巾送给你可以吗？我的妈妈想让我跟你说，她也是一名护士。我长大了也要当一名护士。"

在扬州市一所大学的护理专业宣讲时，习惯读稿的李娟娟，第一次放下了稿子，用平实淡然的语言讲述前线故事。演讲不过半，台下竟是一片小声啜泣。李娟娟分明能够看到很多阳刚硬朗的男老师，双眼竟然饱含热泪。

报告团成员的先进事迹报告深深打动了与会的每一个人，也深深地感动了我。我几次泪水难禁。

到前线抗疫是贡献，平静生活里的报告也是贡献，而这种贡献所产生的影响、所发挥的作用也许更大更持久。

九

为了还原更真实更立体的李娟娟，我走访了扬州大学附属医院的领导和李娟娟的同事。

扬州大学附属医院（扬州市第一人民医院），创建于 1960 年，是一所集医疗、教学、科研、急救、预防、康复为一体的综合性三级甲等医院。拥有在职员工两千零八十六名，其中高级技术职称五百九十九人，博士一百零九名，博士、硕士生导师一百六十一名。

在这样一所规模庞大、人才济济的医院，李娟娟宛如一棵参天大树上的叶子，很少有人关注，也很少有人知道。

院党委书记王炜不无抱歉地说："如果不是抗疫，不是她第二批去武汉，我还真不知道医院里有个护士叫李娟娟，也不知道她在重症病区已经工作了六七年。因为第二批我们医院只去一医一护两个人，显得孤单，所以特别关注她。她有时在微信里也喊苦，也想家，还向我要鸡腿，让我感到，她很真实，很单纯，她就是隔壁家的一个孩子。从武汉回来以后，有三件事给我的印象很深：一是获得荣誉不炫耀、不张扬，仍然默默低调地做着自己的工作；二是某省暴发疫情，医院组建了外援预备队，李娟娟依然主动报名；三是今年派她到一个疫苗接种点负责，她不仅协调好多个部门的关系，而且很多事都是她自己动手做。"

一旁的宣传处负责人介绍："李娟娟是大学期间入的党，大学期间获了很多奖，每学期都拿奖学金，是品学兼优的学生。"这位负责人边说边用手比画着，表示李娟娟获得的奖很多。

同事们反映，李娟娟不善于表达，也不喜欢到领导面前说三道四，有什么任务交给她，准能做到位。

李娟娟坦言，自己生长在乡下，从小与爷爷奶奶一同生活，去武汉之前，走得最远的地方，是十四岁那年去过父母生活的城市深圳，见的世面太小，与人交流的机会也不多。因而，不管什么事，不喜欢放在嘴上，也不喜欢麻烦别人，都是自己承受，自主解决。

十

听了李娟娟的自述和同事们的介绍，李娟娟为什么敢在疫情肆虐时主动报名去武汉，为什么能在武汉顺利地开展工作，已经是不难理解的两个问题。

李娟娟在一次演讲中说："何其有幸，我也是众多逆行者中的一员。我和其他九零后用实际行动证明，我们不仅能在虚拟世界中打好'王者荣耀'，也能在现实生活中勇做荣耀'王者'；在大是大非面前，我们是经得起考验、担得起重任的强国一代。战火淬炼，让我的意志更加坚定，羽翼更加丰满；战疫归来，我更加懂得如何用爱与责任去守护生命，用情怀与坚守去诠释'医者仁心'。"

李娟娟还很年轻，未来的路还很长很长。今后的日子里，有彩虹，也会有风雨；有平坦，也会有曲折；有赞誉，也会有毁谤。但愿她如己所言，守初心、勇担当，更扎实、更平稳、更健康地走好人生每一步，不负春光，不负韶华。

（江苏省委宣传部、江苏省作家协会、江苏省报告文学学会组织采写，收入《向人民报告》，发表在 2021 年第 11 期《中国作家》）

扛起文化

——记"中国好人"杨文华

早些年，在临泽提起杨文华，大多数人都知道他是杨木匠，是杨厂长，是杨主任，是杨经理，是杨劳模。这些称谓，有职业、有职务，也有荣誉，但大体勾画出杨文华退休前的工作轨迹。

杨文华是土生土长的临泽人，出生于临泽朱堆村成官庄，初中没有毕业就学了木匠活，进了镇里的榨油厂，油厂的设备改造、技术革新大多是经他手完成的。那时人的思想还是很开明的，不讲文凭，不论资历，看本事。杨文华因为心灵手巧被调进镇工业公司，于20世纪80年代初领衔创办临泽镇铝箔纸厂，做了十五年厂长。那是令临泽人十分骄傲的企业，曾经是市里的纳税大户。提起那段经历，杨文华难抑激动，他说，现在省内外有八家铝箔纸厂的人才是从当年临泽铝箔纸厂流出去的。也因此，杨文华连续四年被评为省明星企业家，于1988年被评为省劳动模范。后来又回到工业公司，任企业管理站副经理，直到退休。

杨文华是个灵巧人，是个有想法、有闯劲、能做事的人。

退休后的杨文华没有闲着。他说："几十年忙惯了，突然停下来，不习惯。"到江南帮助别人安装太阳能，一干就是几年。他一再表示，不是为钱，是为了打发退休时光，为自己找充实，也找乐子。

一个偶然的因素，改变了杨文华的生活。

2010年，清明，杨文华回老家祭祖。翻看家谱，看到家谱上杨志宽、杨德新两位堂伯是烈士。他的心里一震，以前怎么就不知道呢？他询问家里人，两位堂叔伯是在什么时候、因为什么事牺牲的？家里人说不清楚。向村上年长者请教，有的能说个大概，有的也不甚明了。再了解，金桥村（2000年4月区划调整，撤销成官、子南、匡界，设置金桥村）与堂伯一样的烈士，有好多位，但都无墓无碑、无文字记载。

杨文华回忆，那个清明过得很沉痛，也很沉重。他当时想，家人，包括村里人为革命牺牲了，是光荣的事，作为后人，应该整理他们的事迹，传承下去，让后来者铭记学习。

一个想法就在那年清明后产生了。"我应该为烈士们做点什么，为村里做点什么，打工固然能挣点钱，能打发时光，但价值不大，孩子们都成家了，挣再多的钱，对我来说，有多大意义呢？"

杨文华决定回到老家，住下来。杨文华少小离家，原先的老房子也已经处理了。先花几千元钱买了一处老宅，稍事修理。

妻子和子女对他的想法不理解，劝他不要冲动。"你在城镇住了几十年，现在回乡习惯吗？你患有糖尿病，村里的医疗条件跟得上吗？"

杨文华回答："我是农民的儿子，那里是我的根，怎么会不习惯呢？那里有看着我长大的人，也有我看着长大的人，他们能习惯，我怎么就不习惯了！"

从2010年夏天开始，杨文华一直住在村子里，只做一件事：农村文化。

现在，在临泽，再说起杨文华，熟悉的人，都称他是杨文化。

对这个称谓，杨文华感到自豪，也觉得惭愧。他说："我只有小学文化，却做了文化人的事，做得很艰难，也做得很少，称'杨文化'还差得很远，但我是快乐的、心安的。"

杨文华，十年磨砺，居然磨出了耀眼的光泽、锐利的锋芒。

光大红色文化

所谓红色文化是指在革命战争年代，由中国共产党人、先进分子和人民群众共同创造并极具中国特色的先进文化。

整理烈士事迹，弘扬烈士精神，是红色文化的必然组成部分。

杨文华决定从搜寻整理两位堂伯的事迹开始，把金桥村烈士的事迹全部整理出来。这也意味着杨文华开始了红色文化之旅。

杨文华走门串户，召开座谈会，两位堂伯的事迹渐渐明朗起来。

杨志宽、杨德新，是一对亲兄弟，都曾以僧人身份作掩护从事地下工作，都是二十多岁就牺牲在革命岗位上。

1947年9月15日，高邮县委在朱堆村附近的刘家沟荒荡里召开会议，遭遇国民党还乡团"围剿"，时任高邮县游击队行动大队长的杨德新为了掩护战友突围，壮烈牺牲。

1948年2月的某一天，时沙区区委在范伦村开会，区委司务长杨志宽得到情报，沙沟、时堡、临泽三地反动势力将来"围剿"，杨志宽不顾个人安危，将情报送到会场，参会者安全转移。可是在返回途中，被当地保长抓获，面对酷刑，杨志宽毫不屈服，最终被敌人残忍杀害了。

杨文华说，故事情节不复杂，但字字如针，句句泣血，我边记边流泪，也为两位堂伯的壮举而骄傲。

"如果仅仅完成对两位堂伯事迹的收集整理便收手，那就是私家行为，是作为后人应该做的，而与堂伯一样为革命牺牲的村人，同样值得我们尊重敬仰，我必须把他们的事迹也整理出来。"杨文华说。

经与相关部门了解，金桥村共有烈士十五人，2013年10月第二次行政村区划调整，金桥村与朱堆村合并为朱堆村，又增加烈士十二人，朱堆村共有烈士二十七人，其中，在江苏省革命烈士英名录上的有二十四人。

要把二十七位烈士的事迹全部整理出来，其困难程度可想而知，何况，二十七位烈士中，最小的才十四岁，只有七位有后人，仅有两名烈士牺牲在临泽本地。

但定下来的事情，必须做，而且一定要尽自己的力量做好。杨文华给自己定任务、压担子。

杨文华用两年时间，奔走省内外十七个县市，行程五万多公里，走访各地的民政、党史、档案等部门，采访、询问数以千计的群众，以抢救的态度、抢救的速度，整理烈士材料两万多字。

两万多字看似不多，但那是从纷繁的资料中扒出来的，是从杂乱的采访记录中抠出来的，是用心血一个字一个字斟酌出来的。

我们可以想象一个只有小学文化水平的退休老人，做着这样一件极需体力和心智的工作，是多么艰难。

有趣的是，杨文华搜集整理烈士事迹的过程中，发生了一个个感人的故事。

根据高邮烈士陵园记载，朱堆人郭以祥于1949年7月牺牲在福建沿海地带。这给杨文华出了一个大大的难题。不到福建，得不到详细资料，到福建，福建那么大，到哪儿寻找资料呢？家里人也劝他别去，岁数大了，人生地不熟。杨文华不甘心，不能半途而废。经过多方打听，郭以祥有一位叫叶长春的战友生活在福建南平市。杨文华兴奋极了，稍事准备，跨上大巴从临泽到上海，转火车，从上海到南平。千里之遥，一路颠簸，杨文华开玩笑，老骨头都快散架了。在南平的公交车上，口袋里的一千多元被偷了。杨文华幽默道："亏好三千元分开来放，如果装在一个口袋里，就坏了。"后来，只能节省着用，住小旅馆，吃方便面。

功夫不负有心人，杨文华终于找到了八十多岁的叶长春。

满头白发的叶长春看着战友的乡人，非常激动，情不自禁，抱着杨文华失声恸哭："以祥是我的副营长，是打大东岛时牺牲的。"

叶长春详细介绍了郭以祥的事迹。杨文华记录着，啜泣着。

2012年清明前，杨文华将整理的烈士资料编辑成《热土血火铸英雄》小册子，印了上千份免费赠送给机关团体、党员干部和中小学生，大力宣传烈士的英雄事迹。

一般人以为杨文华凭借一己之力，完成这样复杂的工作，已经不简单了，该歇息了。但对于杨文华来说，这只是迈出的第一步。

杨文华表示，不仅要把烈士的事迹落在纸上，永不消失，还要把烈士的英名矗立在家乡的大地上，万古长青，代代相传。

他要竖烈士纪念碑，建烈士陵园。

消息一经传出，有人说他傻，贴老本做这些，图个什么？

家里人认为，你花光了退休工资，带病走东奔西，折腾了两年多，出本书，对死者有个交代，就可以了，还要弄什么碑，这是你一个人能够做得了的吗？

杨文华不介意别人说他傻，倒是家人的提醒，使他冷静下来。竖碑建陵园，要用地，要花一笔钱，确实不是老迈之身的力量能够做到的。

杨文华想到了众人拾柴火焰高。他联系村里的老党员、老教师、老干部、老军人、老劳模，把自己的想法告诉他们，征求他们的意见。谁知一石激起千层浪，杨文华的想法得到了他们的认可。他们认为，是大事，是好事，不是难事，把群众发动起来，一定能做成、做好。

他们成立了筹备工作小组，拉起了志愿者队伍，志愿者一下子突破百人，最终达到三百一十四人。

筹备小组分工，有的跑土地，有的筹资金，有的找建设队伍。

志愿者和村民们纷纷捐款，连在校的大学生也捐出了生活费，不几日，四万余元入账。村民们积极响应、慷慨解囊，让人感到烈士在群众心中的地位和影响，也感到杨文华等人的所作所为顺民心、得民意。

经过紧锣密鼓的筹备，他们定在8月15日开工，仅用了一个月时间，一座朱堆村革命烈士纪念碑昂然挺立。

规模不大但很规范，设计简明但寓意深刻，碑身不是很高但很庄重。英雄纪念碑像帆、像船、像航标，巍然屹立在朱堆大地上。

杨文华的愿望实现了，杨文华笑了，烈士后人以及村民们乐了，家里人也服了。

杨文华孜孜以求、善作善成的精神，正验证了一句话：没有比脚更长的路，没有比头更高的山。

杨文华的行为深深地感动了所有熟悉情况的人。2013年9月，在中央文明办主办的"我推荐、我评议身边好人"活动中，杨文华脱颖而出，荣登"中国好人榜"。2014年6月，"朱堆烈士陵园"被高邮市委宣传部命名为高邮市爱国主义教育基地，2015年9月，被扬州市民政局纳入扬州市革命烈士版图。

这不是对一个人的表彰，是对一个群体的赞扬，也不是对物的肯定，是对文化现象的高度认可。

光大红色文化是我们党开展文化工作的重点之一。

弘扬农耕文化

临泽是农业大镇、鱼米之乡，千百年的农耕积累了丰富的物质和精神遗产。

杨文华是农民的儿子，长期生活在农村，深受农耕文化的教育和熏陶，对农业、农村、农民有着天然的感情和割不断的情怀。

回归乡村的杨文华，不知从哪一天开始收集农村曾经使用的生产和生活用具。

小到坛坛罐罐、锅碗瓢勺、搓衣板、木盆，大到水车、笆斗、渔具；小到各种各类的票证，大到农中的毕业证书。杨文华看到什么收什么，对方不肯给，就用钱买。几年下来，居然收集了满满七间屋子，那屋子也是向村民借的。

杨文华不无得意地说："摆放'废旧'物品的屋子也是值得保护的，它承载着一个时期农民的居住历史，也是一个农民生活变化的坐标。"

我在杨文华的收藏屋里看到了一套三只"马桶"，有双盖大马桶，有双盖手提小马桶，有小孩用的无盖小马桶，另外还有男人用的夜壶，激起了我对儿时的回忆，引发我的乡愁。类似于这样的老玩意儿，村史馆里多的是。

有一句话说得好，机遇垂青有准备的人们。杨文华的无意准备，却派上了大用场。

几年前，上级要求各村修村史。

杨文华对农村文化有经验、有热情，受村里委派撰写村史。

一个村的历史看似简单，整理起来却是很复杂，特别是两次区划调整后，村子的范围大了，人口多了，村两委的变化更大，收集材料是一个耗时耗力的工作。比如原先的成官村才几百人，现在的朱堆村是四千多人。

杨文华不以为苦反以为乐，说："走走跑跑，与村民们接触接触、交流交流，放松了身体，也愉悦了情感。"

杨文华走村到组，个别交谈，几个十几个人座谈，有时村民留饭，有时请村民撮一顿，像家里人一样，无拘无束。

白天认真听、用心记，晚上，坐下来静心整理。杨文华感叹："不是一分钱难倒英雄汉，是一字难死外行人，有时，为了写好一个句子，要想半天。"

不是杨文华矫情，是大实话，让拿斧头与尺子的手拿笔，实在是难为他了。

有志者事竟成。

经过几个月的访谈、记录、整理，村史终于告成。

按说，杨文华也该休息休息了。可是，一个新的想法，又像雨后的小苗从土里蹿出来。

杨文华想，村史躺在书里，只有少数人知道，意义不大，应该放大，让所有村民以及子子孙孙了解，让他们回头看到祖祖辈辈走过来的路，才能起到村史的作用，上级让撰写村史，不也是这个用意吗？

杨文华向村里建议："是否可以建一个村史馆，将村史展示出来，再将收的那些'旧货'摆出来，让村民们有个去处。现在村民们除了看电视、打麻将，还有哪些娱乐活动呢？出门工作的子女，他们对我们过去的生活和村里的情况了解很少，有一个馆让他们看看，有好处。"

杨文华的建议得到了村两委的响应，决定用原徐平村村部，建一个村史馆。

杨文华又是请人装修场地，又是写说明文字，又是收拾准备展出的实物，忙得不亦乐乎。老伴说："你比上班更忙了。"但听到村民们说"你家老杨做的是好事，做的是千秋万代的大事"，老伴暗暗高兴，有时还主动当上帮手。

在村两委和村民们的支持帮助下，2018年1月，"朱堆村史馆"落成，对外开放。

村史馆坐落在子婴河畔，垂柳轻扬，流水潺潺，其作用可从村史馆大门前的横幅上得知："相约朱堆追往事，子婴河畔觅乡愁。"

村史馆的面积不大，但涵盖的内容很丰富，用村史馆名之太小了，说是农耕文化展示馆才恰如其分，因为它记录的、反映的，哪只是朱堆村的过往以及村民的生活！

村史馆建成当年，就被高邮市委统战部命名为"高邮市爱国主义教育基地",被高邮市委宣传部命名为"高邮市新时代文明实践点",被江苏省社会教育服务指导中心命名为"江苏省首批社会教育学习体验基地"。村史馆前的牌子很多,但指向集中一点,这个村史馆与时代同拍,与形势同步。放在今天学党史的背景下考量,朱堆村无疑是超前的。

自村史馆建成以来,每年都要接待各级各方的考察团体百个以上,其声名远播省内外。

杨文华并不满足,说:"我收集的实物仅仅展出三分之一,场地太小了。"

村书记表示,已经在协调场所,不久将有一座更大更丰富的村史馆出现在世人面前。

有人说,杨文华名声响了,不知接待了多少位大领导。平心而论,这对于一位退休老人有意义吗?

杨文华所说的倒是大实话:"我是农村人,熟悉农村情况,而且自己的身份也符合做这方面的工作,为了农村文化不断线、不断层,为了让老人和孩子们感知走过来的道路,珍惜当下,走向未来,自己付出一点是值得的,对于一些浮名,早已不放在心上了。"

我也是农民的儿子,杨文华的事迹让我感动,以至落泪。一个老人奔波劳碌,还贴进所有退休工资,在物欲横流的社会,为了什么?

2019年12月,杨文华体检时发现胃病,进一步确诊为贲门癌,需要手术,可杨文华没有多少余钱,每月近四千元退休金都用在文化事业上了。他想在本地手术,后来还是子女们出钱才到苏北医院治病的。

有些村民不解,老杨,你何必呢?大家为他着急。

是啊,你何必呢?

一般人是不会理解的,听到消息的当时,我也不太理解啊,多多少少总得给自己留点钱以备不测。

杨文华的话给出了答案。

他的钱花在了今天，却是为了未来。

挖掘历史文化

不说早在南北朝时期临泽就有了集镇雏形，也不说临泽在南宋就曾独立设县百年之久，仅是近现代百年的风云变幻中，特别是抗日战争和解放战争时期，临泽就担当了重要的角色。

中国共产党高邮县委、高邮抗日民主政府在临泽建立，临泽是"苏中小延安"。临泽地处高邮、宝应、兴化三县交界，水网密织，芦荡环生，特殊的地理位置、特殊的地势，赋予临泽以特殊的历史地位，在长期革命斗争中，临泽涌现近四百名烈士，这是特别令人震撼的数字。

临泽历史悠久，文化深邃，是一个有故事、有影响、有魅力的地方。

杨文华自从 2010 年开始接触红色文化，对传统文化、历史文化产生了深厚的兴趣。他利用编村史、镇史，走访群众，阅读县志，不仅熟悉了镇村历史，而且有了新的发现、新的收获。

一是追溯盘粮亭。临泽有一个地方叫"婆娘头"。杨文华对其传说进行了挖掘，认为这个地方应该是"盘粮亭"，朱盘（村名）之盘即来源于此。"盘粮亭"的故事发生在唐朝，名将薛仁贵征东时，将一批军粮囤积在此，班师回朝时，进行盘点，结果一两未少、一粒未坏，薛仁贵感于当地村民诚实善良，专门下令建了一座"盘粮亭"以示褒奖。薛仁贵征战辽东是史实，有历史剧《薛仁贵征东》，至于有没有经过临泽，有待进一步考证。这个故事是美好的，是有吸引力的，至少表明临泽的历史悠远，临泽的人民诚实善良。

二是厘清"建专"的来龙去脉。据史料记载，1945 年 4 月，在宝应县郑家渡，一所由苏中抗日根据地第一行政区地委、专署创办的建设公学正式开学，取名"建设新中国专门培训学校"（简称"建专"）。后来由于形势变化，"建专"先后迁至高邮临泽、兴化三条塥、高邮城区夫子庙等地，最终回迁临泽成家垛。"建专"的学员来自全国各地，其学员是社会进步青年、党员和积极分子。"建专"办学六年，校名变更十一次，但向部队和地方输送了一批急需人才，在中国革命史上发挥了重要作用。杨文华根据历史线索，采访了多位曾在"建专"学习工作过的耄耋老人，留下了珍贵而翔实的历史资料，为红色临泽添上了浓重的一笔。这个故事让我们感到共产党人的高瞻远瞩，抗日战争后期就开始谋划新中国建设，为眼下的党史学习教育增加了鲜活的教材。

三是重话"高宝饭店"。杨文华根据《高邮市邮电志》的简短文字，结合走访当事人，充实了"高宝饭店"的内容，阐明了"高宝饭店"的历史使命。"高宝饭店"是共产党在抗日根据地的一个地下联络站，设在临泽镇原匡家庄，其站长是现朱堆村人匡近文，承担着掌握民情、刺探敌情、传送情报、接送人员、采购物资的任务，后几经变化，历时十年，临泽敌后交通站始终顽强地生存着、活动着，在抗日战争和解放战争中发挥了重要作用。

我转述这三个故事，是非常轻松的，但是，对于杨文华来说不会如此轻而易举。

历史如浩瀚大海，发现不易，求证不易，连缀成文、自圆其说更不易，将诸多不易加在一位年逾古稀者身上，当是不易之不易。杨文华将调研走访所得写成文章，汇入《红色临泽》，得到党史等部门的充分肯定。

杨文华对"不易"有自己的心得，他认为，不易中有乐，不易中有趣，不易中有希望，挖掘历史犹如钓鱼、开井，钓到鱼、见到水，其乐趣远不是食鱼人、饮水者所能体会的。他想通过自己的努力，从历史中发现新的临泽、新的朱堆，增强乡人的家乡自豪感，提高家乡对外的知名度。

杨文华尽自己的努力做到了。

尾　声

我从杨文华处借得一本影集，厚厚的影集，夹满了这些年杨文华获得的中国好人、江苏省道德模范等各级荣誉证书以及各级媒体关于他热心文化、专注文化、建设文化的先进事迹的报道。

我不知翻看了多少遍。我感到，这些荣誉对于杨文华是实至名归。

杨文华坚持十年，坚守田野，自觉扛起振兴农村文化的大旗，访文化、写文化、讲文化、做文化，令我想起一个多年来一直思考的问题：处在转型期、变革期的农村，文化谁来做、做什么、怎么做？

当下农村，文化设施严重不足，文化人才严重欠缺，说农村正成为文化沙漠，有点危言耸听，但农村文化稀薄，是不争的事实。

杨文华的实践给我们以启发。杨文华整理烈士事迹是一个人的战斗，建烈士陵园和村史馆是团体作战。农村不缺少文化人才，也不缺少文化元素，缺少的是对文化人的组织，缺少文化热心人和有心人对历史文化进行挖掘和整理。

杨文华所做的正是广大农村需要做的，杨文华们就在乡野、就在村庄，他们是新一代乡贤，把他们组织起来、发动起来、充分利用起来，就是一股强大的农村文化力量。

杨文华，今年已经七十六岁了，他患糖尿病二十六年，胃切除手术不到两年，但身体尚好，精神尤佳，说起农村文化来，精神振奋、眉飞色舞。

他每天行走在烈士陵园和村史馆之间，他是管护员、讲解员、维修员；他每天行走在广袤大地上，行走在村民中间，挖掘文化，整理文化，宣传文化。

他说，他的文化之旅是不会停止的。

在杨文华获得的诸多荣誉中，我最看重的是"中国好人"，这是一个最朴素、最接地气，也是最为人所接受的荣誉。

我们虽然不能对好人作出科学的定义，但好人自有民间标准。人心是秤，"好人"从来都是民间对一个人的最高褒奖。

杨文华，好人一生平安！

（高邮市委宣传部组织采写，写于 2021 年 6 月，收入《向名城报告》）

志在青云
——记高邮市妇幼保健院副院长俞飞

都说名字只是一个人的符号，但往往留有时代的印记，寄寓美好的希望。

俞飞，一个男性化的名字，是不是寄托着父母希望她如男儿一样志在蓝天、高高飞翔？

俞飞，一名出身农家的女孩，用三十年，磨炼飞翔的翅膀，拓展飞翔的空间，在妇幼保健领域坚强而快乐地飞翔着。

一

在与俞飞的交流中，她一再后悔自己当初没有上高中。她说，按照中考成绩，她是完全可以上高邮中学的。

但那不是她个人造成的，是时代背景、制度安排以及父母的意愿造成的。

俞飞中考是在 1988 年，那时城乡户口仍有差别，"洗脚"进城，改变户口，安排工作，仍然是农家子女的追求。其时中考填志愿，先中专后高中。作为农家女的俞飞，父母自然是希望她考入中专解决户口和工作问题。祖父和父亲都是农村医生，俞飞顺理成章地以统招生身份进入泰州卫校助产专业学习，三年后，分配至高邮市妇幼保健所成为助产士。

中专毕业就有了工作，而且成为城里人。这对于大多数农家子女来说，已经是非常好的出路。

俞飞当然是很珍惜的。当时，所里人手少，有固定岗位，也有更多不确定的任务。

领导让做什么做什么，看到什么做什么。俞飞说："我年龄小，一个人在城里工作，没有拖累，理应做得多一些。"

俞飞学化验，学 B 超，上街头宣传，进农村排查，紧张而有序地生活着、工作着。

假日回家，父母详细地问这问那，怕生活料理不好，怕工作领导不满意，怕处理不好同事关系。

妈妈关照，烧水扫地，多做活。

父亲说，你只有中专文凭，学到的东西也不多，不光以后评职称有问题，工作上的局限也多，你要趁年轻，多学习。

俞飞也觉得自己懂的东西太少了，工作中往往心有余而力不足。

俞飞常常想一个问题：领导每次会议上都说，要热情、热心地服务好群众。服务群众仅有热情、热心行吗？不行，还得有真正的本事。

本事从何而来？学习。

俞飞抱定了学习的决心。

二

看材料，听介绍，工作三十年来，俞飞一直以在路上的紧迫感、责任感和目标感行走在学习的路上。

简单地描述一下她的学习轨迹，你会感到，这不是文学的夸张，也不是刻意地拔高，是真实的表述。

1993 年读大专。

2003 年读本科。

2010年参加全国联考，考取南京医科大学MPH（公共卫生硕士），获得硕士学位。

2002年、2006年，两次到江苏省人民医院生殖中心进修。

三次学历提升，犹如三次长途跋涉，有高山，有荒漠，一次次攀登，一次次穿越，世界在不断扩大，风景在不断丰富。可曾想过，跋涉者该有多大勇气，付出多少代价？何况，为人妇为人母者参加在职学习，又是多么不易。

最让俞飞难忘的是参加MPH考试和学习。自己是中专底子，英语基础很差，考前一遍遍地背单词，年龄大，记忆力下降，速记速忘，苦不堪言。苍天不负有心人，考试结果，英语高出分数线四分。学习过程也是非常痛苦的，每次集中面授一周时间，要调班，回来要补班。学习工作充塞了所有时间，顾不上家庭，顾不上孩子。做毕业论文的时候更纠结，有问题请教导师，当时没有微信，只有QQ，都是事先约好时间，趁导师中午有时间，饭吃不完，就忙不迭地到办公室的电脑前守候，生怕错过时间。

俞飞凭借勤奋，顺利通过了硕士论文答辩，拿到了毕业证书，受到了导师的好评。

据说，那是一位非常严厉的老师。俞飞说，老师还是严点好。

最让俞飞受用的是两次到省人民医院生殖中心进修。如果三次学历提升，丰富了理论知识，那么，到省人民医院进修则是接受实践的教育，把理论知识运用到实践中去。在省人民医院进修期间，俞飞师从我省著名生殖医学专家刘嘉茵教授。俞飞说："刘教授是海归学者，不仅医术高明，而且医德高尚。每次门诊挂她号的患者远远超出规定人数。刘教授上午查完房到门诊，中午只休息半小时，一直工作到晚上七点才下班。"俞飞总是抢在教授到门诊前就做好各项准备工作，好让教授顺心顺手地多看几位患者，深得教授喜爱。刘教授多次说，患者都是从全国各地来的，不容易，不仅要帮她们治好身体上的病，还要善于调理她们心理上的病。看到刘教授拖着疲惫的身躯下班，俞飞的心灵受到震撼。直到今天，俞飞还时不时向刘教授请教，刘教授有求必应。

俞飞感慨："像刘教授这样的医生才是真正的好医生，医德医术双馨，是我永远的榜样。"

盘点过往，俞飞无疑是成功的。

有眼窝浅者难免会说："她学习，个人得好处了，入党了，提干了，高级职称评上了，还拿了一串这个奖那个奖。"

不错。付出总有回报，奋斗才有成果。农民种地有收益，建筑工人劳动有报酬，如果对此也眼红，那么，我们何来油米、何来住房？

诚如俞飞曾经思考的一样：服务群众仅有热情、热心行吗，不行，还得有本事。

学习首先是提升自我，提升自我是为了更好地服务单位、服务社会。这两者是并行不悖的。

俞飞创建了高邮首家不孕不育专科，其分管的妇保科先后创建了乳腺病、宫颈病专科，并于2017年被全国妇联表彰为"全国巾帼文明岗"。

俞飞根据工作需要，利用业余时间学习心理健康知识，考取国家二级心理咨询师，2018年在扬州市县级妇幼保健机构率先创建了"妇女心理保健门诊"。

受益的仅仅是她个人吗？当然不是。那些多年不孕不育患者在俞飞等医护人员的精心治疗下，怀孕了、生子了。去问问她们，是什么样的感受。

俞飞领衔开展的多个科研项目，先后得到省卫健委资助、获得扬州市和高邮市科技进步奖。受益的是她个人吗？也不是。

每个县（市、区）都有妇幼保健所（院），但为人称道的是那些有特色、有创新的所（院）。这些年高邮市妇幼保健院名声日响，与俞飞创建的特色科室是分不开的。

走进高邮市妇幼保健院，占地不大，也没有高大建筑，但每一处都是精心安排的，很紧凑，也很得体，整个医院整洁雅静。我想患者走进去，心理上会得到安慰。据了解，近十年来，院里获得的集体荣誉，从地方到国家级，竟有七十五项之多。我只能说，集体是土壤，员工是树木，肥沃的土壤长出参天大树，不是应该的吗？有这样的集体，有这样的俞飞，太正常不过了。集体与个人就是这样相依相偎、相辅相成。

俞飞将所学运用到实际工作中，运用到更有效地服务人民群众上，得到群众赞许，获得社会认可，是理所当然的。

更为可贵的是，俞飞还将其所学运用到新疆，运用到少数民族群众身上，让知识之种在我国西北边疆生根发芽、开花结果。

三

2017年6月，扬州市卫计委（今扬州市卫健委）接到对口援助新疆伊犁的任务，其中要求有一名妇幼保健专家参加。俞飞得知这个消息，第一个报名了。她说："当时没有多想什么，只是觉得，自己是共产党员，是组织培养起来的妇幼保健专家，在组织需要的时候，就应该站出来，为组织分忧，为社会贡献。"

俞飞回忆，从当时的家庭情况看，自己是走不开的，公公有病，丈夫单位又忙，但家里的事再大也是小事，工作需要是第一位的。把援疆的事告诉家里人，家里人也一致支持。他们说，这个机会不是很多，能把所学的知识运用到援疆上，意义不一样。

特别是公公的一番话让她感动，让她坚定。公公说："白衣圣人吴登云也是我们高邮人，大学一毕业就主动报名去新疆，几十年如一日服务新疆人民，连女儿都献身新疆了。你去才半年，怕什么？我没事，你去吧。"

俞飞说:"听了公公的话,我真的要流泪,想不到老人这么开明,这么支持我的工作。我当时以为公公是最大的阻力,因为公公的病一直是我负责治疗的,离开我,行吗?"

俞飞踏上了援疆之路。

俞飞被安排在新源县妇幼保健院。一到那里,由于时差、饮食、环境的差别,很不舒服。但第二天就开展工作了。

新源县妇幼保健院硬件不差,主要缺少技术人才,特别是不孕不育诊疗工作没有开展起来,而那里的群众对此有着强烈的需求。

俞飞一边坐诊治疗,一边着手不孕不育专科成立准备工作。

经过一番努力,9 月 21 日,新源县妇幼保健院不孕不育专科挂牌成立,命名为"高邮市援疆专家俞飞不孕不育专科",填补了伊犁州县级医疗机构的专科空白。

短短六个月,接诊患者九百多人,成功怀孕五十八例。新源县妇幼保健院沸腾了,新源县的群众兴奋了。他们想不到短时间内收到这样好的效果。

这仅仅是起步。为了能将专科门诊持续地开下去,并造福新源群众,俞飞开设了二十场讲座,自费购买不孕与不育相关书籍送给院里的医生,还带了两名徒弟,建起了"新源妇幼孕育之家"微信群,有什么想法,有什么疑问,都可以通过微信解难释疑。

俞飞说,牧民们是淳朴的,也是闭塞的。科普显得更为重要和必要。

俞飞多次参加"送健康到草原毡房""民族团结一家亲结亲周"等活动,开展妇女"两癌"检查和儿童体质测定工作。利用电视、广播开设不孕不育知识讲座,提高牧民的认知水平,向牧民普及健康知识,深受牧民欢迎。

六个月的援疆工作很快就结束了。新源县卫计委授予俞飞"援疆特殊贡献奖",新源县妇幼保健院授予其"十佳医生"称号,高邮市卫计委授予其"援疆突出贡献奖"。

援疆时间虽短,但俞飞收获满满,收获了民族友谊,收获了耕耘之果,收获了两地组织的充分肯定和褒奖。

但谈到援疆,俞飞仍是心有余痛,遗恨难平。

2017年国庆期间,俞飞从新源回家。想不到,临返新源前,公公犯病,来势凶猛,住进了ICU。

票已买好了,扬州几位援疆人员同行,看来只能退票。俞飞想。

丈夫说:"不急,等等再说。"丈夫是怕她一个人走不安全。

还真是奇迹发生了。公公又渐渐好起来。俞飞走进病房看公公,公公很兴奋,说:"我没事,你去吧,新疆还有病人在等你。"

俞飞真的以为没事了,随着同事又去了新源。

可是到新源没几天,公公病情危重了,等她到家的时候,公公已经永远闭上了眼睛。

俞飞悲痛难忍,她后悔,她自责。为此,她还专门写了《心怀嘱托去援疆》,刊登在"中国发展网国家援疆"平台上,引起了网民的广泛关注与点赞。我的转述可能是隔靴搔痒,我们还是听听俞飞的心声。

"国庆长假回到家,公公的病情已经恶化,送到医院就立即住进了ICU。看到公公如此衰弱,全身插满了管子,我难受极了。假如我在家,就可以早发现早将他送去治疗,不至于拖到现在如此严重。我心生愧疚。

"假期很快就结束了,可公公还在住院、在病危中。就在我两难之际,公公发话了:'俞飞,放心去吧,新疆有病人在等你。你要用心给她们看病。'我含着泪水,在公公的嘱托中又踏上了援疆的路。而我的心始终悬着。

"我担心的事还是不幸地发生了。10月18日,公公离我们而去了。弥留之际还在关照:'不要告诉俞飞,不要影响她的援疆工作。'我赶到家，可他老人家再也听不到我的声声呼唤。

"送走了公公，我再次踏上援疆的路。公公的临终遗言始终萦绕在我的耳畔。现在我再也没有机会孝敬他老人家了，但我要牢记他老人家的嘱咐，要从悲伤中走出来，担起援疆的责任，更好地为新疆患者服务，用行动为援疆增光，用业绩告慰他老人家的在天之灵。"

自古忠孝难以两全，我想九泉之下的老人，一定会为有这样的儿媳妇而自豪骄傲。

俞飞已经离开新源三年多，但双方的交流一直在进行，友谊之路一直在延伸，服务之心一直紧贴着新源。

四

院领导和同事们反映，俞飞工作三十年来，兢兢业业，重要关口从不含糊，总是说在前行动在前，比如去年抗疫，不仅带领团队坚守临床一线，而且带头报名到高速卡口值班，出色地完成了任务。

俞飞三十年如一日，执着追求，不懈努力，取得了不凡业绩，获得了诸多殊荣，也为单位撑起了门面，赢得了光彩。

说到俞飞头上的光环，院领导如数家珍：江苏省三八红旗手、扬州市十大医德标兵、江苏省卫健系统先进工作者、江苏省"333"工程第三层次人才、扬州市五一巾帼标兵、高邮市劳动模范、高邮市有突出贡献中青年专家。

提起这些荣誉，俞飞显得有点不好意思。她说："这么多年中，面对难题，面对种种不如意的事情，我也有过困惑、有过迷茫，但想到自己是党员，是医生，还是选择默默承受、默默坚守。"

她表示："我可能比别人幸运，遇到了好的时代，遇到了好的老师，遇到了好的领导和同事，也遇到了好的家庭。荣誉只能代表过去，未来的路还得靠自己走。实践无止境，学习无止境，服务无止境。"

四十八岁，对于一名医务工作者而言，正是黄金时段。愿俞飞诚修医德，敏求医术，振奋双翅，飞往蓝天，做一名社会满意、群众信赖的仁者之医。

（高邮市委宣传部组织采写，写于 2021 年 6 月，刊于"学习强国"，收入《向名城报告》）

后　记

我的世界

有朋友看到原来的书名《我看世界》，说："这个书名太大了。"

我没有解释，因为对世界的理解不同，也就有了不同的"世界"。

我所看到的世界，既不是佛教意义上的宇宙，也不是哲学意义上的矛盾总和，更不是指自然界和人类社会的一切活动。

一个人行色匆匆，长不过百年，岂能目尽宇宙，看遍一切？

"我看世界"，其实是"我的世界"。听从行家指点，将书名定为《我的世界》。我以为这一改，更为贴切了。

我的见闻，我的认知，我的喜怒哀乐，我的成败得失，构成了与众不同的"我的世界"。

我有父母，人亦有父母；我有朋友，人亦有朋友；我历春秋，人亦历春秋；我所做的工作，别人亦会从事同样的工作。然而，背景不同、处境不同，观察的角度不同、思维的方式不同，会对自己所处的世界产生不同的看法，构成了与众不同的"我的世界"。

《我的世界》真实地记述了我的亲身经历，反映了我的所思所想，以至所忧所虑。不论是偏重记人叙事（卷一、卷三），还是偏重说理（卷二），都直接间接地表明了我的世界观、人生观、价值观。

《我的世界》的六十多篇文章，是从近五年来发表的百十篇文章中选取出来的。我不敢说每篇都是佳构，至少都是走心之作。

著名散文理论家红孩先生对散文作出过一个非常经典的论断：散文是"说我的世界"。我的理解，"说我"必须真实真诚，必须从心而起，必须富有特色。过去讲"散文形散神不散"，大致是从取材而言、立意而言，主张散文的"形"必须围绕"神"而铺展。"说我的世界"，主要强调散文的真实性和独特性，突出"我的世界"是"这个"而不是"这样"。卷三中的四篇短篇报告文学所涉及的人和事，虽然不是我的亲身经历，但我通过走访调查、查阅资料、筛选过滤，走进了他们的世界，融入了他们的情感，并被他们的行为观点所感动、所震撼，而成为"我的世界"，进而上升为"我看世界"。

　　衷心感谢王正宇先生为拙著作序。王正宇先生是散文作家，也是散文批评家，这篇序本身就是一篇优美的散文，为我的拙作增光添彩。